Irene Fritsch

Die Tote vom Lietzensee

text • verlag

FÜR MORITZ

Impressum

text • verlag
edition berlin
Gitschiner Straße 61
D-10969 Berlin

Telefon (030) 69504845
Fax (030) 69504846
e-mail info@textpunktverlag.de
Internet www.textpunktverlag.de

Irene Fritsch
Die Tote vom Lietzensee
text.verlag edition Berlin
ISBN 978-3-938414-57-6
Layout:
text.verlag Sybille Zerling, Berlin

2. Auflage 2008

Erster Teil

1

Annas jüngerer Sohn saß im Wohnzimmer auf dem Boden und spielte.

»Guck mal, Mama, das ist der Gute und das ist der Böse!« rief er seiner Mutter entgegen, als sie das Zimmer betrat.

Begeistert zeigte der dreijährige Karl, von allen Kalli genannt, auf seine beiden Männchen, die er gerade mit einem Säbel und einem Speer ausstattete.

Durch das Fenster schien von einem strahlend blauen Himmel die Sonne so hell herein, dass Anna fast geblendet wurde. Aber sie ließ sich von der Sonne, die sie in der warmen Wohnung geradezu umschmeichelte, nicht täuschen, es war Mitte Januar und draußen herrschte seit mehreren Tagen eine bittere Kälte.

Anna blickte aus dem Fenster und genoss das stimmungsvolle Bild, das sich ihr in diesen Tagen bot: der winterliche Lietzenseepark, Wiesen und Wege zugedeckt mit einem dicken weißen Pelz von frisch gefallenem Schnee, im Kontrast dazu die grau-schwarzen Gerippe der Bäume und im Hintergrund der zugefrorene See. Wie ein Gemälde von Breughel!

Kalli saß neben der großen Burg, die Martin mit den beiden Kindern am gestrigen Sonntagnachmittag aufgebaut hatte. Heute am Montag musste das Kindergartenkind Karl ausnahmsweise allein zu Hause spielen, es hatte die Windpocken noch nicht überstanden.

Anna schaute liebevoll auf ihn herunter und als sie sah, wie konzentriert ihr oft bis an die Schmerzgrenze lebhafter Jüngster sich mit seinen Figürchen beschäftigte, dachte sie zuversichtlich: »Diesmal klappt es! Eine Viertelstunde spielt er garantiert noch, da kann ich schnell duschen!«

Während sie dann das heiße Wasser auf sich herablaufen ließ, musste sie über sich selbst lachen. Nie hätte sie früher gedacht, dass – wenn man zwei kleine Kinder hat – ungestörtes Duschen am Tage zum absoluten Luxus gehörte.

Aber diesen zu genießen, war ihr auch heute nicht vergönnt. Gerade hatte sie das Shampoo in ihren langen Haaren verteilt, da musste sie erkennen, dass Kalli nicht, wie erhofft, friedlich vor sich hingespielt hat. Denn aus dem Wohnzimmer erklang plötzlich ein mörderisches Geschrei.

Anna begriff sofort, das war kein übliches Gebrüll. Es klang nach Panik, etwas Schreckliches war passiert. Hastig sprang sie aus der Wanne, riss ein Badetuch vom Haken und stürzte ins Wohnzimmer.

Eine Schrecksekunde lang starrte sie auf ihren Sohn, um dann erleichtert aufzulachen. Das Bild, das sich ihr bot, hätte in jeder Pannenshow den ersten Preis erhalten. Karl, der vor dem kleinen Ofen am Boden saß, sah aus wie ein Gespenst. Er war über und über mit grauer Asche bedeckt und hatte noch die Schublade des Ofens in der Hand, in der sich die Asche befunden hatte. Er schrie verzweifelt und konnte kaum etwas sehen. Als er die Schublade fallen ließ und sich die Augen mit seinen ebenfalls mit Asche bedeckten Händen reiben wollte, war Anna schon bei ihm.

Schnell trug sie ihn ins Badezimmer und stieg mit ihm zusammen in die Wanne. Allmählich entspannte sich Karl, ließ sich gründlich waschen und fand es bald sehr unterhaltsam, so unverhofft mit der Mutter im Wasser zu sitzen und zu spielen.

Währenddessen aber dachte Anna immer nur das eine: Wie hat er das geschafft?

Der Ofen im Wohnzimmer hatte seine besondere Geschichte.

Es war ein hübsch geformter Kanonenofen aus Eisen, der am Fenster stand. Anna hatte ihn mehrfach mit einem Kaminpflegemittel eingerieben, so dass er in mattem Anthrazit-Glanz strahlte. Mit der großen Grünpflanze auf der Herdplatte sah er sehr dekorativ aus.

Der Ofen war ein Erbstück.

Als Anna und Martin vor sechs Jahren geheiratet hatten, war es für Anna selbstverständlich gewesen, dass sie irgendwo am Lietzenseepark wohnen würden, dort, wo sie aufgewachsen war und wo ihre Eltern heute noch wohnten. Martin, der aus der ländlichen Gegend um Cottbus stammte, war damit einverstanden und beide empfanden es als Glücksfall, in der Wundtstraße eine Wohnung gefunden zu haben: Sie lebten im Grünen und trotzdem mitten in der Stadt.

Die Wohnung hatten sie von einer Frau Hase übernommen. Als Anna und Martin die Räume besichtigten, stand der kleine Ofen in einer Ecke. Er gefiel ihnen sofort und es war klar, dass sie ihn behalten würden.

»Wo haben Sie den Ofen her?« fragte Anna, immer interessiert an der Geschichte ihrer Umgebung.

»Soweit ich weiß, stand der Ofen immer im Haus, unten im Keller«, erklärte Frau Hase. »Er wurde im Krieg sicher benutzt, gehörte aber später wohl niemandem mehr richtig. Jedenfalls sagte das meine Vormieterin, von der ich den Ofen übernommen habe und die lange hier gewohnt hat. Als vor circa zwanzig Jahren das Haus von Grund auf renoviert und auch der Keller entrümpelt wurde, hat sie sich den Ofen in die Wohnung geholt, weil sie nicht wollte, dass er auf dem Sperrmüll landete. Sie hat ihn dann sauber gescheuert und seitdem steht er in dieser Wohnung. Übrigens«, fuhr Frau Hase fort, »ist die Aschenschublade verklemmt. Es ist noch alte Asche darin. Vielleicht kriegen Sie die Schublade heraus und können die Asche auskippen.«

Aber auch Anna war dies nie gelungen, obwohl sie es mehrmals versucht und sogar mit dem Hammer vorsichtig an der Schublade herumgeklopft hatte.

Da musste erst ein Dreijähriger mit seinen kleinen Händen und spitzen Fingern kommen! Anna konnte es sich nur so erklären, dass sie die Schublade schon vorher gelockert hatte, so dass Karl sie plötzlich mit einem Ruck herausziehen konnte. Durch den Schwung war er mit der Schublade hingefallen und hatte dabei die Asche über sich ausgestreut. Sogar noch historische Asche aus dem zweiten Weltkrieg! Bei dem Gedanken musste Anna abermals lachen.

Als sie ihr ausgiebiges Vormittagsbad beendet und sich angezogen hatten, meinte Anna zu ihrem Sohn: »So, Kalli, nun müssen wir das Wohnzimmer wieder sauber machen.«

Und während dieser ausnahmsweise widerspruchslos und flott seine Playmobil-Männchen aufsammelte, begann Anna die Dielen zu säubern. Plötzlich surrte der Staubsauger mit einem eigenartigen Geräusch. Ein Fremdkörper war hinter der Bürste hängen geblieben. Als Anna ihn herauspulte, sah sie, dass es kein Spielzeug war, sondern ein verdreckter grauweißer Klumpen, der sich in der Aschenschublade des Ofens befunden haben musste.

Anna wurde neugierig und drückte an dem Klumpen herum. Die verklebte Asche löste sich leicht und zu ihrer Überraschung kam ein Ring zum Vorschein. Sie drehte ihn hin und her, wischte ihn, so gut es ging, sauber, konnte aber wegen der fest aufliegenden Dreckschicht seine Farbe nicht genau erkennen. Obwohl Anna keine Ahnung von Schmuck hatte, sah sie sofort, dass es ein billiger Spielzeugring war, vielleicht aus einem Kaugummi-Automaten, mit einem riesigen Glasstein, blau oder grün. Wahrscheinlich sah der Ring sogar hübsch aus, wenn man ihn richtig säubern würde, dachte sie.

»Was hast du da?« fragte Kalli, der seine Mutter beobachtet hatte und nun neugierig angelaufen kam.

»Hier! In der Schublade war ein Ring!«

»Zeig mal. Darf ich den behalten?« Kalli war begeistert.

»Klar, schließlich hast du ihn gefunden!«

2

Anna Kranz war froh, als eine Woche später Kallis Gesundung soweit fortgeschritten war, dass er seinen Spiel- und Bewegungsdrang wieder im Kindergarten austoben konnte.

Hocherfreut schaute sie aus dem Fenster zu, wie Martin ihre beiden Söhne in die Kindersitze des Autos hob, um sie im Kindergarten der evangelischen Kirche am Lietzensee abzusetzen, bevor er selbst zu seiner Arbeit nach Dahlem in das Germanistische Institut der Freien Universität fuhr. Anna rief »Tschüss!« hinterher und winkte, dann schloss sie das Fenster.

Heute bot der Park keinen romantischen Anblick mehr, im Gegenteil. Es war wärmer geworden und hatte getaut. Der Schnee war matschig und dreckig, der Himmel trübe. Nur der See lag noch unverändert da mit seiner grauen Eisschicht, die aber dünn und brüchig geworden war.

Jeden Winter war Anna überrascht, wie weit der Blick von ihrem Fenster aus reichte, vom ehemaligen Kammergericht am Witzlebenplatz bis zur Jugendstilbrücke an der Neuen Kantstraße und gegenüber zum Lietzenseeufer. Und wie wenig davon man im Sommer sah. Kein einziges Haus, nur große grüne Bäume und dazwischen ein bisschen Wiese und See.

Anna blickte auf die Uhr. Sie musste sich beeilen, sie war um halb zehn verabredet. Als sie sich ihre neuen Jeans anzog und zum schwarzen Rollkragenpullover griff, erkannte sie unmutig, dass sie – überflüssigerweise – aufgeregt war. Aber, beruhigte sie sich selbst, während sie ihre dunklen Haare zu einer Hochsteckfrisur türmte, schließlich ist es etwas Besonderes, nach fünf Jahren Erziehungsurlaub wieder berufstätig zu werden.

Anna war Lehrerin mit dem Hauptfach Musik und hatte nach den beiden Examen auch eine kurze Zeit unterrichtet. Als dann Max geboren wurde, nahm sie Erziehungsurlaub, den sie nach Kallis Geburt noch verlängerte. Anna hat diese Zeit genossen und wäre auch jetzt noch nicht auf die Idee gekommen, wieder zu arbeiten, wenn sich nicht besondere Umstände ergeben hätten.

Ihre beste Freundin Carla Borkmann, Lehrerin für Bildende Kunst, hatte viele Jahre an einer Grundschule am Savignyplatz unterrichtet, wo sie auch wohnte. Als dann ein Kollege von ihr, David Winter, Schulleiter an der Lietzenseegrundschule in der Witzlebenstraße geworden war und Carla fragte, ob sie sich versetzen lassen und mit ihm kommen wolle, stimmte sie zu, und so unterrichtete Carla nun seit eineinhalb Jahren in dieser Schule.

Zum Schuljahresende sollte das alljährliche Sommerfest stattfinden, mit Theater- und Musikaufführungen in der Aula und einem Schulfest auf dem Hof. Besonders die Beiträge des Schulchores und -orchesters bildeten dabei immer einen kleinen Höhepunkt. Aber plötzlich war die Musiklehrerin schwer erkrankt. Woher sollte man nun schnellen Ersatz herbekommen, bei dem Mangel an Musiklehrern in Berlin?

Carla dachte sofort an ihre Freundin Anna als Vertretung. Deren Kinder sind beide im Kindergarten, überlegte sie, Max ist bald sechs und kommt nach dem Sommer in die Schule. Da müsste es Anna möglich sein, vormittags für den Musikunterricht ein paar Stunden abzuzweigen. Am meisten gefiel Carla dabei der Gedanke, mit ihrer Freundin zusammenzuarbeiten.

Nach anfänglichem Zögern entschloss sich Anna zuzusagen, zumindest für das halbe Jahr bis zu den Sommerferien.

»Wenn es dir zu stressig ist, hörst du eben wieder auf«, meinte Martin. »Was bin ich froh, dass es damals mit der Verlängerung meiner Stelle geklappt hat!«

Nur ungern dachte Martin Kranz an die Zeit nach seiner Promotion zurück, als er wegen drohender Arbeitslosigkeit sehr besorgt war. Durch reinen Zufall erhielt er eine Verlängerung seiner Assistentenstelle für die Habilitation und somit einen vorerst sicheren Arbeitsplatz. Allerdings nur für die nächsten zwei Jahre, dann begann wahrscheinlich wieder eine Zeit der Ungewissheit.

So kam es, dass Anna an diesem Tag kurz vor halbzehn aus dem Haus trat, um zu einem ersten Informationsgespräch mit Carla und ihrem Rektor in die Schule zu gehen, die sie selbst sechs Jahre lang besucht hatte vor – sie rechnete schnell – 28 Jahren.

Das große Schulgebäude aus gelben Klinkern in der Witzlebenstraße gegenüber dem ehemaligen Kammergericht war vor einigen Jahren von Grund auf renoviert worden. Anna wusste, dass es vor über hundert Jahren, 1904, als die 21. und 22. Gemeindeschule erbaut wurde, als eine Doppelschule für Jungen und Mädchen, die den höchsten Ansprüchen ihrer Zeit genügte. So gab es unter anderem in dieser Schule Fachräume – Physik für die Jungen und Handarbeit für die Mädchen – Toiletten im Schulhaus und nicht wie üblich auf dem Hof, und sogar Brausebäder im Keller, so dass die Schulkinder nicht mehr die öffentliche Badeanstalt in der Krumme Straße benutzen mussten.

Nach einem Blick auf die schön gestaltete Fassade des Schulhauses stieg Anna die breite Treppe hinauf und wandte sich nach rechts zum Amtszimmer des Schulleiters.

»Guten Tag, Frau Kranz«, begrüßte sie die Schulsekretärin. »Sie werden schon erwartet. Gehen Sie bitte gleich durch!«

Bei ihrem Eintreten sprang der Rektor auf, ein langer, dünner Mann, seinem Amt entsprechend seriös gekleidet mit Anzug, Hemd und Krawatte. Trotz beginnender Glatze sah er noch sehr jung aus. Anna kannte ihn gut von mehreren Partys bei Carla.

»Hallo, Anna, prima, dass du gekommen bist. Bitte, setz dich!«

Nach kurzer Umarmung mit Carla nahmen sie auf den kleinen Sesseln in einer Ecke des Amtszimmers Platz und besprachen Annas zukünftige Aufgaben. Sie sollte, neben ein paar Musikstunden in drei Klassen, die beiden Arbeitsgemeinschaften Chor und Orchester leiten und die von der erkrankten Musiklehrerin ausgewählten Lieder und Musikstücke einstudieren.

Carla war mit der Herstellung eines Bühnenbildes und der Beschaffung von Kostümen für ein Theaterstück beschäftigt.

»Die Kids würden liebend gern in alten Kostümen spielen«, schnitt Carla einen neuen Punkt an. »Aber das wird nicht möglich sein. Woher sollen wir die nehmen?«

»Wie sieht es mit den Kostümen aus, die das frühere Theater in der Schule hinterlassen hat?« fragte Anna.

»Theater? Wovon redest du?« Carla und David sahen sie überrascht an.

»Das habe ich mir gedacht«, feixte Anna, »dass keiner außer mir eine Ahnung von der Geschichte dieser Schule hat! Wahrscheinlich bin ich die Einzige, die die Schulchronik jemals gelesen hat.«

»Du kennst die Schulchronik? Ich muss gestehen, ich habe da noch nie hineingeblickt. Werde ich aber nachholen.« Dem neuen Rektor war sein Versäumnis tatsächlich peinlich, während Carla die Existenz eines solchen Buches gänzlich unbekannt war.

Anna, mit ihrem großen Interesse am Leben und an der Geschichte ihres Wohnbezirks, hatte vor ein paar Jahren den früheren Rektor der Schule, den sie noch aus ihrer eigenen Schulzeit kannte, überredet, die alte Chronik aus dem Tresor zu holen und ihr auszuleihen. Fasziniert hatte Anna den wertvollen Folianten studiert, die Eintragungen der ehemaligen Rektoren, meistens in gestochen sauberer deutscher Schrift, die jährlichen Statistiken der Lehrer- und Schülerschaft gelesen, die Berichte von Schulveranstaltungen oder anderen Ereignissen aus dem Schulleben, aber auch von politischen Entwicklungen, von Not- und Kriegszeiten und wie diese sich auf das Leben der Kinder auswirkten, oft veranschaulicht durch Zeitungsausschnitte und Fotos.

»Was steht in der Chronik über ein Theater in der Schule?« fragte Carla, »war das eine Art Theater-AG?«

»Nach dem Zweiten Weltkrieg«, berichtete Anna, »wurde im Juni 1945 in der Aula ein Theater gegründet mit dem originellen Namen ›*Theater in der Witzlebenstraße*‹. Nach Kriegsende fand in der Schule zunächst kein Unterricht statt, weil das Gebäude zu sehr zerstört war. Theater in der Aula war aber offenbar möglich.«

»Und die haben richtige Theateraufführungen gemacht?«

»Ja. Vorwiegend sogar mit Musik, viel Operetten!«

»Und was ist mit Kostümen?« hakte Carla nach.

»Das Theater musste das Schulgebäude nach einer gewissen Zeit verlassen. Der Fundus aber, die Kostüme, Requisiten, Kulissen und dergleichen, der sich in den Kellerräumen befand, scheint entgegen der Absprache nicht abgeholt worden zu sein. So steht es in der Chronik. Vielleicht befinden sich die Sachen dort noch irgendwo.«

»Das klingt richtig spannend! Den Raum müssen wir suchen«, meinte Carla und man sah ihr an, dass sie am liebsten sofort damit begonnen hätte.

»Das Haus, auch der Keller, ist in den vergangenen Jahrzehnten mehrmals renoviert und umgebaut worden, da hätte man diesen Raum entdecken müssen«, dämpfte David ihre Erwartungen. »Dass sich heute noch Sachen von diesem alten Theater in der Schule befinden, halte ich für ausgeschlossen. Ich glaube, wir sind fertig. Ihr müsst jetzt auch gehen, ich habe noch ein Elterngespräch. Tschau, bis bald!«

Als die beiden Frauen den Raum verließen, wartete bereits ein angespannt blickendes Ehepaar im Vorzimmer.

Beim Hinausgehen flüsterte Carla ihrer Freundin zu: »Der arme David! Muss dauernd die Eltern beruhigen. Wir haben einen Lehrer, mit dem keiner richtig klar kommt, weil er immer so ernst und verschlossen ist. In diesem Jahr hat er eine erste Klasse und die Eltern sind furchtbar unzufrieden.«

»Wie heißt er denn?«

»Gadow. Er ist schon ziemlich alt und alle warten auf seine Pensionierung. Irgendwie tut er mir sogar leid. Vielleicht hat er Schlimmes hinter sich und ist deshalb so geworden. Er ist übrigens auch Musiklehrer, unterrichtet das Fach aber nur selten. Du wirst ihn dann auch kennenlernen.«

3

Kindergeburtstag, Anfang April. Der große Tisch war ausgezogen und für den Kaffee gedeckt. Die Fenster standen noch offen, ein erster warmer Frühlingstag. Max, der Älteste, wurde gefeiert, der sechs Jahre alt geworden war. Heute kam nur die Familie zusammen, die Geburtstagsfeier mit den Freunden aus dem Kindergarten fand erst am Sonnabend statt.

Annas Eltern, die am anderen Ende des Lietzensees gegenüber der Großen Kaskade wohnten, waren soeben eingetroffen. Mit ihrem Geburtstagsgeschenk – einem Schulranzen in der Dinosaurier-Ausführung – marschierte Max stolz in der Wohnung herum.

Wieder klingelte es.

»Das sind Ulli und Rike!« schrie Kalli, riss die Tür auf und rannte ins Treppenhaus, wo er Annas Bruder Ulrich und seiner Frau Ulrike in die Arme sprang. Nur mit Mühe konnten diese die mitgebrachte Torte vor dem Herunterfallen bewahren. Die Kinder liebten Onkel und Tante, weil es mit ihnen immer so schön laut und lustig wurde. Schon kreischte das Geburtstagkind, als Ulli es zur Begrüßung in die Luft warf. Dafür griff Max zur Strafe in Ullis Bart und zog ihm die Kapuze des Sweatshirts über das Gesicht.

Bald saßen alle am Kaffeetisch und ließen sich den Kuchen schmecken. Anna liebte diese Familienrunden. Als die Kinder genug gegessen hatten, sprangen sie auf und liefen zum Spielen ins Kinderzimmer.

»Du sollst mitkommen, Rike!« Kalli, der immer besonders gern mit ihr spielte, zog sie am Jackenärmel.

»Einen Moment, ich darf wohl noch meinen Kuchen aufessen!« beschwerte sie sich, aber nach einigen Minuten erhob sie sich und verschwand ebenfalls.

Nachdem Anna von ihrer aufwendigen, allerdings auch sehr befriedigenden Arbeit in der Schule berichtet hatte und Martin gerade die Runde mit seinen neuesten Erkenntnissen über den Dichter Rainer Maria Rilke unterhielt, der im Mittelpunkt seiner Habilitationsschrift stand, kam Kalli wieder. Mit unzufriedenem Gesichtsausdruck blieb er an der Tür stehen.

»Ulli, du sollst mit uns spielen. Komm!«

»Wieso? Rike ist bei euch. Das reicht doch!«

»Die spielt nicht. Die sitzt am Boden und sagt kein Wort.«

Überrascht schauten sich alle an, Anna und ihr Bruder folgten Kalli neugierig ins Kinderzimmer.

Tatsächlich bot sich ihnen ein seltsames Bild. Ulrike, Studentin der Kunstgeschichte und Hobby-Goldschmiedin, saß neben der Playmobil-Kiste und betrachtete fasziniert einen kleinen Gegenstand in ihren Händen. Sie schien die Welt um sich herum vergessen zu haben.

»Was hast du da?« Anna war näher getreten und sah, dass die Schwägerin den Ring aus dem Ofen zwischen ihren Fingern hielt.

»Ach so, das olle Ding!« Als Anna begann, Ulrich den Sachverhalt zu erklären, sprang Ulrike auf.

»Entschuldige, Anna, aber du hast keine Ahnung!«

»Wieso?« entgegnete Anna überrascht. »Das ist Schrott! Das sieht doch jeder!«

»Eben nicht! Der Ring ist echt, wahrscheinlich sogar wertvoll! Und das in der Mitte ist kein buntes Glas, wie du vielleicht gedacht hast, das ist ein Edelstein, vermutlich ein Chrysopras!«

Anna staunte und betrachtete nun den Ring mit anderen Augen. »Meinst du, er ist aus richtigem Gold?«

»Auf jeden Fall«, versicherte Rike. »Und dann in der Kinderkramkiste!« Sie schüttelte den Kopf.

Später, wieder im Wohnzimmer, hielt Ulrike immer noch den Ring in den Händen und rieb vorsichtig an ihm herum.

»Weißt du, aus welcher Zeit der Ring stammt?« fragte Martin.

»Er muss erst richtig gesäubert werden, dann kann ich mehr sagen. Der Stein ist groß und schlicht in Gold gefasst, in einer fast geometrischen Form. Ich vermute zwanziger Jahre, Art deco.«

Jetzt griff der Vater nach dem Ring: »Hol mal ein Lineal, Martin, damit wir ihn ausmessen können!«

»Nicht schlecht«, staunte er dann, »circa drei mal zwei Zentimeter!« Er betrachtete den Ring von allen Seiten. »Und vollkommen glatt, keine noch so kleine Verzierung.«

»Das Schnörkellose entsprach damals ganz dem Geschmack der modernen Frau«, mischte sich nun die Mutter ein. »Die war selbstbewusst und unabhängig und stand lieber auf dem Tennisplatz als vor dem Herd. Zu einem solchen Leben passt diese Art von Schmuck.«

»Mama!« Anna sah sie überrascht an. »Woher weißt du das?«

»Na, was denkst du?«, lachte diese, »ich kenne mich mit den zwanziger Jahren aus. Ich habe genug Biographien von interessanten Frauen gelesen.«

»Wahrscheinlich gehört der Ring sogar zu einer Garnitur mit Kette, Armband und Ohrringen«, überlegte Ulrike.

»Es sieht so aus, als ob hier etwas eingraviert ist. Weißt du, was das bedeutet?« Der Vater hielt Rike den Ring hin. »ET, wenn ich das richtig sehe.«

»ET?« stieß diese aufgeregt hervor. »Zeig! Tatsächlich! Ich glaub es nicht!«

Sie blickte begeistert in die Runde.

»Was bedeutet das?« fragten alle durcheinander.

»Der Außerirdische!« rief Ulli in Erinnerung an den Lieblingsfilm seiner Kindheit.

Ulrike atmete tief durch und lächelte: »Bitte, habt Verständnis, ich sage nichts mehr! Ich muss mich erst sachkundig machen. Wenn es stimmt, was ich vermute, dann ist dieser Ring ein Museumsstück! Das ist wirklich spannend!«

Und zu Anna gewandt: »Ich würde dir vorschlagen, ich nehme den Ring mit, bearbeite ihn und lasse auch eine Expertise anfertigen. Keine Angst! Du bekommst ihn zurück! Dann kann ich auch alle eure Fragen beantworten!«

»Wie kommt das gute Stück in den Ofen?« fragte Ulli, nachdem sich die Aufregung gelegt hatte.

Martin hatte eine Erklärung:

»Unsere Vormieterin sagte, dass der Ofen im Zweiten Weltkrieg im Keller stand und auch benutzt wurde. Vielleicht hat jemand den Ring in der Asche versteckt, und wollte ihn später wieder herausholen.«

»Aber ist daran gehindert worden oder umgekommen und keiner wusste von dem Ring«, spann Anna den Gedanken weiter. »Eins ist klar: Ich frage Frau Körner, ob sie eine Ahnung von der Geschichte des Ringes hat. Schließlich hat sie die ganze Kriegszeit und das Kriegsende im Haus verbracht. Sie weiß soviel, vielleicht auch das.«

»Das wollte ich dir gerade vorschlagen«, stimmte der Vater zu, »ihr habt schließlich schon zusammen ein paar Todesfälle aufgeklärt. Aber hier geht es zum Glück ja nur um einen Ring.«

»Allerdings müssen wir warten. Frau Körner ist zur Zeit in Bad Pyrmont zur Kur«, bedauerte Anna.

4

Mai 1945.

»Alles weg! Alles verloren!« Schluchzend hockte Olga Winkler auf ihrem Bettgestell. »Warum? Womit haben wir das verdient?«

»Ach, Mutti, wein doch nicht soviel!« Tröstend legte Lotte den Arm um die Schultern der Mutter. Sie tat ihr leid. Wie dünn und zerbrechlich sie sich anfühlte. In ihrem geflickten Kleid sah sie aus wie eine alte Frau, dabei war sie noch nicht einmal fünfzig Jahre alt.

»Uns geht es so gut hier. Denk an Schönberg, an die Baracke! Das war die Hölle, aber hier leben wir wie im Paradies.«

Bei dem Gedanken an die vergangenen Wochen, in denen sie mit Tausenden von anderen Flüchtlingen aus dem Osten vor den Russen geflohen waren, erschauerte sie. Sie verstand nicht, dass ihre Mutter so wenig dankbar über ihre Rettung war.

Was hatten sie durchgemacht! In langen Trecks, zuerst mit Autos, dann zu Fuß, waren sie aus ihrer Heimatstadt Danzig geflüchtet. Oft mussten sie sich am Tag wegen der Tieffliegerangriffe verstecken und zogen nachts weiter, immer in Todesangst. Dann ging ihr Gepäck verloren, das auf einem anderen Auto transportiert wurde. Alles, was die Mutter noch zusammengepackt hatte, Pelze, Federbetten, Wäsche, Kleider, Bestecke, war gestohlen. Nun besaßen sie nur noch ihre Rucksäcke und was sie auf dem Leib trugen. Schließlich nahm ein LKW der Wehrmacht die Flüchtlinge ein Stück mit und brachte sie nach Brandenburg. Mitten in einem Dorf nördlich von Berlin wurden sie abgeladen und sollten sich nun selbst weiterhelfen. Nach vielem Hin und Her fanden sie eine Unterkunft in einem provisorischen Lager, einer zerbombten Baracke, in der sie mit mehr als fünfzig anderen Flüchtlingen, Männern, Frauen, Kindern, auf einem dünnen Lager aus stinkendem Stroh hausten. Kein Stuhl, kein Tisch, keine Kochgelegenheit, nichts zu essen, dafür jede Menge Läuse. Das war wirklich die Hölle!

Es war Lottes Idee gewesen: »Mutti, hier können wir nicht bleiben. Ich weiß, was wir machen. Wir schlagen uns nach Berlin durch! Wir gehen zu Tante Bertchen!«

Lotte war erst einmal in ihrem Leben in Berlin gewesen, hatte ihren Vater auf einer Geschäftsreise begleiten dürfen. Damals war sie zehn Jahre alt. Bei dieser Gelegenheit hatten sie auch Berta besucht, die Schwester des Vaters, die in Charlottenburg in dem großen Haus des Katholischen Frauenbundes am Lietzensee lebte und arbeitete. Tante Berta war in ihrer Jugend zum katholischen Glauben übergetreten und später eine Schwester der *›Caritas Sozialis‹* geworden, sehr zum Befremden der gesamten evangelischen Verwandtschaft. Aber das störte Bertchen nicht, im Gegenteil, sie lud jeden herzlich ein, sie in Berlin zu besuchen, um sich persönlich von ihrem neuen erfüllten Leben zu überzeugen. Der Katholische Frauenbund hatte 1926 eine Villa am Lietzensee gekauft und sie 1931 durch den Anbau eines West- und Ostflügels erweitert. Zielsetzung des Bundes war es, Frauen dabei zu unterstützen, ein selbständiges Leben zu führen. In einer Schule mit Internat konnten junge Mädchen eine Ausbildung in sozialen Berufen erhalten und allein stehenden berufstätigen Frauen standen über hundert kleine, gemütliche Wohnungen zur Verfügung, die auf ihre besonderen Erfordernisse und Wünsche ausgerichtet waren. Das Haus, noch ausgestattet mit Kapelle, Restaurant, Gesellschaftsräumen und einem Festsaal, der gleichzeitig die Turnhalle des nahegelegenen Katholischen Mädchenlyzeums war, wurde von den Schwestern der *›Caritas Socialis‹* bewirtschaftet.

Lotte hatte die Tante und das Haus in guter Erinnerung und beide erschienen ihr wie ein Rettungsanker in höchster Not. Die Mutter, kraft- und entschlusslos wie sie war, überließ sich ganz Lottes Führung.

So waren sie tatsächlich nach einer gefährlichen und beschwerlichen Irrfahrt in Berlin angekommen. Tante Bertchen war nicht überrascht, als sie plötzlich vor der Tür standen, denn täglich strömten Hunderttausende von Flüchtlingen in langen Kolonnen durch die Straßen von Berlin auf der Suche nach einem Unterschlupf. Lotte und ihre Mutter wurden in dem großen Frauenbundhaus wie viele andere Flüchtlinge freundlich aufgenommen und trotz Bomben und Hunger fühlte sich Lotte seit Wochen zum ersten Mal wieder ein wenig geborgen.

Ganz anders die Mutter, jetzt erst wurden ihr die schweren Verluste bewusst, die sie hinnehmen musste. Sie weinte und klagte so viel, dass Lotte oft ungeduldig wurde und ihr die Lust verging, sie zu trösten.

Auch jetzt jammerte Olga Winkler weiter: »Das nennst du ein Paradies? Dieses winzige Zimmer, vollgestopft mit vier Personen, keine richtigen Betten, kein Schrank, nur Stuhl und Tisch! Und in Danzig unser großes Haus mit den schönen Möbeln.« Ein Weinkrampf schüttelte sie. »Vielleicht hätten wir nicht so schnell alles aufgeben sollen. Leni und ihre Schwester sind auch geblieben. Vielleicht haben wir alles falsch gemacht.«

»Mutti, hör auf, das bringt nichts! Wir müssen froh sein, dass wir noch leben!«

Sofort biss sich Lotte auf die Lippen, aber sie konnte die Worte nicht mehr zurücknehmen.

»Wie kannst du so etwas sagen, wie kannst du nur so egoistisch sein«, empörte sich die Mutter und jammerte dann wieder unter Strömen von Tränen: »Dein Vater ist tot, und von Klaus haben wir seit März nichts mehr gehört. Nichts, nichts ist uns geblieben!«

Lotte nahm ihren Arm von den Schultern der Mutter, sie wollte sich ja doch nicht beruhigen lassen.

»Und wie kannst du so zufrieden sein? Du hast auch alles verloren, Kleider, Ausgehen, Tanzen, Segeln, Klavierspielen, dein ganzes schönes Leben! Die Schule hast du nicht zu Ende machen können.«

Mitleidlos fuhr die Mutter fort: »Und wie du aussiehst: Früher warst du schlank, jetzt bist du dürr, nur noch Haut und Knochen! Und deine Haare erst! Dünn, strähnig, ungewaschen! Niemand würde sich mehr nach dir umdrehen!«

»Hör auf! Du bist gemein!«

Lotte war empört aufgesprungen, dann begann sie auch zu weinen. Die Mutter hatte ihren wunden Punkt getroffen. Wie war sie früher stolz auf ihre blonden Locken gewesen, auf ihr gutes Aussehen, um das sie von ihren Freundinnen beneidet wurde! Wie hatte sie sich gesonnt in den bewundernden Blicken der vielen Verehrer, die sich nur um sie scharten! Jetzt würde sie nicht mehr in den Spiegel schauen wollen, selbst wenn sie einen besäße.

Aber schnell hatte Lotte sich wieder unter Kontrolle und wischte entschlossen die Tränen weg. Ihr junges Gesicht nahm einen harten Zug an. Der Krieg war vorbei und sie erst neunzehn Jahre alt. Sie würde sich nicht unterkriegen lassen, sie würde darum kämpfen, wieder ein Leben in Schönheit und Wohlstand zu führen und niemand könnte sie daran hindern, das schwor sie sich.

Plötzlich wurde hastig die Tür geöffnet. Schwester Margot kam herein und gab die notwendigen Anweisungen:

»Es kommen Russen! Schnell, Lotte, ins Dachzimmer. Geh vorher beim Pater Kuratus vorbei und weck ihn, dass er herunterkommt! Sie gehen wie immer ins Lazarett, Frau Winkler. Und schicken Sie Herrn Kowalski zum Eingang!«

Seit einer Woche, dem 2. Mai, waren die Russen da. Eine russische Kommandantur besetzte das Quartier um den Südteil des Lietzenseeparks. Dernburgstraße und Herbartstraße wurden gänzlich für den öffentlichen Verkehr gesperrt, die Häuser beschlagnahmt. Dort wohnten die russischen Offiziere, die einfachen Soldaten lagerten neben ihren Pferden im Lietzenseepark. Sie hatten nicht einmal Zelte.

Am nächsten Tag, am 3. Mai, waren die Russen zum erstenmal ins Frauenbundhaus gekommen. Das Haus war überbelegt, zu den ständigen

Bewohnern – den ›Damen‹ und ein paar ›Herren‹, wie die Schwestern sie nannten – kamen zahlreiche Flüchtlinge. Das Gebäude hatte trotz monatelanger Bombardierungen der Gegend um den Lietzensee nur geringe Schäden erlitten, im Gegensatz zu fast allen anderen Häusern rund um den See. Die große Wohnanlage auf der linken Seite des Frauenbundhauses zum Beispiel wurde im Februar 1944 bei einem Luftangriff fast völlig zerstört. Bereits im Dezember 1943 hatte eine Bombe die St. Canisius-Kirche, das ›Gymnasium am Lietzensee‹ und die umliegenden Häuser in brennende Trümmerhaufen verwandelt. Schließlich blieb kein Haus mehr verschont. Seit Beginn des Jahres 1945 wurde Berlin ununterbrochen bombardiert, bei Tag von den Amerikanern, bei Nacht von den Briten. Überall das gleiche Bild: brennende Häusergerippe mit Bergen von Trümmern und Schutt und dazwischen umherirrende, obdachlos gewordene, ausgehungerte Menschen in zerfetzten Kleidern.

Von diesem Inferno war das Frauenbundhaus fast verschont geblieben. Zwar rieselte nach jedem Granat-Einschlag in einem benachbarten Haus der Mörtel von Decken und Wänden, alle Fensterscheiben waren zersplittert und das durch Flaksplitter beschädigte Dach mussten die Schwestern notdürftig reparieren, damit es nicht hereinregnete. Aber nicht ein einziges Mal war eine Bombe eingeschlagen.

Diese Tatsache führten die frommen Schwestern auf den besonderen Schutz Gottes zurück. Jeden Tag dankten sie und die andern Hausbewohner in Messen und Andachten ihm dafür, oft unter dem unbeschreiblichen Gedröhne der Kanonen und einschlagenden Granaten. Allerdings, so hatten die Beterinnen den Eindruck, konnte kein noch so großer Kriegslärm ihren Bittruf »Herr, erbarme dich!« übertönen.

Man hatte sich daran gewöhnt, dass mehrmals täglich Russen ins Haus kamen, meistens zum Plündern, oft aber auch auf der Suche nach versteckten Soldaten. Es waren immer Angst erregende Besuche, dennoch hatten die Hausbewohner im Laufe der Zeit eine gewisse Routine erlangt, mit ihnen umzugehen. Sie profitierten davon, dass viele Rotarmisten im Grunde noch gläubige Menschen waren und mit einem »heiligen« Haus und seinen Bewohnern vorsichtig umgingen. Wie viel man auch hörte von ihren Gräueltaten in den Nachbarhäusern, wie viel Schreie von überfallenen Frauen aus dem Park täglich herüberklangen, die Bewohnerinnen des Frauenbundhauses waren bisher von Vergewaltigungen verschont geblieben. Die Schwestern in ihrer dunkelblauen Tracht und in ihrem selbstbewussten Verhalten schüchterten die einfachen Soldaten eher ein, die andern Frauen waren meist als Rot-Kreuz-Schwestern des Lazaretts verkleidet oder verbargen sich. Die jungen Mädchen versteckten sich in einem Zimmer unter dem Dach, so hoch stieg erfahrungsgemäß niemand. Und jede Nacht wachten die Herren und gerade anwesende Priester mit dem Kreuz auf der Brust am Eingang.

Dennoch stand Lotte jetzt erschrocken auf und verließ den Raum. Sie lief in das Zimmer der Patres, in dem sie sich aufhielten, wenn sie im Haus waren.

Es tat Lotte leid, den Pater Kuratus zu wecken, der auf der Pritsche vor Erschöpfung eingeschlafen war. Er sah so friedlich aus. Aber als Lotte ihn leicht am Arm berührte, war er sofort hellwach und sprang auf. Er rannte bereits los, während er noch seine Soutane glatt strich.

»Halt! Halt!« rief Lotte ihm hinterher. »Ihr Kreuz!«

Lotte hob ein großes Kreuz an einer Schnur auf, das neben der Pritsche auf der Erde gelegen hatte, und gab es dem Priester, der es sich hastig umhängte. Während sie ins Dachgeschoss stieg, eilte der Pater in die Eingangshalle, wo ihm vier Russen entgegenkamen. Oberschwester Roberta erschien im gleichen Moment von der anderen Seite und rief ihnen noch im Gehen ihren einzigen russischen Satz entgegen, den sie für diese Gelegenheiten auswendiggelernt hatte:

»Padaschoito nemnoge, pridiot perewodschhick! Warten Sie ein wenig, gleich kommt der Dolmetscher!« Wie immer bewunderte der Pater die äußerlich so selbstsichere Haltung der Oberin, der niemand ihre Angst ansah, und er musste sich fast das Lachen verbeißen, als er die überraschten Gesichter sah, mit denen die Besucher die Russisch sprechende Schwester musterten. Mit einem lauten »Dominus vobiscum« und segnend ausgebreiteten Armen hinderte er die Soldaten am Nähertreten und stellte zufrieden fest, dass auch das Kreuz auf seiner Brust Eindruck machte. Da kam auch schon Herr Kowalski, der Heizer, der Polnisch sprach und daher dolmetschen konnte, und die Verhandlungen konnten beginnen. Vor Plünderungen hatte inzwischen niemand mehr Angst, alles Mitnehmenswerte war weg, Schmuck, Fahrräder, sogar die Autos aus der Garage. Dass es im ganzen Haus keine einzige Uhr mehr gab, machte zwar gewisse Probleme, aber letztlich kam man auch ohne sie aus. Radiogeräte, Plattenspieler, Fotoapparate und Schreibmaschinen hatten nach der Kapitulation sofort abgeliefert werden müssen. Fanden die Russen bei Hausdurchsuchungen noch Geräte dieser Art, wurden die Besitzer verhaftet.

Diesmal war der Kommandant persönlich mit einigen Offizieren gekommen, um das Haus zu inspizieren. Ihre Forderungen waren beunruhigend: Zwei Etagen des Hauses sollten an die Russen abgetreten, außerdem zweihundert Verwundete ins Lazarett aufgenommen werden.

Die entsetzte Oberin verzog keine Miene, sondern bat sie höflich, mit ihr zu kommen und die Räumlichkeiten zu begutachten. Gemeinsam gingen sie durch das Gebäude zum Lazarett, das in der Turnhalle eingerichtet war. Diese Turnhalle bot die Oberin dem Kommandanten an, dazu den danebenliegenden Speisesaal, der allerdings seit geraumer Zeit als Kapelle diente, da die Benutzung der Hauskapelle im zweiten Stock bei den ununterbrochenen Bombenangriffen zu gefährlich geworden war, wie sie erklärte.

Nachdem sie den Raum betreten hatten und die Russen den bescheidenen Altar, die Kniebänke und das Ewige Licht sahen, schüttelte der Kommandant den Kopf und wandte sich zum Gehen.

»Wir wollen keine Kirche für profane Zwecke verwenden. Einstweilen werden wir von Ihrem Haus absehen«, übersetzte Herr Kowalski mit kaum unterdrückter Erleichterung.

Als die Russen gegangen waren, fiel die Oberin auf die Knie und dankte Gott. Neunundvierzig teils schwer Verwundete versorgten die Schwestern zur Zeit im Lazarett, trotz chronischen Mangels an Medikamenten und Verpflegung. Sie kämpften um jedes Leben, wenn auch oft vergeblich. Wo aber hätten ihre Verwundeten bleiben können, wenn sie die Turnhalle hätten räumen müssen?

5

Neben Annas Haus wurde seit Wochen auf der Grünanlage gegraben, neue Rohre verlegt oder Ähnliches. Anna wusste nichts Genaues, registrierte nur nebenbei die großen Erdaufhäufungen und den tiefen Graben, der gezogen wurde. Bauwagen und Container standen auf dem Bürgersteig und der Grünanlage herum.

Aber als sie an einem schönen Morgen Ende April aus dem Haus trat, um zur Schule zu radeln, staunte sie nicht schlecht: Mehrere Polizeiautos blockierten fast die Straße, dazu eine Menge Schaulustiger. Sie sah auch, dass die Grünanlage neben ihrem Haus abgesperrt war.

»Was ist denn hier los?« fragte Anna einen Polizisten, der gelangweilt das Treiben beobachtete.

»Nichts Besonderes. Die Arbeiter haben Knochen in der Erde gefunden.«

»Na, Sie sind ja gut!« Anna wusste nicht, ob sie über diese schnoddrige Antwort lachen sollte.

»Was meinen Sie«, belehrte sie der Beamte, »was bei den vielen Bauarbeiten heutzutage in Berlin gefunden wird! Bomben, Waffen, Uniformen – da sind ein paar ausgebuddelte Knochen wirklich nichts Besonderes!«

»Und was passiert mit ihnen?« fragte Anna neugierig.

»Die werden eingesammelt und ins Leichenschauhaus in der Invalidenstraße gebracht. Da werkeln dann die Gerichtsmediziner an ihnen herum.«

Auf Annas fragenden Blick fügte er hinzu: »Die versuchen Alter, Geschlecht, Größe usw. der Skelettteile zu bestimmen.«

Ein Leichenwagen fuhr vor.

»Da kommen sie schon, die Herrschaften von der Gerichtsmedizin, da können wir abziehen! Wiedersehen!« Der Polizist entfernte sich.

Anna hatte es eilig und radelte los. Sie konnte nicht abwarten, bis die Knochen weggebracht wurden.

Als sie mittags wieder nach Hause kam, war von der morgendlichen Aufregung nicht mehr viel zu bemerken. Allerdings war das Gelände immer noch abgesperrt, und die Bauarbeiter durften nun statt mit Baggern nur noch mit Spaten graben, bis ausgeschlossen werden konnte, dass weitere Knochen im Erdreich verborgen waren.

Am nächsten Morgen stieß Martin, der abends erst spät nach Hause gekommen war und von dem Vorfall nichts wusste, beim Zeitungslesen einen kleinen Überraschungsschrei aus.

»Das gibt es nicht! Hör mal: ›Totenschädel am Lietzensee entdeckt‹!«

»Lies vor! Ich habe gestern alles gesehen, als ich zur Schule fahren wollte!«

»Bei Bauarbeiten in der Wundtstraße in Charlottenburg sind am Dienstag ein zertrümmerter menschlicher Schädel, ein Oberschenkelknochen und mehrere kleinere Knochen entdeckt worden. Die Polizei sicherte die Fundstelle. Gerichtsmediziner brachten die menschlichen Überreste in das Landesinstitut für gerichtliche und soziale Medizin. Dort sollen sie untersucht werden. Nach einer ersten Begutachtung wird vermutet, dass es sich um den Schädel einer Frau handelt, die erschossen oder erschlagen wurde, wahrscheinlich Ende des Zweiten Weltkrieges. Bei den Überresten der Knochen wurde auch ein Armband gefunden, das die Frau möglicherweise getragen hat. Sachdienliche Hinweise nimmt jede polizeiliche Dienststelle entgegen.«

Daneben war ein Foto mit dem Schmuckstück abgebildet.

»Kaum zu glauben, dass noch nach Jahrzehnten Tote entdeckt werden! Und sogar vor unserer Haustür!« meinte Martin noch immer verwundert und reichte Anna die Zeitung.

Diese starrte sekundenlang auf das Farbfoto.

Martin betrachtete es nun ebenfalls genauer. »Komisch, das kommt mir irgendwie bekannt vor. Dir auch?«

»Ja, mir auch«, sagte Anna langsam, »und ich weiß auch warum. Weil der Ring aus unserm Ofen mit diesem Armband eine große Ähnlichkeit hat. Sieh mal, die grünen ovalen Steine zwischen den Goldröhrchen sind genau so eingefasst wie der Ring. Man könnte meinen, Ring und Armband gehören zusammen. Und Rike vermutete doch auch, dass der Ring Teil einer Schmuckgarnitur ist.«

»Du hast Recht. Sie scheinen beide auch zur gleichen Zeit, am Kriegsende, verloren gegangen zu sein.«

»Schade, dass Frau Körner immer noch auf ihrer Kur ist. Sie hätte vielleicht für alles eine Erklärung.«

»Ob wir mit dem Ring zur Polizei gehen müssen? ›Sachdienliche Hinweise‹ usw.?« überlegte Martin.

Anna war strikt dagegen.

»Wir warten ab, wir wissen doch selbst nichts. Den Ring will ich auf jeden Fall behalten! Außerdem hat Rike ihn im Moment!«

6

Müde streckte sich Lotte auf ihrer Pritsche aus. Was für ein herrliches Gefühl! Zum erstenmal nach fast zwei Wochen hatten sie und die Mutter sich nicht in voller Kleidung schlafen gelegt, sondern sich vor dem Zubettgehen ausgezogen. Keine Nächte mehr im Luftschutzkeller, keine Sirenen, kein Kanonendonner, kein brennender Himmel. Sogar die beiden andern Betten standen leer, so dass selbst die Mutter nicht mehr so viel klagte. Frau Schön und Frau Pape waren wieder in ihre Wohnungen im vierten Stock gezogen.

Lotte hatte heute den ganzen Tag gearbeitet, stundenlang auf Befehl des russischen Kommandanten mit anderen Frauen die Straße aufgeräumt unter der scharfen Beobachtung der russischen Aufpasserin Ludmilla. Die Wundtstraße bot einen trostlosen Anblick: Wracks von Lastwagen, Geschützen und Panzern standen herum, zerfetzte Barrikaden, verkohlte Trümmer aller Art, Bäume ganz oder halb abgebrochen und auf die Straße gestürzt. Und überall meterhohe Berge von Schutt, den sie stundenlang, bis in den Nachmittag, von der Fahrbahn auf den Bürgersteig schippten. Die Mutter, die sich in ihrem elenden Zustand noch nicht an den schweren körperlichen Arbeiten beteiligen konnte, saß viele Stunden am Tag an ihrem Tisch und nähte Säcke für die Toten. Täglich starben Verwundete im Lazarett oder wurden Tote auf der Straße unter den Trümmern gefunden. Alle bekamen ihr Grab mit einem Kreuz im Park, von einem Pater kirchlich bestattet.

Als Lotte erschöpft auf ihr Zimmer ging und sich auf ihr Bett fallen ließ, wurde sie sofort von der Mutter ermahnt:

»Du willst dich doch nicht etwa ausruhen. Du musst noch Wasser holen! Und ich habe den Schwestern versprochen, dass du nachher im Lazarett hilfst.«

»Ich geh gleich. Nur eine kurze Pause, Mutti!« Lotte blieb ein paar Minuten liegen.

Da wurde die Tür aufgerissen und Frau Pape rief: »Lotte, komm schnell, es gibt Pferdefleisch!«

»Wo?« Sofort sprang Lotte hoch.

»Vorn an der Ecke Riehlstraße!«

Schnell rannte Lotte los, alle Müdigkeit vergessend, aber dann wurde ihr fast übel bei dem Anblick, der sich ihr bot: Hier wurde kein Fleisch verkauft, sondern auf dem Bürgersteig lag ein halbes noch warmes Pferd, um den Kadaver drängten und schubsten sich Männer und Frauen, die sich mit Messern und Beilen Stücke absäbelten.

Lotte, blass vor Entsetzen, blieb stehen und schaute zu, als eine resolute Frau mittleren Alters, die sich gerade ein Stück Pferdefleisch herausgeschnitten hatte, sagte: »Soll ich Ihnen mein Messer borgen?« und ihr freundlich ihr blutverschmiertes Messer hinhielt.

»Ich kann das nicht«, stotterte Lotte.

»Doch natürlich, los!«

Die Frau drückte ihr aufmunternd das Messer in die Hand. Nun säbelte auch Lotte an dem Pferd herum. Einfach war es nicht, aber sie bekam ein großes Stück von der Keule – noch mit Pferdefell.

Als sie mit ihrer Beute zu Hause ankam, wandte die Mutter sich schaudernd ab, aber Tante Bertchen freute sich mächtig: »Das wird ein Festbraten. Allerdings muss das Fleisch erst noch abhängen«, meinte sie und zog eine Schnur durch, nachdem sie das Fell abgezogen hatte.

Am nächsten Tag, als Lotte wieder an der Ecke vorbeikam, lag nur noch ein stinkendes Pferdegerippe da. Bis zum letzten Fetzen war dem toten Pferd das Fleisch von den Knochen geschabt und in die Kochtöpfe gesteckt worden. Nur noch die Gedärme hingen faulend durch die nackten Rippen.

Jetzt nahm Lotte ihren Eimer, einen zweiten würde sie sich von der Nachbarin borgen, und machte sich auf den Weg zu der Pumpe in der Danckelmannstraße an der Ecke Kaiserdamm. Hoffentlich muss ich nicht solange anstehen und hoffentlich gibt es genug Wasser, dachte sie matt.

Nachts konnte Lotte, obwohl sie todmüde war, nicht einschlafen, weil der Hunger sie quälte. Sie wusste nicht mehr, wann sie sich das letzte Mal richtig satt gegessen hatte. Das musste Ewigkeiten her sein! Jetzt reichten ihre kärglichen Lebensmittelvorräte höchstens für wässrige Suppen und wenn dann, wie heute, die Schwestern nicht einmal eine Scheibe Brot dazugeben konnten, bekam sie Magenkrämpfe vor Hunger.

»Morgen werden die ersten Lebensmittelkarten ausgegeben«, dachte sie hoffnungsvoll, »dann müssten auch Lebensmittel zu kaufen sein.«

Auch der Lärm, der durch das mit Pappe zugeklebte Fenster vom Park herüberklang, ließ sie nicht zur Ruhe kommen. Tag und Nacht feierten die Russen. Sie schrieen und betranken sich, und wenn sie betrunken waren, gingen sie in die Häuser und holten sich Frauen. Lotte schauderte, aber im Frauenbundhaus war sie sicher. Wie gewöhnlich ließ nach einer gewissen Zeit der Lärm nach und leise Töne eines Akkordeons erklangen plötzlich. Und dann begannen die Russen zu singen, wunderbare sehnsüchtige Lieder aus ihrer Heimat. Mit klopfendem Herzen lauschte Lotte in ihrem Bett den melancholischen Melodien. In solchen

Momenten liebte sie die Russen fast, weil sie so schön sangen. Das passt nicht zusammen, dachte sie, diese grausame Brutalität und dann dieser schwermütige Gesang.

Am nächsten Tag machte Lotte sich mit Frau Pape, ihrer früheren Zimmergenossin, einer lebhaften, schon älteren Handarbeits- und Religionslehrerin an der nahe legenen Mädchenschule, auf den Weg zum Wirtschaftsamt. Wegen der schweren Bombenschäden am Rathaus von Charlottenburg waren die meisten Abteilungen des Bezirksamtes in das fast unversehrte Gebäude des Reichskriegsgerichtes in der Witzlebenstraße gezogen.

Vor dem Büro im ersten Stock herrschte ein unglaubliches Gedränge und Geschimpfe. Es stellte sich heraus, dass noch keine Lebensmittelkarten verteilt wurden, sondern die Bewohner des Einzugsbereichs erst registriert werden sollten. Der wichtigste Punkt des auszufüllenden Fragebogens war der der Parteizugehörigkeit, der heftige Diskussionen und Beschuldigungen unter den Wartenden auslöste. Die Lebensmittelkarten würden erst morgen ausgegeben, erfuhren sie. Also mussten sie morgen noch einmal wiederkommen.

Als die beiden auf dem Rückweg um die Ecke in den Witzlebenplatz einbogen, fragte Lotte:

»Wollen wir durch den Park nach Hause gehen? Es ist so ein schöner sonniger Tag. Und außerdem ist heute Himmelfahrt!« fiel ihr noch ein, und sie lachte.

Frau Pape zögerte, man durfte nicht leichtsinnig sein. Die Russen, die im Park gehaust hatten, waren zwar gestern mit Sack und Pack und ihren Pferden abgezogen, dennoch trieben sich genug andere hier herum.

Aber sie waren zu zweit und würden, wenn nötig, um Hilfe schreien. So bogen sie an der Nordspitze des Sees in den Park ein. Lotte, die erst seit knapp drei Wochen in Berlin war, hatte den Park noch nie betreten. Anfangs war es zu gefährlich gewesen wegen der Kampfhandlungen, dann wegen der herumstreunenden Russen. Die meiste Zeit hatte sie sich im Haus aufgehalten oder in der engeren Umgebung des Frauenbundhauses, auf der Suche nach Essbarem. Jetzt wollte sie endlich einmal den Lietzenseepark kennen lernen.

Aber dieser Park mit seinen schön geschwungenen Wegen, hohen Bäumen, großen Wiesen und Spielplätzen für die Kinder, von dem die Damen viel erzählt hatten, immer mit einem gewissen Besitzerstolz, als sprächen sie von ihrem eigenen Schlosspark - dieser Park existierte kaum noch. Alles war verwüstet, manche Wege erkannte man nicht mehr. Die Erde war aufgerissen von Bombentrichtern, viele Bepflanzungen zerstört und verbrannt. Überall Dreck und Unrat, Reste von Soldatenlagern. Die Parktore waren herausgerissen oder hingen schief in den Angeln. Gräber aber sah man nicht mehr im Park. Die Toten waren inzwischen auf reguläre Friedhofe umgebettet worden.

Dennoch war Lotte glücklich über diesen Spaziergang, weil sie sah, dass trotz aller Zerstörung die Natur sich nicht besiegen liess. Es war Frühling, der Park lebte. Vögel zwitscherten, überall blühte es, junges Grün blinkte in der Sonne und bedeckte an vielen Stellen die Wunden, die der Krieg geschlagen hatte.

Frau Pape entpuppte sich als kundige Führerin.

»Du wunderst dich bestimmt, wo der Lietzensee geblieben ist. Den haben die Nazis zugedeckt mit künstlichem Rasen, auf Pfählen, um den feindlichen Fliegern die Orientierung zu erschweren.«

Oder: »Siehst du das Bootshaus? Das ist ziemlich zerstört, aber früher konnte man Boote mieten und auf dem See rudern. Und im Winter zu Walzermusik Schlittschuh laufen.«

Oder: »Das ist die kleine Kaskade gewesen, oben der Springbrunnen, dann das Wasserbecken und hier lief das Wasser in den See. Alles sieht ziemlich mitgenommen aus, aber es war wirklich eine hübsche Anlage. Und dieses Eisengestänge, das so verbogen herumhängt, das waren die Pergolen auf jeder Seite der Kaskade, die wunderbar mit Rosen berankt waren. Ich muss dir mal Fotos von früher zeigen.«

Oder: »Dieses Riesenloch dort war die Liegewiese, rundherum mit dichten Fliederbüschen bewachsen. Ach, sieh nur, der Flieder blüht schon!«

Sooft die beiden Frauen sich umblickten, sie sahen keine russischen Soldaten. Und sie waren nicht allein, es gingen auch andere Menschen, sogar Frauen ohne Begleitung, durch den Park. An einer Wegkreuzung arbeiteten Männer und schafften Ordnung. Alles war friedlich.

7

»Los, Kinder! Beeilt euch! Zieht euch die Schuhe an! Martin! Du bist noch nicht mal rasiert! Um elf ist die Eröffnung und wir müssen pünktlich sein! Du weißt, Tanja ist sonst monatelang eingeschnappt!«

Anna machte es keinen Spaß, ihre Familie so anzutreiben, aber ihr blieb einfach keine Wahl.

»Muss ich wirklich mit zu deiner Tante Dora?« Martin sträubte sich hartnäckig.

»Ja, du musst«, erwiderte Anna aufgebracht. »Das weißt du genau! Und sag bitte nicht dauernd ›Tante Dora‹! Erst recht nicht vor den Kindern, sonst fangen die auch noch damit an!«

»Warum sollen wir Tante Dora eigentlich immer Tanja nennen?« mischte sich Max ein, der interessiert den Wortwechsel der Eltern verfolgte.

»Na, bitte! Da hast du's!«

Während sie Kalli beim Anziehen der Sandalen half, erklärte sie so ruhig wie möglich: »Tante Dora hat ihr Name nicht mehr gefallen und darum hat sich einen anderen ausgesucht. Das machen manche Leute. Vielleicht gefällt dir später, wenn du erwachsen bist, ›Max‹ auch nicht mehr und du willst zum Beispiel lieber ›Paul‹ heißen.«

»Nie im Leben! Paul ist doof!«, widersprach Max. »Und warum dürfen wir nicht ›Tante‹ zu ihr sagen?«

»Weil ›Tante‹ alt klingt und Tanja nicht gern alt sein möchte!«

»Obwohl sie alt ist mit ihren 65 Jahren!« warf Martin unnachgiebig ein.

Anna verstand Martin nicht. Es konnte ihm gleichgültig sein, wie die Schwester ihres Vaters lebte. Diese, unverheiratet und inzwischen Rentnerin, hatte vor zwei Jahren in einem kleinen Atelier in der Steifensandstraße an einem Malkurs für Frauen teilgenommen, der ihr Leben von Grund auf umkrempelte. Sehr zu ihrem Vorteil, nach Annas Meinung. Statt in langweilige Blusen und Hosen hüllte sie sich nun in interessante Leinenkleider und behängte sich mit Ketten und Schals. Sie räumte ihre Wohnung um und richtete sich im ehemaligen Schlafzimmer, das hierfür die beste Beleuchtung bot, ein Atelier ein, wo sie nun begeistert malte.

»Sie macht sich lächerlich. Fürchterlich, die alten Frauen mit ihrem Zwang zur Selbstverwirklichung«, war dagegen Martins Einstellung, von der er sich nicht abbringen ließ.

Heute nun fand die Eröffnung ihrer ersten Ausstellung statt, ganz im privaten Kreis in der Villa einer Freundin in der Sensburger Allee, nahe dem S-Bahnhof Heerstraße. Nur enge Freundinnen und Verwandte waren eingeladen, zu mehr Öffentlichkeit fehlte Tanja noch der Mut.

»Da seid ihr ja endlich!« rief die Tante erleichtert, als sie eintrafen. »Dann können wir anfangen!«

Diese Villa ist ein Traum, dachte Anna. Im Erdgeschoss drei oder vier große Räume, ein weitläufiger Wintergarten mit Blick auf den parkähnlichen Garten, außerdem eine riesige, wunderbar altmodische Küche, allerdings mit allem modernen Komfort eingerichtet, in der bereits Getränke und ein kleines Büfett aufgebaut waren. Eine Treppe führte nach oben in die Schlafzimmer.

»Hier könnte ich es auch aushalten!« hörte sie Martin neben sich.

Tanja und ihre Freundin Cecilie, die Villenbesitzerin, hatten ganze Arbeit geleistet. In den großen spärlich möblierten Salons waren sämtliche Bilder und sonstiger Wandschmuck abgehängt. Dafür hingen Tanjas Bilder an den weiß gestrichenen Wänden und kamen in den hellen Räumen gut zur Geltung. Tanja war immer noch dabei, ihren Stil zu entwickeln. Zur Zeit malte sie vorwiegend Aquarelle, farbenfrohe phantasievolle Bilder mit Blumen, Tieren und Fabelwesen.

Es waren ungefähr zwanzig Personen anwesend, auch Annas Eltern und Ulli und Rike. Sie konnten sich zuerst nur zuwinken, denn Cecilie begann mit der Begrüßung und den einführenden Worten zu den Ausstellungsobjekten. Dann fügte Tanja, aufgeregt an ihrer Halskette zerrend, noch ein paar Erklärungen hinzu und bot Interessenten eine Führung an. Schließlich brachte die Tochter des Hauses auf einem Tablett Sekt für die Besucher. Damit war der offizielle Teil der Vernissage beendet.

Nun konnte man sich entspannt bewegen, Freunde und Verwandte begrüßen, Bilder betrachten und diese eigentlich ganz gut finden, wie sogar Martin wohlwollend bemerkte. Als die Kinder und er sich zu langweilen begannen, gingen sie hinaus in den Garten zum Fußballspielen.

Anna und Ulrike ließen sich unterdessen in der Küche feines Blätterteiggebäck schmecken. In ihrer Unterhaltung ging es allerdings nicht um Tanjas Bilder, sondern um den Ring aus dem Ofen. Ulrike hatte ihn zum Leidwesen Annas noch nicht mitgebracht.

»Ich habe den Ring meinem Prof gegeben, damit er ein Gutachten anfertigt«, erklärte Ulrike. »Das dauert ein bisschen. Aber ich selbst habe auch recherchiert und kann dir schon eine Menge über die Herkunft des Rings erzählen.« Mitten im Satz packte Anna sie plötzlich am Arm und stotterte: »Sieh mal da!«

»Was hast du?« Rike blickte ihre Schwägerin verwundert an.

»Das Bild! Die Frau!«

»Welches Bild?« Ulrike sah nichts.

Wie von einem Magnet angezogen bewegte sich Anna, immer noch ihre Schwägerin am Arm haltend, zu einer Ecke der Küche. Hier hatten Tanja und Cecilie einige Bilder, die sie von den Wänden abgenommen hatten, provisorisch auf den Boden gestellt.

Das oberste Bild war ein großes Gemälde in einem breiten verschnörkelten Goldrahmen. Es zeigte eine schöne, noch junge dunkelhaarige Frau, die zu ihrem hellen tief ausgeschnittenen Sommerkleid grüngoldenen Schmuck trug: ein Collier, ein Armband, einen Ring und ein Paar Ohrclips.

Aufgeregt schüttelte Anna Ulrikes Arm: »Der Schmuck! Mein Ring!«

Jetzt starrte auch Ulrike auf die porträtierte Dame. »Tatsächlich! Die ganze Garnitur!«

In diesem Moment kamen Martin und die Kinder vom Fußballspielen erhitzt in die Küche, um etwas zu trinken, sahen die beiden Frauen in der Ecke stehen und traten neugierig hinzu. »Die trägt ja das Armband und den Ring!« rief Martin überrascht. »Und sogar noch eine passende Kette! Wir müssen Cecilie fragen, was es mit diesem Bild auf sich hat.«

Während Anna sie holte, hoben Martin und Ulrike das Gemälde hoch.

»Wir wollen es richtig aufhängen. Wo kommt es hin?« fragten sie die herbeieilende Hausherrin.

»In den großen Salon«. Cecilie ging voran. »Tanja wird es verkraften, wenn wir eines ihrer Bilder abnehmen.«

Sie zeigte auf die Wand neben dem Wintergarten. »Das ist sein Platz, hier sind besonders gute Lichtverhältnisse. Es ist unser schönstes und kostbarstes Bild«, fügte Cecilie fast leidenschaftlich hinzu.

Inzwischen waren auch andere Gäste neugierig herangekommen und sahen zu, wie Martin und Ulrike das Bild aufhängten. Dann traten sie einen Schritt zurück und betrachteten nun in aller Muße die Details dieses luftigen, anmutigen Sommerbildes.

Die schöne junge Dame saß auf einem altmodischen, aber eleganten Kanapee. Neben ihr stand ein kleiner Tisch mit einem silbernen Teeservice. Sie hatte den linken Arm auf die Lehne des Sofas gelegt und hielt graziös eine Tasse in der Hand, während sie mit der rechten den Zucker verrührte. Dabei schaute sie den Betrachter mit einem winzigen, leicht spöttischen Lächeln an. An dem geöffneten Fenster schräg hinter ihr wehte sanft die Gardine und im Hintergrund sah man blühende Bäume.

»Ein wunderbares Gemälde!« meinte Anna seufzend, »die Frau scheint keine Probleme zu haben: eine wahre Schönheit, reicher Schmuck, geschmackvolles Haus. Wer ist sie, Cecilie?«

»Die Dame ist Rosa Blumenthal, die frühere Besitzerin dieser Villa.«

»Ach!« Annas verträumtes Gesicht wurde ernst. »Dann war ihr Leben nicht problemlos! Was ist mit ihr passiert?«

»Dieses Haus wurde 1908 gebaut von einem reichen jüdischen Bankier namens Aaron Blumenthal. Er starb in den zwanziger Jahren und sein einziger Sohn Ludwig beerbte ihn, das heißt, er erbte das Bankhaus an der Mohrenstraße und mehrere Häuser in der Stadt verteilt. Diese Villa gefiel ihm am besten und so zog er nach der Hochzeit mit seiner jungen Frau Rosa hier ein. Sie führten ein luxuriöses Leben, hatten aber keine Kinder. Dieses Bild wurde von einem Schüler von Max Liebermann 1929 gemalt. Als die Nationalsozialisten an die Macht gekommen waren, entschlossen sich die Blumenthals zur Emigration und verkauften das Haus an einen arischen Freund zu einem korrekten Preis, wie uns gesagt wurde. Die beiden konnten fast nichts mitnehmen. Auch dieses Bild blieb zunächst einfach an der Wand hängen. Wir haben das Haus in den sechziger Jahren gekauft. Es war sehr heruntergekommen, daher aber auch preiswert. Heute könnten wir diese Villa nicht mehr bezahlen. Das Bild haben wir übrigens verdreckt und beschädigt in einer Kellerecke gefunden. Erst nach der Restauration konnte es seine ganze Pracht entfalten«, schloss Cecilie.

»Wissen Sie, wie es dem Ehepaar Blumenthal ergangen ist? Sind sie nach dem Krieg zurückgekommen und hatten sie später Kinder?« wollte Ulrich wissen.

»Ich weiß nichts. Man hat nie wieder etwas von ihnen gehört. Und das Haus ist regulär verkauft worden, alles im Grundbuch eingetragen. Selbst wenn Erben da wären, hätten sie keinen Eigentumsanspruch.«

Wieder betrachteten sie die so selbstsicher blickende junge Dame auf dem Bild, die zu dieser Zeit noch nichts von ihrem zukünftigen Schicksal ahnte.

»Der Schmuck sieht einfach Klasse aus«, meinte Anna bewundernd. »Wie harmonisch das Grün der Edelsteine und die braunen Haaren zusammenpassen!«

Ulrike lachte kurz auf. »Der Schmuck ist Klasse!«

»Jetzt erzähle! Was hast du herausgefunden?«

»Elisabeth Treskow hat den Schmuck geschaffen. Sie hat jede ihrer Kreationen mit ET gekennzeichnet, daher war die Herkunft des Ringes sofort klar. Die Treskow war eine der bedeutendsten Goldschmiedin des zwanzigsten Jahrhunderts in Deutschland.«

»Genau«, unterbrach sie Annas Mutter, »wir haben im Museum in Köln Schmuckstücke von ihr gesehen. Weißt du noch, Andreas? Diese Traubenbroschen? Märchenhaft!« Ihr Mann nickte freundlich. »Von der ist dein Ring, Anna? Herzlichen Glückwunsch!«

»Ja, die Treskow ist sehr berühmt geworden«, fuhr Ulrike fort. »Auch sehr alt, lebte fast hundert Jahre, von 1898 bis 1992. Vor allem nach dem Zweiten Weltkrieg hat sie große Berühmtheit erlangt. Viele Prominente trugen ihren Schmuck, darunter auch Romy Schneider. Diese Schmuck-Garnitur stammt aber aus ihrer frühen Epoche, ungefähr Ende der zwanziger Jahre, noch ganz im Stil des Art deco, wie ich neulich schon vermutete.«

Rike trat näher an das Bild heran und zeigte auf die einzelnen Teile des Colliers: »Ihr seht, die Garnitur ist so sachlich schlicht gestaltet wie der Ring. Die Kette besteht aus neun Cabachons aus Chrysopras, so nennt man diese ovalen Anhänger. Dazwischen jeweils sehr schön die beiden Röhrchen an den kleinen Kugeln. Man erkennt, wie der Armschmuck die Formsprache des Colliers aufnimmt, abwechselnd ein ovaler Stein und ein Scharnier an der Kugel, ebenso der Ring und die Ohrclips. Mit dieser Garnitur ist Elisabeth Treskow eine äußerst elegante Kreation gelungen.«

Ulrike lächelte anerkennend.

»In dieser Zeit wurde sie bekannt und bekam die ersten Schmuckaufträge der reichen Familien in Essen, wo sie ihre Werkstatt hatte. Wenn du sagst, Anna, dass das Grün mit dem Braun der Haare so harmoniert, hast du eins ihrer wichtigsten künstlerischen Prinzipien erfasst. Sie komponierte nur Schmuck, der minuziös zu seiner Trägerin passte. Das bedeutete, dass sie sie persönlich kennen musste, Fernbestellungen lehnte sie ab. Sie studierte die Gesichtsform und Hände ihrer Kundinnen, ihre Haarfarbe und den Teint ihrer Haut. Danach suchte sie auch die Farbe der Steine aus.«

»Dann muss sie Rosa Blumenthal gekannt haben«, warf Martin ein.

»Mit Sicherheit. Vielleicht stammt sie aus dem Ruhrgebiet. Sie scheinen ungefähr gleichaltrig gewesen zu sein. Vielleicht sind sie zusammen zur Schule gegangen, oder etwas Ähnliches. Das künstlerische Hauptthema von Elisabeth Treskow, wenn ich das noch sagen darf, war die Granulation als dekoratives Gestaltungselement für Goldschmuck. So genau habe ich mich damit noch nicht befasst, aber die Treskow hat eine bereits im Altertum, vor allem von den Etruskern benutzte Technik, wiederentdeckt und experimentell weiterentwickelt. Zehntel Millimeter kleine Kügelchen werden dabei auf dem Goldschmuck befestigt, mit dem sie nur an einem winzigen Punkt verbunden sind und fast zu schweben scheinen. Das sieht phantastisch aus. An deinem Ring, Anna, habe ich aber keine Granulation entdeckt.«

Immer noch standen sie versunken vor dem Bild und ließen alle Einzelheiten auf sich wirken, während Ulrike noch einige weitere Informationen über die Goldschmiedin hinzufügte:

»Elisabeth Treskow wurde von der Stadt Köln nach dem Zweiten Weltkrieg mit der Restaurierung des Dreikönigenschreins im Kölner Dom betraut, was eine große Ehre für sie war und zeigte, wie hoch ihr technisches und künstlerisches Können eingeschätzt wurde. Übrigens schuf sie auch die neue Amtskette des Kölner Oberbürgermeisters in den fünfziger Jahren.«

Ulrich machte unterdessen mit seinem Handy verschiedene Fotos von dem Bild, auch Detailaufnahmen des Schmuckes, die er Anna per E-mail schicken wollte.

»Aber wie kommt dieser Ring auf dem Bild in unseren Ofen und das Armband ins Grab der Toten? Das kann man nicht begreifen!« unterbrach Anna ungeduldig die Stille.

»Und wo sind das Collier und die Ohrringe?« fragte Martin.

»Vielleicht auch in unserer Gegend, in unserem Haus, irgendwo im Park vergraben! Wahrscheinlich ganz in der Nähe und trotzdem unauffindbar für uns.«

Aber in diesem Punkt sollte sich Anna entscheidend irren.

8

Lotte und Frau Pape gingen am nächsten Tag ein zweites Mal zum Wirtschaftsamt, um endlich die ersehnten Lebensmittelkarten abzuholen. Lotte hoffte, dass man ihr auch die für ihre Mutter aushändigen würde, um ihr die Anstrengung des Weges und des Anstehens zu ersparen. Diesmal schlugen die beiden Frauen ohne zu zögern gleich den Weg durch den Park ein. Sie balancierten über die kaputte Treppe am Springbrunnen hinunter und bogen dann links auf dem Mittelweg zur großen Wiese ab. Wieder schien alles friedlich.

Als sie den Park verließen, sahen sie mit Entsetzen, Menschen in einer langen Schlange anstehen, die sich um die Ecke bis zum Haupteingang des Wirtschaftsamtes in der Witzlebenstraße hinzog.

»O Gott«, rief Frau Pape, »das dauert Stunden. So lange kann ich nicht stehen. Ich glaube, ich gehe wieder nach Hause und warte, bis der erste Andrang vorbei ist.«

»Ich kann fragen, ob ich Ihre Karte auch mitnehmen darf. Dann bringe ich sie Ihnen später«, meinte Lotte, fest entschlossen, ihre Karten im wahrsten Sinne des Wortes zu »erstehen«.

»Das wäre reizend, vielen Dank!«

Lotte stellte sich an. Immer mehr Leute strömten von allen Seiten hinzu, im Nu stand ein ganzer Pulk hinter ihr. Dagegen bewegte die Schlange sich nur sehr langsam. Lotte stöhnte ärgerlich, sie hatte schon jetzt keine Lust mehr, so langweilig herumzustehen. Sie musterte die Umstehenden und lachte kurz auf. Sie hätte so schlau sein müssen wie die Frau ein paar Meter vor ihr, die sich einen kleinen Klappstuhl mitgebracht hatte und behaglich in einem Buch las. Jetzt erkannte Lotte sie. Es war die Frau, die ihr das Messer zum Abschneiden des Pferdefleisches geliehen hatte. Ein Stühlchen besitze ich nicht, dachte Lotte, aber wenigstens etwas Lektüre hätte ich mir mitnehmen können. Wie die junge Frau neben ihr, die im Stehen las und derartig in ihr Buch vertieft war, dass sie manchmal in der Schlange nicht weiterrückte, sondern sich überholen ließ. Einmal gab Lotte ihr deshalb einen kleinen Schubs, damit sie sich bewegte.

Überrascht hob sie den Kopf und blickte sich fragend um.

»Wenn Sie immer die anderen vorbeilassen, kriegen Sie nie Ihre Karte«, sagte Lotte strenger als ihr lieb war.

»Ja, ja, danke« sagte die Frau und las weiter.

Was ist das wohl für ein spannendes Buch, dachte Lotte und versuchte, den Titel zu erspähen. Aber das Buch war mit abgegriffenem Papier eingeschlagen.

Lotte beobachtete die Frau, sie war jung, aber doch älter als sie selbst und mindestens einen halben Kopf größer. Sie hatte ein feines Gesicht und so gepflegte braune Haare, die sie hochgesteckt trug, dass Lotte fast neidisch wurde. Wahrscheinlich hortete sie zu Hause einen Karton Haarwaschmittel aus Friedenszeiten. Außerdem schienen ihr die Lippen unnatürlich gerötet. Ob sie etwa sogar einen Lippenstift besaß? Lotte sah unzufrieden an sich herunter, wie entsetzlich ärmlich wirkte sie dagegen in ihrem von Frau Pape geerbten Kleid ohne Gürtel und der grünen Strickjacke von Tante Bertchen.

Die junge Frau musste sich beobachtet gefühlt haben, denn ihr Blick löste sich von dem Buch. Sie lächelte Lotte an: »Ein wunderbarer Roman, so heiter und unbeschwert! Man ist wie in einer anderen Welt!

Kennen Sie das?« Sie schlug die erste Seite des Buches auf. Lotte las: »Schloß Gripsholm von Kurt Tucholsky«.

»Aber nein«, fuhr die Frau fort. »Sie sind zu jung. Tucholsky war verboten, seine Bücher wurden verbrannt. Er hat sich dann das Leben genommen, er war Jude«, schloss sie abrupt.

»Doch, wir hatten das Buch zu Hause. Allerdings ich habe es nie gelesen, weil ich noch zu klein dafür war. Wir besaßen eine große Bibliothek. Heute würde ich gern die Sachen von Tucholsky lesen, leider ist alles verloren.«

»Wo kommen Sie her?«

»Aus Danzig, geflohen.«

»Und wie alt sind Sie?«

»Neunzehn.«

»Ich heiße übrigens Eva Schmidt, und bin fünfundzwanzig«, stellte sich Lottes neue Bekannte vor und reichte ihr die Hand.

»Ich bin Charlotte Winkler. Sind Sie Berlinerin oder auch geflüchtet?«

»Ich hatte ein Engagement in Breslau und bin von dort hierher gekommen. Ich wohne drüben am Lietzenseeufer.«

Lotte hatte nur das Wort »Engagement« gehört. Sie horchte auf.

»Sind Sie Schauspielerin?« fragte sie neugierig.

»Sängerin, Sopran.«

»Wie interessant!«

Eva Schmidt lachte über ihren bewundernden Ton.

»Na ja, im Moment eine brotlose Kunst. Wahrscheinlich dauert es Jahre, bis die Theater und Opernhäuser wieder bespielt werden können.«

»Es muss großartig sein, auf der Bühne zu stehen und sich vom Publikum feiern zu lassen.«

»Stimmt! Ein schönes Gefühl, ich habe es immer genossen.«

Bevor Lotte weiterfragen konnte, kam eine Angestellte aus dem Wirtschaftsamt und rief den Wartenden zu:

»Wir haben noch ein zweites Büro eröffnet. Außerdem brauchen nicht alle anzustehen, es reicht, wenn aus einem Haus einer die Karten holt.«

Großes Gemurre, warum das nicht gleich gesagt worden sei. Sofort verteilten sich die Massen, der erste eines Hauses in der Schlange blieb stehen, die andern gingen wieder. Auch die lesende Frau klappte ihr Stühlchen zusammen.

Eva Schmidt verabschiedete sich, sie hatte ihre Nachbarin weit vorn in der Schlange gesehen. »Auf Wiedersehen. Vielleicht treffen wir uns mal wieder!«

Lotte blieb. Obwohl im Frauenbundhaus so viele Menschen wohnten, sah sie kein bekanntes Gesicht. Aber nun ging die Ausgabe schnell. Bald hatte sie die Lebensmittelkarten für sich, die Mutter und Frau Pape in der Hand.

»Tagesration«, las sie, »200 g Brot, 400 g Kartoffeln, 10 g Zucker, 10 g Salz, 20 g Kaffee, 25 g Fleisch, kein Fett.« Alles in deutscher und russischer Sprache.

Besser als nichts, dachte sie. Hoffentlich ist das, was da draufsteht, auch erhältlich. Sie packte die Karten in ihre Handtasche und machte sich auf den Heimweg.

Ohne zu überlegen, schlug sie wieder den Weg durch den Park ein. Inzwischen war es später Nachmittag geworden. Sie sah keinen Menschen mehr auf den Wegen. Sie zögerte und überlegte, ob sie an der großen Wiese am Kaiserdamm wieder auf die Straße wechseln sollte. Aber sie wollte schnell nach Hause, der Weg durch den Park war kürzer und es war so still und friedlich. Rasch ging sie weiter.

Sie hatte schon die kleine Kaskade erreicht und wollte gerade nach rechts auf den Weg zum Springbrunnen abbiegen, als sie hinter sich lautes Knacken von Ästen und Schritte hörte. Erschrocken drehte sie sich um und sah einen russischen Soldaten, der hinter ihr herlief. Jetzt schnell zur Treppe und bloß nicht stolpern, dachte sie, da schlug sie schon lang hin. Im Nu war der Russe über ihr. Aber gegen alle Erwartung stürzte er sich nicht auf sie, sondern fasste ihren Arm und half ihr hoch. Freundlich grinsend redete er ohne Pause auf sie ein, dabei zog er sie zu einem Baumstamm, auf den sie sich setzen sollte. Sie sträubte sich, sagte angstvoll »Njet, njet« und »Vielen Dank«, und versuchte sich loszumachen. Sofort erlosch das freundliche Grinsen, der Russe packte sie mit hartem Griff und zwang sie zum Hinsetzen. Dann ließ er sich dicht neben ihr nieder. Sie merkte, dass er getrunken hatte. Er stank entsetzlich, nicht nur nach Wodka, sondern auch nach Dreck und Schweiß. Seine schmutzige Uniformjacke stand offen, der oberste Knopf war abgerissen. Eine Sekunde lang tat er ihr leid. Wie konnte er gepflegt sein? Sie hatte gehört, unter welch' elenden Umständen die einfachen russischen Soldaten im Park gehaust hatten, und den anderen war es auch nicht besser gegangen.

Nun beugte er sich über ihr blutendes Knie, lachte sie wieder an, pustete auf die Wunde, lachte wieder, legte den Arm um sie und drückte sie an sich, alles begleitet von unverkennbar freundlichen Worten. Plötzlich zog er eine Wodkaflasche aus der Jackentasche, nahm erst selbst einen großen Schluck und reichte sie ihr dann mit aufmunterndem Blick. Kaum konnte Lotte ihren Ekel verbergen. Als sie nur stumm den Kopf schüttelte, wurde der Soldat wieder grob. Er packte sie an den Haaren, bog ihren Kopf zurück und steckte ihr die Flasche in den Mund. So zwang er sie, mehrere Schlucke zu trinken. Sie verschluckte sich, hustete und wurde fast ohnmächtig. Wieder liebevoll lachend klopfte der Russe ihr auf den Rücken.

Er spielt mit mir wie die Katze mit der Maus, dachte Lotte, ich muss weg. Entschlossen sprang sie auf und rannte los.

Aber der Überraschungscoup missglückte. Trotz des vielen Alkohols reagierte ihr Peiniger blitzschnell und hielt sie am Knöchel fest, so dass sie zum zweiten Mal hinstürzte. Eine Sekunde später lag er auf ihr und riss mit einem Griff ihr Kleid auseinander, während sie schrie und sich verzweifelt wehrte. Plötzlich stieß ihre rechte Hand an einen Stein und ohne zu überlegen, ergriff sie ihn und schlug ihn so heftig, wie sie konnte, auf den Kopf des Russen. Sofort sackte dieser zusammen.

Einen Moment lang blieb Lotte wie erstarrt unter dem schweren Körper liegen, dann wälzte sie ihn unter Aufbietung aller Kräfte weg und stand schwer atmend auf. Was hatte sie getan? Sie starrte auf den leblosen Soldaten, der aus einer Kopfwunde blutete. Er bewegte sich nicht, er war tot, sie hatte einen Menschen ermordet! Hysterisch schluchzte sie auf. Aber es war Notwehr, und vielleicht war er auch nur bewusstlos. Nur weg hier, darüber nachdenken kannst du später, ermahnte sie sich und bückte sich nach ihrer Handtasche mit den kostbaren Lebensmittelkarten. Als sie die Tasche aufhob, sah sie ein Blinken in der Dämmerung. Wieder bückte sie sich und diesmal hielt sie eine Halskette in der Hand. Sekundenlang ihr Unglück vergessend, bestaunte Lotte fasziniert das schwere Schmuckstück aus Gold und grünen Edelsteinen. Woher kam die Kette plötzlich? Ihr Blick fiel auf den Soldaten. Natürlich, er hatte sie vor kurzem irgendwo gestohlen. Als er über sie herfiel, war sie ihm aus der Uniformtasche gerutscht.

»Nicht schlecht, mein Fräulein!«

Lotte sprang erschrocken auf, wieder ein Mann, aber wenigstens ein deutscher. Sie hatte ihn nicht kommen hören.

»Wie Sie mit dem Russen fertig geworden sind, alle Achtung! Gratuliere!«

Der Mann, ungefähr dreißig Jahre alt, blass und mit glatt nach hinten gekämmtem Haar, lächelte sie an.

»Es war Notwehr. Er wollte mich vergewaltigen!« rief Lotte. »Sie werden mich doch nicht verraten!«

»Nein, nein. Keine Angst! Mit den Russen habe ich nichts am Hut, ich halte den Mund. Aber eine kleine Belohnung steht mir dann zu. Meinen Sie nicht?«

Belohnung? Was meinte er? Wollte er auch über sie herfallen? Lottes Gedanken jagten unkontrolliert durch ihren Kopf.

Wieder lächelte der Mann: »Nein, nichts Schlimmes. Nur das, was Sie da eben aufgehoben haben.« Er streckte die Hand nach der Halskette aus, die Lotte noch immer in der Hand hielt.

Lotte sah ihn verständnislos an. Das war ihre Kette! Ohne zu überlegen warf sie das Collier in die Tasche und wollte losrennen. Doch der Mann packte sie am Arm, er lächelte nicht mehr.

»Halt! Wollen Sie, dass ich Sie anzeige?« fragte er mit drohendem Unterton, »dass ich sage, wer den russischen Soldaten da getötet hat? Wollen

Sie nach Sibirien verschleppt werden, ins Arbeitslager? Geben Sie mir die Kette und niemand wird irgendetwas von mir erfahren!«

»Lassen Sie mich los!« Lotte begann zu weinen. Die Handtasche vor die Brust gepresst, versuchte sie sich loszureißen.

Aber der Mann hielt sie mit hartem Griff fest und zerrte an der Handtasche. Fast hatte er sie Lotte entrissen, als sie mit aller Wucht ihr Knie in seinen Unterleib stieß. Das hatte Tante Bertchen ihr empfohlen, für den Fall, dass sie sich einmal in höchster Not wehren müsste. Es funktionierte. Der Mann schrie auf und ließ von ihr ab. Sofort rannte sie zur Treppe am Springbrunnen. Der Mann kam ihr nicht hinterher gelaufen, sondern krümmte sich vor Schmerzen.

Völlig außer Atem kam sie im Frauenbundhaus an. Als die große Eingangstür hinter ihr zufiel, brach sie zusammen. Weinend kauerte sie auf der Bank in der Eingangshalle. Sie nahm nicht die Aufregung, Fragen und tröstenden Worte der Umstehenden wahr, die sich im Nu um sie gesammelt hatten.

Erst als ihre Mutter dazukam und rief: »Lotte, was ist passiert? Wie siehst du aus?« blickte sie hoch und fiel ihr in die Arme.

»Ich bin überfallen worden, Mutti!« schluchzte sie. Unter Tränen berichtete sie von dem Überfall, wie sie sich zur Wehr gesetzt hatte und entkommen war. Und dass der Russe wahrscheinlich tot ist. Die Kette und den anderen Mann verschwieg sie.

Oberschwester Roberta behielt die Ruhe: »Du gehst auf dein Zimmer und legst dich ins Bett! Die nächsten Tage rührst du dich nicht aus dem Haus. Wir hören uns um, wie auf diesen Vorfall in der Öffentlichkeit reagiert wird. Dann werden wir weitersehen.«

Wenig später lag Lotte auf ihrem Bett. Bekümmert betrachtete die Mutter das zerrissene, blutige Kleid.

»Das ziehe ich sowieso nie wieder an, das kannst du wegschmeißen!« sagte Lotte heftig.

»Vielleicht kann Frau Pape dir ein anderes schenken.«

Lotte antwortete nicht. Vielleicht konnte sie sich für die Kette ein paar schöne Kleider kaufen? Auf dem Schwarzen Markt soll es ja alles geben. Aber nein, von der Kette würde sie sich nie trennen!

»Zeig mal die Lebensmittelkarten!«

Mit diesen Worten griff Olga Winkler nach Lottes Handtasche und öffnete sie.

»Gib mir die Tasche, Mutti«, Lotte setzte sich hastig auf, aber zu spät.

»Was ist das? Wie kommt dieser Schmuck in deine Tasche?« Höchst verwundert hielt die Mutter die Kette hoch. »Das ist ja ein richtiges Collier! Wie elegant es aussieht, ist bestimmt sehr wertvoll.«

»Gib her«, sagte Lotte grob und nahm ihr Tasche und Kette weg. »Die ist dem Russen aus der Tasche gefallen, ich habe sie mitgenommen.«

»Du kannst sie nicht einfach behalten, die ist gestohlen, die musst du abgeben!« ereiferte sich die Mutter.

»Nein! Die Kette gehört mir! Und ich verbiete dir, mit irgend jemanden auch nur das Geringste über diese Kette zu sprechen. Tu so, als hättest du sie nie gesehen. Hast du verstanden?«

»Was ist das für ein Ton? Wie sprichst du mit mir?« empörte sich die Mutter. Aber als sie das entschlossene Gesicht ihrer Tochter sah, die unerbittlich wiederholte: »Du sagst niemandem etwas, hörst du?« schwieg sie beunruhigt. Die Tochter war ihr plötzlich fremd geworden.

Lotte packte die Lebensmittelkarten aus, steckte die Kette wieder in die Tasche und schob diese unter ihr Kopfkissen. Auch die Mutter legte sich auf ihre Pritsche. Im Einschlafen dachte Lotte, dass sie sich morgen zunächst genau die Kette ansehen wollte und sich dann ein gutes Versteck für sie ausdenken musste.

9

»Es hat geklingelt, mach mal einer auf!«

Anna stand leicht bekleidet im Badezimmer und schminkte sich sorgfältig. Sie durfte nicht gestört werden. Heute abend waren sie und Martin eingeladen. Martins Professor, Dr. Degen, feierte seinen 60. Geburtstag mit einem großen Fest im »Alten Krug« in Dahlem. Mit Mühe hatte sie ihren Mann überreden können, seinen Anzug, den einzigen, den er besaß, anzuziehen. Nun wollte sie sich auch entsprechend in Schale werfen. Wahrscheinlich bin ich die einzige Frau, die nicht in Hosen kommt, dachte sie.

Draußen im Flur herrschte lautes Gebrüll, Ulli und Rike waren zum Babysitten gekommen.

Hastig gab Anna beiden einen Kuss und fragte Ulrike: »Hast du ihn mit?«

»Klar!« Die Schwägerin zog sich den Ring vom Finger.

Anna stöhnte verzückt auf: »Meine Güte, wie hast du das gemacht? Der ist nicht wiederzuerkennen! Tausend Dank! Ich stecke ihn mir gleich an! Habe mir extra hellen Nagellack gekauft, der zum Ring passt. Sieht toll aus, nicht?« Begeistert wedelte sie mit ihrer gespreizten Hand.

Nach einer Umarmungsorgie mit den Kindern fuhren sie und Martin los.

Eine große Festgesellschaft hatte sich eingefunden, überwiegend Hochschulangehörige mit Anhang. Martin kannte fast alle. Nach der Begrüßung, kleinen mehr oder weniger launigen Reden, Überreichung einiger Geschenke und nach dem ganzen üblichen Ritual solcher Festivitäten begann der zwanglose Teil des Abends. Das Büfett war im großen Saal aufgebaut, aber die Türen zum Biergarten standen offen und man konnte in die laue Nacht hinaustreten.

Anna unterhielt sich gerade mit Thomas, dem Sohn des Professors, den sie von früheren Veranstaltungen kannte und der an der Technischen Universität Erziehungswissenschaften studierte.

»Einen Moment, bitte!« unterbrach er sie. »Da kommt meine Freundin Mandy, ich glaube, du kennst sie noch nicht. Sie hatte noch Vorlesung, deswegen kommt sie so spät!«

Er ging seiner Freundin entgegen. Anna beobachtete, wie sie sich umarmten und ein paar Worte wechselten. Auch Mandy trug ein Kleid, es war hellblau und passte gut zu ihren langen blonden Haaren. Sie sah sehr mädchenhaft aus und gefiel Anna auf Anhieb.

Als die beiden zu ihr kamen, verschwamm alles vor ihren Augen. Sie hörte nicht Thomas' Worte: »Anna, das ist Mandy! Mandy, das ist Anna, die Frau von Papas Assistenten.« Sie dachte nur: Ich habe Halluzinationen, ich bin verrückt geworden. Denn Mandys schlanken Hals schmückten Juwelen besonderer Art: das Collier von Rosa Blumenthal.

Anna ergriff Mandys ausgestreckte Hand, die sie etwas verwundert anblickte.

»Hallo, entschuldige, wenn ich so stumm herumstehe. Aber ich bin etwas durcheinander, weil du diese Kette umhast.«

»Die ist hübsch, nicht?« meinte Mandy unbekümmert. »Ich trage sie heute zum ersten Mal. Ist aber nicht echt!«

Anna konnte sich ein kleines Auflachen nicht verkneifen: »Hast du eine Ahnung!« Dann fragte sie sachlich: »Woher hast du diese Halskette?«

»Von meinem Opa geerbt! Mein Opa ist vor kurzem gestorben«, fügte Mandy betrübt hinzu, »aber er war schon alt, fast 90 Jahre.«

»Und woher hatte dein Opa die Kette?« fragte Anna weiter.

»Weiß ich nicht! Wieso willst du das wissen? Ist doch egal, woher ich meine Kette habe!«

Als Mandy sich ungeduldig von ihr abwenden wollte, lenkte Anna schnell ein.

»Entschuldige! Ich bin etwas durcheinander, weil ich das Collier kenne. Ich habe es auf einem Gemälde gesehen und besitze selbst den passenden Ring dazu!« Bei diesen Worten streckte Anna ihre Hand aus und fuhr fort: »Das Collier ist wahrscheinlich echt und sehr wertvoll!«

Mandy starrte sie und den Ring ungläubig an und fasste an ihren Hals.

»Komm!« sagte Anna zu Mandy, die immer noch kein Wort gesagt hatte, »wir setzen uns an den Tisch und ich erzähle dir, was ich weiß. Kannst du uns ein Glas Rotwein bringen, Thomas?«

Gehorsam verzog sich Thomas, der noch nicht ganz begriffen hatte, was sich abspielte.

Auch Martin, der wenig später vorbeikam, um einem Kollegen seine Frau vorzustellen, musste sich mit einer kurz angebundenen Anna zufrieden geben. Gerade wollte er eine spitze Bemerkung machen, da wies Anna auf Mandys Hals: »Was sagst du dazu?«

»Das gibt es nicht! Die Kette! Wo hast du die her?« Martin schaute Mandy neugierig an.

»Genau das wollen wir klären«, meinte Anna entschlossen.

Die beiden jungen Frauen ließen sich von niemandem stören. Sie verglichen Ring und Kette und stellten die Übereinstimmungen fest. Es gab keinen Zweifel, das Collier gehörte zu der Schmuck-Garnitur von Rosa Blumenthal. Anna erzählte Mandy, wie plötzlich in kurzer Zeit zwei zusammengehörende Schmuckstücke gefunden wurden, der Ring in ihrem Ofen und das Armband in der Erde. Und wie sie dann die Garnitur auf dem Gemälde entdeckt hatte. Dass jetzt auch die Halskette aufgetaucht war, grenzte an ein Wunder. Offensichtlich waren diese drei Teile des Schmuckensembles kurz nach dem Ende des Zweiten Weltkrieges in Charlottenburg, wahrscheinlich sogar in Annas eigenem Haus am Lietzensee, auseinander gerissen worden. Wie sie allerdings von der Villa in der Sensburger Allee dort hingekommen sind, war unklar. Aber das würde Anna herausfinden, und vielleicht sogar den vierten Teil der Schmuckgarnitur, die Ohrclips, aufspüren.

»Ich weiß nicht, woher mein Opa die Kette hat«, meinte Mandy, als Anna geendet hatte, »aber eines weiß ich, er hat nie in seinem Leben in Charlottenburg gelebt. Er stammte eigentlich aus dem Rheinland, aus Düren, nach dem Krieg ist er in Berlin hängen geblieben und wohnte am Boxi - am Boxhagener Platz in Friedrichshain«; erläuterte sie auf Annas fragenden Blick.

Angriffslustig fuhr sie fort: »Warst du etwa noch nie in Friedrichshain? Dann besuch mich mal! Die Mauer gibt es nicht mehr!«

»Sei nicht so empfindlich!« Anna ärgerte sich. »In Friedrichshain wohnt sogar mein Bruder! Bloß den Ausdruck ‚Boxi' kannte ich nicht! Aber das ist jetzt egal. Irgendwo muss dein Opa die Kette herhaben. Was weißt du denn von ihm?«

»Eine ganze Menge! Ich bin bei meinem Opa aufgewachsen. Wir wohnten zusammen, er, meine Mutter und ich. Er war der Vater meiner Mutter und hieß Gustav Pagel, wurde 1917 geboren. Wir wohnten in der Libauer Straße, in der er vor drei Wochen gestorben ist und wo meine Mutter heute noch lebt.«

»Was war dein Opa von Beruf?«

»Nach dem Krieg hat er als Mechaniker beim VEB Transformatorenwerk ›Karl Liebknecht‹ in Oberschöneweide gearbeitet.«

»Und vor dem Krieg?«

Schulterzucken: »Keine Ahnung.«

»War er während des Krieges die ganze Zeit Soldat?«

»Muss er wohl. Meine Mutter hat erzählt, dass er verwundet wurde und lange in einem Lazarett gelegen hat, im Harz oder so. Jedenfalls hat er viel durchgemacht.«

»Und bei Kriegsende, 1945, wo genau ist er da gewesen?« bohrte Anna weiter, obwohl sie sich fast die Antwort denken konnte:

»Weiß ich nicht!« Beide mussten lachen.

»Tut mir leid«; meinte Mandy überrascht, »ich hätte nicht gedacht, dass ich sowenig von meinem Opa weiß!«

»Nach dem Krieg – hat er dann geheiratet?« Anna gab keine Ruhe.

»Ja, meine Oma. Die habe ich nicht mehr kennengelernt, sie ist früh gestorben. Er hat meine Mutter dann allein großgezogen. Mit meinem Opa habe ich mich gut verstanden, er hat oft bei meiner Mutter ein gutes Wort für mich eingelegt. Mit meiner Mutter hatte ich immer Probleme. Sie ist verbittert, weil mein Vater abgehauen ist, als ich fünf Jahre alt war. Das hat sie nie verwunden. ... Aber um auf die Kette zurückzukommen: die bewahrte mein Opa in einem großen Taschentuch in der untersten Schublade seiner Kommode auf, die lauter Geheimnisse enthielt und die er immer abschloss. Als Kind bat ich ihn oft, die Kette herauszuholen und sie mir zu zeigen, weil ich sie so schön fand. Wenn ich sie dann in den Händen hielt, saß er unruhig daneben. Es dauerte immer nur kurze Zeit, dann nahm er sie mir wieder weg. Als ich mir einmal die Kette um den Hals legte, schlug er sie mir fast aus der Hand und sagte: ›Du musst mir versprechen, diese Kette niemals zu tragen, hörst du? Sie bringt nur Unglück! Da klebt Blut dran!‹ Es klang richtig gruselig. Kurz vor seinem Tod schenkte er mir dann die Kette, allerdings wieder mit der Warnung, sie nie zu tragen.«

»Du trägst sie trotzdem!«

»Natürlich! Ich bin doch nicht abergläubisch! Ich liebe die Kette!«

»Wohnst du noch bei deiner Mutter?« wollte Anna wissen.

Mandy lachte: »Um Gottes willen! Schon lange nicht mehr, ich bin schließlich sechsundzwanzig. Ich wohne jetzt in der Dirschauer Straße.«

»Und die Sachen von deinem Opa?«

»Sind noch da. Meine Mutter hat mit Sicherheit noch nichts angerührt oder ausgeräumt.«

»Vielleicht hat er ja in seiner Geheimschublade noch alte Papiere oder Briefe oder sonst irgendetwas, das auf die Kette hinweist.«

»Gut möglich. Ich könnte nachsehen. Meine Mutter hat sicher nichts dagegen, wahrscheinlich würde sie sowieso irgendwann alles wegwerfen.«

Jetzt hatte Mandy eine gute Idee: »Willst du mitkommen, wollen wir zusammen suchen? Das wäre prima!«

Anna stimmte erfreut zu und sie tauschten ihre Telefonnummern aus.

10

Die Tage vergingen. Lotte atmete auf, nichts war geschehen. Es gab keinerlei Reaktionen auf den Vorfall im Park, keine Nachforschungen, keine Razzien.

Als ein Pater am nächsten Tag die entsprechende Stelle vorsichtig in Augenschein nahm, konnte er außer geringen Blutspuren nichts entdecken. Lotte ging nun davon aus, dass der Soldat nicht tot, sondern zu seiner Truppe zurückgegangen war. Entweder hatte er, bedingt durch seinen Wodkakonsum, vergessen, was sich abgespielt hatte, oder bewusst niemandem etwas erzählt von seiner schmählichen Niederlage, von einem deutschen Mädchen überrumpelt worden zu sein. Auch der andere Mann, nach dem sie mehrere Tage lang ängstlich Ausschau gehalten hatte, war nicht wieder aufgetaucht. Wahrscheinlich war er nur durch Zufall vorbeigekommen und wohnte woanders.

Außerdem war sie jetzt mit anderen, ungeheuer aufregenden Überlegungen beschäftigt. Vor ein paar Tagen musste man sich wieder neue Lebensmittelkarten abholen, die alten galten nicht mehr. Diesmal waren die Karten in fünf Gruppen eingeteilt.

Als Lotte das Wirtschaftsamt durch das große Tor betrat, las sie auf der Anzeigentafel für Nachrichten aller Art von weitem eine dicke Überschrift: *»Sänger gesucht«*. Sie trat näher, und überflog den kurzen Text:

»Für ein neu zu gründendes Operettentheater werden Sänger und Sängerinnen gesucht. Vorstellungstermin mit Vorsingen ist Donnerstag, der 24. Mai, ab 10 Uhr in der Aula der Mädchenschule Witzlebenstraße 35–37. Noten müssen mitgebracht werden. O. Zobel Theaterdirektor«.

Sie spürte, wie ihr Herz plötzlich heftig klopfte. Konnte sie es wagen, sich zu melden? Sie hatte keine Gesangsausbildung, aber jahrelang im Schulchor gesungen. Außerdem hatte sie bei den häufig stattfindenden Hauskonzerten ihrer Eltern Lieder vorgetragen, vorwiegend von Schubert oder Schumann, die die Gäste sehr beeindruckten. Klavier spielen konnte sie auch gut, sie hatte jahrelang Unterricht gehabt. Musikalisch war sie auf jeden Fall. Ob das ausreichte? Sie würde es versuchen! Auf der Bühne zu stehen, selbst in der kleinsten Rolle, war ein Traum! Sie prägte sich das Datum ein.

»Wissen Sie, wo die Mädchenschule in der Witzlebenstraße ist?« fragte sie eine Frau, die die Rubrik »Suche« studierte.

»Mensch, Frollein, haben Se Tomaten uff de Ogen? Die is da drüben!«

Gutmütig zeigte die Frau auf das große, auf den ersten Blick wenig zerstörte Gebäude direkt gegenüber dem Wirtschaftsamt.

Wie erwartet, reagierte die Mutter ablehnend.

»Das kommt nicht in Frage, dass du bei diesem Tingeltangel anfängst. Du machst erst dein Abitur und lernst einen ordentlichen Beruf. Es kann nicht mehr lange dauern, bis die Schulen wieder öffnen.«

»Erstens ist es kein Tingeltangel, zweitens weiß ich nicht, ob ich genommen werde und drittens mache ich sowieso, was ich will.«

Lotte hatte sofort ein schlechtes Gewissen wegen ihrer frechen Worte. Die Mutter, die sie verstört anblickte, tat ihr leid. Aber sie konnte nichts zurücknehmen. Sie war jung, sie wollte unbedingt zu diesem Theater, endlich leben, singen, tanzen, schöne Kleider anziehen. Das verstand die Mutter nicht.

»Du bist noch längst nicht volljährig!«

»Ach, Mutti, lass es mich wenigstens probieren! Außerdem bekomme ich als Künstlerin dann die Lebensmittelkarte I oder II. Das kommt uns beiden zugute!« verlegte sich Lotte aufs Bitten und umarmte die Mutter, bis diese widerstrebend zustimmte.

Die nächsten Tage waren mit hektischen Vorbereitungen ausgefüllt. Sie musste sich Noten besorgen, nach einem Klavier Ausschau halten, Lieder einüben. Frau Pape, obwohl sie die Bedenken der Mutter teilte, unterstützte sie nach Kräften.

»Geh zu Frau Schön. Die hat ein Klavier, das vielleicht noch zu gebrauchen ist.«

Auch Frau Schön half begeistert mit.

»Ich kann Sie begleiten.« Sie schaute Lotte aufmunternd an. »Ich spiele gut Klavier, und es würde mir großen Spaß machen. Das Klavier hat zwar gelitten und ist entsetzlich verstimmt. Aber ich denke, für unsere Zwecke reicht es.«

Gemeinsam schauten sie Frau Schöns Noten durch. Erfreut fischte Lotte ein Heft mit Schubert-Liedern aus dem Stapel und blätterte darin.

»Am liebsten würde ich das *,Heideröslein'* singen, das kann ich am besten. Ah, da ist es!« rief sie erleichtert. »Wollen wir gleich probieren?«

»Nein, nein, ich muss erst üben und auch das Klavier säubern«, wehrte Frau Schön ab. »Morgen können Sie kommen. Sie müssen aber noch mehr Lieder vorbereiten, am besten auch noch etwas Lustiges und Unterhaltsames.«

Wieder durchsuchten sie die Noten.

Frau Schön hielt ein Heft hoch: »Hier, Schlager aus den zwanziger Jahren. Kennen Sie etwas davon?«

Lotte überflog die Titel: *›Ich küsse Ihre Hand, Madam‹*, *›Sag beim Abschied leise Servus‹*, *›Kauf dir einen bunten Luftballon‹* und anderes.

»Eigentlich kenne ich alle, aber gesungen habe ich davon noch nichts.«

Sie wählten den schmissigen Schlager von den schönen Beinen der Elisabeth aus und noch das chansonartige *»Ramona«*.

Das Einstudieren der Musikstücke zwischen der alten Frau und dem jungen Mädchen klappte vorzüglich. Nachdem Lotte zum ersten Mal das *›Heideröslein‹* gesungen hatte, sagte Frau Schön zu ihrer Freude: »Sie haben eine wunderbare Stimme!«

»Sie begleiten auch gut, so aufmerksam und einfühlsam!« gab Lotte das Kompliment zurück. Sie war zuversichtlich, sie würde es schaffen!

Auch das nächste Problem war schnell gelöst. Eine andere Nachbarin schenkte Lotte ein hübsches Kleid, weiß mit Blümchen und kleinen Puffärmeln, das Frau Pape nur etwas enger machen musste.

Gut gerüstet und voller Zuversicht ging Lotte am nächsten Donnerstag mit ihren Noten in der Tasche zur Schule in die Witzlebenstraße. Sie betrachtete das Gebäude genauer. Eigentlich waren es zwei Schulen, links für Knaben, rechts für Mädchen, wie man es in Stein gehauen an der Hausfront lesen konnte.

Das Tor der Mädchenschule war geöffnet, an der Tür hing ein Zettel: *Zur Aula*. Sie sah vor sich auf der Treppe ein Mädchen nach oben gehen. Lotte zögerte, sie war aufgeregt. Plötzlich wurde sie von hinten angerempelt.

»Wieso bleiben Sie einfach stehen?« hörte sie eine ungeduldige Stimme. »Entschuldigung!«

Entschlossen ging sie hinter den anderen her. Das Schulhaus sah wüst und verwahrlost aus, kleine Schutthaufen in den Gängen, kaputte Türen, die Flurfenster zerschlagen oder mit Pappe verklebt. Aber die Treppe war freigeschaufelt und wies den Weg in den ersten Stock.

An der Tür der Aula trat eine ältere, unfreundlich blickende Frau auf Lotte zu und reichte ihr eine Liste: »Sie müssen sich hier eintragen und dann Platz nehmen.«

Lotte betrat den großen Saal. Auch hier überall Zerstörung und Durcheinander. Bestimmt hundert Leute standen herum, neben ein paar Männern vorwiegend Frauen jeden Alters. Lottes Mut sank, das waren sicher alles ausgebildete Sängerinnen.

Die Tür wurde geschlossen und ein Mann, der mit seinen wilden schwarzen Locken, dem weißen Schal und dem dunklen, ziemlich abgewetzten Samtjackett wie der Inbegriff eines Künstlers aussah, sprang betont locker auf die Bühne.

»Meine Damen und Herren, ich begrüße Sie und freue mich, dass Sie so zahlreich erschienen sind. Mein Name ist Zobel, ich bin der Theaterdirektor und Oberspielleiter. In diesem Saal soll ab Juni Theater gespielt werden, vorwiegend Operetten. Meine Schauspieler habe ich bereits beisammen. Auch das Orchester ist komplett. Heute wollen wir die Sänger aussuchen. Ich sage es Ihnen gleich, das wird für viele eine Enttäuschung werden. Ich kann Sie leider nicht alle engagieren, obwohl Sie mit Sicherheit alle hervorragend sind.« Er lachte routiniert und zog einen Zettel aus der Jackentasche. »Als Solisten brauche ich elf Herren und vier Damen, als Chormitglieder sieben Herren und sechs Damen.«

Unruhiges Gemurmel im Saal, Lottes Mut sank noch weiter.

»Da so viele Bewerberinnen erschienen sind, haben wir uns zu folgendem Verfahren entschlossen. Wir nehmen heute die Grobauswahl vor, das heißt wir wählen ungefähr vierzig Personen aus. Am nächsten Donnerstag wird dann aus diesen das endgültige Ensemble zusammengestellt. Das wär's! Sie werden aufgerufen!« Zobel winkte galant und verschwand.

Das Vorsingen fand in einem Klassenzimmer gegenüber der Aula statt. Es dauerte mehr als zwei Stunden, bis Lotte endlich hereingerufen wurde. An zusammengestellten Tischen saßen drei Personen, in der Mitte der Theaterdirektor, auf der einen Seite die immer noch grämlich blickende Frau mit der Liste und auf der andern Seite – Lotte wollte kaum ihren Augen trauen – ihre Bekannte aus dem Wirtschaftsamt mit dem Allerweltsnamen Schmidt! Diese zwinkerte Lotte zwar kurz zu, gab ihr aber gleichzeitig mit einem winzigen Kopfschütteln zu verstehen, dass sie nicht erkannt werden wollte.

Nun begann die Inquisition: »Wo haben Sie schon gesungen?«

»Auf Hauskonzerten und im Schulchor!«

»Donnerwetter, im Schulchor!« Zobel lachte, nicht einmal böse.

»Haben Sie eine Gesangsausbildung?«

»Ja«, log Lotte.

»Wie lange und wo?«

»Zwei Jahre, in Danzig«, log sie weiter.

»Bei wem?«

»Erna Schenker«. Ihre Musiklehrerin.

»Kenn ich nicht.« Wäre auch verwunderlich.

»Die ist viel zu jung. Die ist ja noch ein Kind«, ließ sich plötzlich die Frau neben Zobel vernehmen, »wie alt sind Sie?«

»Ich werde im August zwanzig.«

»Also neunzehn, noch lange nicht volljährig. Wir sind doch hier kein Kindergarten.«

»Na, dann wollen wir mal anfangen«, meinte Zobel unbeeindruckt von dem Einwurf. »Elsa, bitte!«

Die Frau stand auf und setzte sich ans Klavier. Lotte gab ihr die Schubert-Noten.

»O Gott, schon wieder! Als ob es keine anderen Lieder gibt!«

Lustlos begann sie mit dem Vorspiel und Lotte sang. Sie sang gut, das wusste sie, aber mit dieser schleppenden Klavierbegleitung voller Fehler war es unmöglich, ihre Stimme zum Klingen zu bringen und das Lied zu gestalten.

Nach der ersten Strophe unterbrach sie Zobel: »Danke, das reicht! Sie haben ein nettes Stimmchen, aber für unsere Bedürfnisse muss es noch viel mehr geschult und auch reifer werden. Vielleicht klappt es später einmal. Auf Wiedersehen!«

Alles aus! Lotte hatte nichts mehr zu verlieren.

Sie nahm ihre Noten und sagte zu der Frau: »Sie begleiten furchtbar schlecht. Da kann man noch so gut singen, es nützt nichts!«

Beim Hinausgehen hörte sie Zobel laut auflachen: »Wo sie recht hat, hat sie recht! Jetzt machen wir erstmal eine Pause.«

Tief enttäuscht ging Lotte langsam die Treppe hinunter. Sie hielt den Blick gesenkt, wollte mit niemandem sprechen. Ihr schöner Traum war in drei Minuten zerplatzt.

Plötzlich legte sich ein Arm um ihre Schulter: »Nicht traurig sein!«

Es war Eva Schmidt, die ihr nachgelaufen war. Überrascht blickte Lotte sie an.

»Ich habe keine Zeit, viel zu erklären. Kommen Sie morgen zu mir, um zehn, ich wohne Lietzenseeufer 8, Gartenhaus rechts, erster Stock. Geht das?«

Lotte nickte benommen.

»Dann bis morgen!«

Schon lief ihre Trösterin erneut die Treppe hinauf. Lotte schöpfte wieder Hoffnung. Vielleicht war noch nicht alles verloren.

11

Als Anna am nächsten Nachmittag gerade das Fenster im Wohnzimmer schloss, fuhr eine Taxe vor. Endlich, dachte sie und beobachtete, wie eine alte Frau mit Hilfe eines Stockes und des Taxifahrers dem Wagen entstieg. Der Mann trug noch ihren Koffer an die Haustür, dann fuhr er weiter.

Frau Ulla Körner hatte nach der alljährlichen Kur im vornehmen Bad Pyrmont und anschließendem Aufenthalt in Hannover bei ihrem einzigen Sohn Joachim, dem Chefchirurgen einer Privatklinik, schließlich wieder Sehnsucht nach Berlin bekommen und war heimgekehrt.

Wie gut sie wieder laufen kann, dachte Anna. Vor ein paar Jahren hatte sich die alte Nachbarin den Oberschenkelhals gebrochen und konnte monatelang ihre Wohnung nicht verlassen. Anna hatte sich angewöhnt, sie hin und wieder zu besuchen oder kleine Einkäufe für sie zu machen. Die größeren erledigte eine Frau von der Caritas. Regelrecht angefreundet hatte Anna sich mit Ulla Körner vor drei Jahren, als sie gemeinsam versuchten, die Ursachen mysteriöser Todesfälle im Lietzenseepark und im Kammergericht zu enträtseln. Damals hatte Frau Körner, die zeit ihres Lebens in ihrem gemeinsamen Haus in der Wundtstraße wohnte, vieles zur Aufklärung dieser Verbrechen beigetragen, weil sie sich an Ereignisse der Vergangenheit erinnerte und Zusammenhänge aufspürte, die allen andern unbekannt waren.

Anna riss das Fenster auf und rief hinunter: »Warten Sie, Frau Körner! Wir kommen!«

Im Nu waren alle drei – die beiden Jungen hatten sich angeschlossen – die Treppe hinunter gelaufen und öffneten die Tür, noch bevor Frau Körner den Schlüssel aus ihrer großen Handtasche gefischt hatte.

»Das nenne ich eine herzliche Begrüßung!« freute sie sich.

»Hast du uns was mitgebracht?« stellte Kalli sofort die jahrhundertalte Kinderfrage, ehe Anna eingreifen konnte.

»Selbstverständlich, sonst würde ich mich nicht nach Hause trauen!« lachte die alte Frau. »Aber ein bisschen warten musst du noch!«

Anna trug den Koffer zum Fahrstuhl und sie fuhren hinauf. Bevor sie sich von Frau Körner verabschiedete, sagte sie schnell: »Hier ist inzwischen etwas passiert, was ich Ihnen gerne erzählen würde. Vielleicht können Sie mir weiterhelfen mit Ihrem Wissen aus grauer Vorzeit!«

»Gern!« Frau Körner war begeistert. »Passt es Ihnen morgen Abend? Am besten kommen Sie nach der Tagesschau zu mir hoch!«

Am nächsten Abend stieg Anna die Treppe zu Frau Körner empor, in der Hand den Zeitungsartikel über die bei den Erdarbeiten gefundene Tote und verschiedene Fotos aus der Villa, die ihr Bruder gemacht hatte. Am Finger trug sie den grünen Ring.

Frau Körner hatte eine Flasche Rotwein hingestellt. Anna öffnete sie und füllte die Gläser.

»Nun erzählen Sie!« ermunterte die alte Frau sie und lehnte sich behaglich in ihrem Sessel zurück.

Anna ließ sich nicht lange bitten und berichtete ausführlich vom Auffinden des Ringes und des Armbands, vom Gemälde der Familie Blumenthal und dem Auftauchen der Kette. Frau Körner setzte ihre Brille auf und bestaunte den Ring und die Schmuckstücke auf den Fotos. Dann las sie den Artikel.

»Wer hätte das gedacht?! Nach so langer Zeit!« war ihre einzige Reaktion, keine Frage, nichts. Sie nahm ihren Stock und ging, ohne ein Wort zu sagen, hinaus. Anna wunderte sich, besonders als sie dumpfe Geräusche aus dem Nebenzimmer vernahm und Frau Körner anscheinend nicht wiederkam. Nach fünf Minuten stand Anna endlich auf in der Annahme, ihrer Nachbarin helfen zu müssen.

Da rief diese: »Ich komme!« und betrat wieder der Raum. Sie lachte Anna verschmitzt an.

»Na, was sagen Sie nun? Ich habe allerdings auch lange gebraucht, bis ich sie gefunden habe!«

Stirnrunzelnd betrachtete Anna die alte Frau. Wovon redete sie?

Inzwischen war Frau Körner nahe an sie herangetreten, lehnte ihren Stock an den Sessel und zeigte mit beiden Zeigefingern triumphierend auf ihre Ohren. »Da staunen Sie, was?«

»Allerdings!« Jetzt musste Anna auch lachen. »Sie haben die Ohrringe?«

»Ja, geschenkt bekommen von der größten ›Nazisse‹ aller Zeiten. Ich hatte die Clips, bzw. Ohrschrauben, wie man früher sagte, vollkommen vergessen, habe sie nie getragen.«

Frau Körner freute sich immer noch über ihren Überraschungscoup. Dann setzte sie sich, nahm einen Schluck Wein und begann:

»Wo soll ich anfangen? Kriegsende 1945. Sie wissen schon: Ich war 24 Jahre alt, hatte einen kleinen Sohn von zwei Jahren, aber keinen Mann dazu. Mein Vater war gestorben, ich lebte mit meiner Mutter hier im Haus. Die letzten Wochen des Krieges verbrachten wir fast vollständig im Luftschutzkeller. Wir vegetierten nur noch in unserm Kellerloch, hatten nichts mehr, keinen Strom, kein Wasser, nichts zu essen, völlig verdreckte Kleidung. Ich begreife immer noch nicht, wie wir überlebt haben. Draußen tobte der Endkampf um Berlin, ein fanatischer Häuserkampf. Am Lietzensee besonders schlimm, weil sich hier die Fronten trafen. Die Russen drangen vom Kaiserdamm vor, der deutsche Gefechtsstand mit den Kanonen lag im Park. Die Geschosse gingen unaufhörlich über unser Dach hinweg. Wir saßen im Keller, hörten das pausenlose Krachen der Granaten und warteten auf das Ende des Krieges. Es wohnten nicht mehr viele Leute im Haus, daher war der Luftschutzkeller auch nicht überfüllt. Zu den Kellerbewohnern gehörten zu unserm Pech auch der Block- und Luftschutzwart unseres Hauses Hartmann und dessen Frau. Die Hartmanns waren bis zur letzten Sekunde ekelhafte und gefährliche Nazis. Auch im Luftschutzkeller passten sie genau auf, was geredet wurde. Man wagte nicht die harmloseste Bemerkung zu machen, schon gar nicht über sinnlose Kampfhandlungen, Hoffnung auf baldigen Zusammenbruch oder Ähnliches. In den letzten Kriegstagen kam Hartmann dann allerdings sein fanatischer Glauben an den Endsieg abhanden, und er organisierte mit ein paar anderen Parteigenossen die Vernichtung von Parteimaterial. Sie errichteten Scheiterhaufen und verbrannten Bücher, Zeitungen, Bilder, Fahnen. Das Tausendjährige Reich – ein kleines Häufchen Asche! Die Hartmanns wohnten in den letzten Wochen ständig im Luftschutzkeller, sie hatten sich in einem Nebenraum eingerichtet, hatten sich ein schmales Sofa heruntergeholt, Tisch, Stuhl und anderes. Auch ein kleiner Ofen stand da. Meine Mutter, ich und Joachim lebten auch stunden- oder tagelang im Keller, aber wir sind zwischendurch immer wieder hinauf in unsere Wohnung gestiegen, auch wenn es gefährlich war. Die ganze Zeit im Keller haben wir nicht ausgehalten.

So, und jetzt komme ich zum Schmuck.

Die Hartmanns waren einfache Leute und vor der Nazizeit unscheinbare Mitbewohner im Haus, die man kaum zur Kenntnis nahm. Ich weiß das von meiner Mutter, ich selbst war ja noch ein Kind. Er arbeitete irgendwo als Schlosser, verdiente wohl nicht besonders viel Geld, jedenfalls hatte Frau Hartmann mehrere Putzstellen, durch sie sie sich etwas dazuverdiente.«

»Und eine Putzstelle hatte sie bei der Bankiersfamilie Blumenthal in der Sensburger Allee!«, schloss Anna und atmete tief durch.

»Richtig! Da ging sie jahrelang hin, putzte und wurde immer neidischer angesichts dieses Luxuslebens, von dem sie für immer ausgeschlossen bleiben würde. Außerdem war die junge Frau Blumenthal hochmütig und verwöhnt. Sie stammte aus einer reichen Industriellenfamilie in Düsseldorf. Wahrscheinlich ohne besondere Absicht, einfach aus Gedankenlosigkeit schikanierte sie ihre Hausangestellten, besonders die Putzfrau, die ihr nichts fein und sauber genug machte. Frau Hartmann litt schwer unter diesen Demütigungen, aber sie schluckte alles, denn sie wurde sehr gut bezahlt. In dieser Zeit schenkte Blumenthal seiner Frau den Schmuck und mit diesem besuchte sie dann eine Zeitlang regelmäßig den Maler, bis das fertige Gemälde an der Wand hing.

Dann kam das Jahr 1933 und mit ihm die schreckliche Wende. Hartmann machte in der NSDAP, der er früh beigetreten war, Karriere und entwickelte sich zu einem gefährlichen Spitzel, vor dem sich jeder in Acht nehmen musste. Seine Frau zog mit und profilierte sich in den entsprechenden Naziorganisationen für Frauen. Nun ging sie nicht mehr bei jüdischen Bankiersfamilien putzen, sondern sie wurde eine der ekligsten Antisemiten, die ich je kennen gelernt habe, die mit sadistischer Freude alle Stationen der Verfolgung und Vernichtung der jüdischen Bevölkerung beklatschte. Ich kann das alles so genau erzählen, weil ich mir in den Bombennächten im Luftschutzkeller stundenlang ihre Hasstiraden anhören musste.

Einmal noch war es zu einer Begegnung zwischen der Bankiersgattin und ihrer Putzfrau gekommen, diesmal unter denkbar veränderten Bedingungen. Voller Häme berichtete die Hartmann von einem Besuch der Frau Blumenthal. An einem Abend klingelte diese an der Tür. Nach kurzem Zögern ließ die Hartmann sie herein. Die nun folgende Szene wurde zum Höhepunkt ihres verklemmten Daseins, von der sie bis zu ihrem Tod zehrte: Die reiche, vornehme Frau Blumenthal demütigte sich und flehte sie, ihre frühere Putzfrau, um Hilfe an! Die Blumenthals hatten, wie viele Juden, zu lange mit der Emigration gewartet. Erst Ende 1938 hatten sie Ausreiseanträge gestellt, deren Bearbeitung oft wochen- oder monate-, ja sogar jahrelang dauerte. Das Ehepaar wollte nach Amerika auswandern, dort hatten sie einen Vetter, der für sie bürgte. Als sie dann im Sommer 1939 ihr Visum und endlich auch ihre Ausreiseerlaubnis bekamen, die Schiffspassage gebucht war, hatten sie Schwierigkeiten, ihre Reisepässe zurückzubekommen, die 1938 von allen Juden eingezogen worden waren. Die Zeit drängte. In der Hoffnung, dass ihnen Herr Hartmann mit seinen Beziehungen zu den Nazi-Behörden helfen könnte, hatte sich Frau Blumenthal zu diesem schweren Bittgang durchgerungen. Frau Hartmann verhöhnte und demütigte ihre frühere Herrin zunächst hemmungslos. Dann allerdings siegte ihre Gier. Sie hat mir nie ihre Geldforderungen gesagt, aber die müssen erheblich gewesen sein. Immerhin klappte das Geschäft mit den Nazis. Die Blumenthals zahlten und kamen noch rechtzeitig aus Deutschland heraus. Einen besonderen Triumph gestattete sich die Hartmann noch zusätzlich. Sie zwang Rosa Blumenthal, ihr den Schmuck zu überlassen, den diese auf dem Gemälde trug und der für sie als Putzfrau immer ein Symbol von Geld und Macht gewesen war. Rosa bot ihr andere und kostbarere Juwelen an, denn an diesem grüngoldenen Art-deco-Schmuck hing sie besonders, aber die Hartmann bestand sadistisch auf diesem.

Ich glaube, sie hat die Garnitur nie getragen. Sie passte auch nicht zu ihr, einer dicklichen, grauhaarigen Frau. Sie hütete den Schmuck wie ihren Augapfel. Als der Krieg sich dem Ende zuneigte, die Hartmanns im Keller hausten und die Ankunft der Russen jeden Tag bevorstand, versteckte sie die Sachen in der Asche des Ofens, der im Frühling nicht mehr benutzt wurde. Da, hoffte sie, wären sie vor den Plünderungen der Russen sicher.«

»Und dieser Ofen steht in unserm Wohnzimmer! Nicht zu fassen! Warum war nur der Ring in der Asche und nicht auch alle anderen Teile der Schmuck-Garnitur? Und wie kommt die Kette nach Friedrichshain?«

Anna hatte noch viele Fragen, aber Frau Körner enttäuschte sie.

»Das kann ich Ihnen nicht sagen. Da kann ich nur Vermutungen anstellen. - Am 1. Mai trauten wir uns endlich aus dem Keller heraus. Der Park bot einen grauenhaften Anblick, war übersät mit Uniformstücken, Gewehren und Munition. Die Soldaten, die sich so tapfer gegen die Übermacht gewehrt hatten, waren fort.

Einen Tag später waren die Russen da, polterten laut die Kellertreppe hinunter und dann hieß es: ›Frau, komm!‹. Immerhin schenkten sie hinterher meinem kleinen Joachim Brot und eine Büchse mit Fleisch. Sie waren ja sehr kinderlieb. Den Schmuck von Rosa Blumenthal fanden sie nicht, niemand schaute in der Asche nach. Dann mussten die paar Männer, die im Keller waren, unter ihnen auch Herr Hartmann, antreten und wurden abgeführt in ein Lager, in der Nähe von Fürstenwalde, wie sie später erzählten. Die Männer wurden nach einer Woche wieder entlassen, nur der Hartmann nicht. Vielleicht hat ihn jemand als Parteigenossen denunziert, ich weiß es nicht. Er ist nie wieder aufgetaucht.

Frau Hartmann, nun allein, zog nach ein paar Tagen in die Parterre-Wohnung, da ihre eigene im dritten Stock vollständig zerstört war. Einmal brachte ich für sie Wasser von der Pumpe mit. Sie konnte nicht mehr schwer tragen und ich half ihr oft, obwohl sie mir bis zum letzten Tag unsympathisch blieb. Als ich zu ihr hineinging – die Tür ließ sich noch nicht abschließen –, saß sie gerade am Ofen. Sie hatte den Schmuck herausgenommen und betrachtete ihn mit Tränen in den Augen: ›Das einzige, was mir geblieben ist!‹ jammerte sie. Plötzlich rief ein russischer Soldat uns irgendetwas laut durchs Fenster zu, verschwand aber gleich wieder. Die Schuttberge auf den Bürgersteigen waren teilweise so hoch, dass man bequem hinaufklettern und durch die Fenster in die Wohnungen im Erdgeschoss schauen und sogar hineinsteigen konnte.

›Packen Sie die Sachen lieber weg‹, riet ich daraufhin der Hartmann. Sie reagierte nicht, nahm dafür die beiden Ohrringe und wollte sie mir in die Hand drücken.

›Hier, die schenke ich ihnen!‹

Ich war entsetzt, hielt die Hände hinter meinen Rücken und sagte: ›Nein, ich will sie nicht!‹

›Doch! Sie müssen sie nehmen! Ich mag sie nicht. Außerdem sollen Sie sich an mich erinnern, wenn ich nicht mehr bin!‹

Dabei schluchzte sie hysterisch und steckte die Ohrringe einfach in die Tasche meiner Strickjacke. Ich ging, ohne ein Wort zu sagen. So bin ich zu den Ohrschrauben gekommen!«

Frau Körner lächelte Anna spöttisch an. »Das Vermächtnis einer hundertprozentigen Parteigenossin! Und jetzt schenke ich sie Ihnen! Wollen Sie sie haben?«

»Gern!« Anna war ganz überrascht über die plötzliche Wendung des Gesprächs. »Ich finde, die sehen richtig gut aus.«

»Dann nehmen Sie sie, ich würde mich freuen!«

»Vielen Dank! Die werde ich zum Ring tragen. Mein Gott, ist das aufregend!« stöhnte sie. »Sagen Sie bloß, die Tote, deren Schädel und Knochen man neulich gefunden hat, ist Frau Hartmann!«

»Das ist gut möglich«; meinte die alte Nachbarin zufrieden. »An diesem Nachmittag habe ich sie zum letzten Mal gesehen, seitdem war sie spurlos verschwunden. Zunächst haben es die wenigen Hausbewohner nicht bemerkt, ich auch nicht. Man war so beschäftigt mit dem täglichen Überlebenskampf, dass man nicht immer auf seine Nachbarn geachtet hat. Die meisten versuchten, sich in andere Straßen oder Stadtteile durchzuschlagen, um Freunde und Verwandte zu suchen, zu sehen, ob sie am Leben waren oder wie sie das Kriegsende überstanden haben. Wenn nötig, übernachtete man auch dort. Aus diesen Gründen wunderte sich niemand, dass die Hartmann tagelang nicht auftauchte. Irgendwann fiel es dann auf. Schließlich erstattete ich eine Vermisstenanzeige im Polizeipräsidium am Sophie-Charlotte-Platz. Frau Hartmann wurde nie gefunden. Einmal ging ich noch in ihre Wohnung und sah nach dem Schmuck. Aber er war weg.«

»Sie haben nicht richtig nachgesehen, der Ring muss noch im Ofen gelegen haben.«

»Ja, aber die großen Stücke, das Collier und das Armband, waren nicht mehr da.«

»Können Sie sich vorstellen, was passiert sein könnte?« fragte Anna.

»Man muss ein bisschen seine Phantasie anstrengen.« Das fiel Frau Körner nicht schwer. »Ich vermute, dass der russische Soldat wiedergekommen ist, wahrscheinlich richtig durch die Tür, weil, wie gesagt, das Schloss noch nicht funktionierte. Er forderte den Schmuck, die Hartmann verweigerte ihn, er schubste sie weg, vielleicht schlug er sie, dann nahm er das Armband und die Kette selbst aus der Ofenschublade und ging wieder. Den Ring hat er übersehen.«

»Und dann«, fuhr Anna fort, »hat sich die Hartmann wieder aufgerappelt und ist ihm hinterhergerannt.«

»Ja. Die Grünanlage neben dem Haus war durch einen Bombentrichter völlig aufgewühlt, es gab keine Wege mehr. Man musste höllisch aufpassen, um nicht abzurutschen. Ich vermute, der Hartmann gelang es, dem Soldaten das Armband zu entreißen oder heimlich aus der Tasche zu stehlen. Sicher war er betrunken. Der Russe bemerkte es, er schlug sie und schoss ihr in den Kopf. Sie fiel in den Bombentrichter und riss vielleicht Erde mit sich, die sie bedeckte. Oder der Soldat hat Erde auf sie geworfen, um seine Tat zu vertuschen.«

Anna lachte: »Sie sollten Romane schreiben!«

Frau Körner war nicht zu bremsen: »So wird es gewesen sein. Da niemand die Frau in dem Bombentrichter suchte, fand man sie nie. Sie wurde dort regelrecht begraben. Denn im Laufe der nächsten Wochen haben Trümmerfrauen den Trichter zugeschüttet und auf dem Gelände die abgeklopften Mauersteine aus den Ruinen zu Steinhaufen gestapelt, die später bei dem Wiederaufbau der Häuser verwendet wurden.«

»So kann es gewesen sein«, stimmte Anna zu. »Ich glaube, wir müssen zur Polizei gehen, die ganze Geschichte erzählen.«

»Meinen Sie? Ist doch alles nur Spekulation!«

»Aber eine sehr interessante und höchst wahrscheinliche!«

12

»Wo gehst du hin?« wollte Olga Winkler am nächsten Tag wissen, als Lotte wieder ihr neues Kleid anzog und sich zum Ausgehen fertig machte.

»Ich habe mich mit einer Bekannten verabredet, die kennst du nicht«, erhielt sie als Antwort.

Olga war beunruhigt, was ging in ihrer Tochter vor? Über das gestrige Vorsingen hatte sie kaum ein Wort verloren. Es sei noch offen, ob sie engagiert werde, meinte sie nur.

Lotte lief auf der Straße um den Lietzensee herum. Der Park war für sie tabu, bis die Russen aus Charlottenburg abgezogen waren.

Als sie zum Lietzenseeufer einbog und nach den Hausnummern suchte, hörte sie vom Ufer des Sees her klägliche Rufe. Rasch lief sie die Wiese zum See hinunter, musste aber bei dem Anblick, der sich ihr bot, auflachen. Eine Frau mittleren Alters lag bäuchlings auf einem der Stege, die über den abgedeckten See führten. Zwei kleine Jungen waren ins Wasser gefallen und die Frau bemühte sich nach Leibeskräften, sie herauszuziehen. Schnell packte Lotte mit an und bald standen die beiden Kinder klitschnass und verängstigt vor ihnen.

»Könnt ihr nicht lesen?« fuhr ihre Retterin sie an, stand mühsam auf und zog ihr Kleid zurecht. »Überall stehen Schilder, dass das Betreten der Stege verboten ist! Aber ihr müsst hier herumklettern! Und dann unter die Gitter fallen! Wenn ich euch nicht gehört hätte, wärt ihr jetzt tot, ertrunken!«

Sie gab jedem Jungen eine schallende Ohrfeige.

»Wehe, wenn das noch einmal passiert. Und jetzt sofort nach Hause!«

Schnell liefen die beiden Jungen weg.

»Ist doch wahr!« wandte die Frau sich an Lotte, immer noch erregt.

Sie schluckte.

»Eine schreckliche Zeit! Wissen Sie, was gestern hier los war? Als ich nach Hause kam, zogen sie drei Leichen aus dem Wasser! Großmutter, Mutter und zwischen sich das Kind! An den Händen zusammengebunden!« Mit Tränen in den Augen blickte sie Lotte an.

»Entsetzlich! Warum haben sie das gemacht?« fragte Lotte erschrocken.

»Weiß ich nicht! Hatten vielleicht zuviel Schlimmes erlebt und keine Hoffnung mehr oder waren aus einer Nazi-Familie. Haben Sie eine Ahnung, wie viele Nazis sich im See gleich nach Ankunft der Russen ertränkt haben.«

Schnaufend stieg die Frau neben Lotte den Abhang zur Straße hoch.

»Neulich hat mir die Tochter von Pfarrer Siems erzählt – den kennen Sie doch, oder?«

Als Lotte mit dem Kopf schüttelte, fuhr sie fort: »Das ist der Pfarrer von der evangelischen Kirche auf der anderen Seite des Sees. Gegenüber dem Pfarrhaus steht eine schöne Villa, die sich ein Architekt gebaut hatte, ein überzeugter Nazi. Die Pfarrerstochter erzählte mir, dass dieser Mann eines Tages blutüberströmt zu ihnen kam, weil er sich in den Kopf geschossen hatte. Seine Frau, seine Schwägerin, seine Schwester und er hatten beschlossen, sich mit einem Revolver zu töten. Zuerst haben sich nacheinander die Frauen umgebracht. Als er dran war, hat er danebengeschossen. Der Pfarrer ließ ihn ins Krankenhaus bringen, aber das hat nichts genützt. Später haben ihn die Russen doch abgeholt. Und wie sich der Bürgermeister von Charlottenburg mit seiner Familie umgebracht hat, wissen Sie wahrscheinlich auch nicht. Das war so! Neben der Kirche ist eine große Laubenkolonie…«

Da Lottes Bedarf an Berichten über Gräueltaten längst gedeckt war, überlegte sie gerade, wie sie, ohne unhöflich zu sein, ihre Gesprächspartnerin bremsen könnte, als diese einen Entsetzensschrei ausstieß. Sie waren inzwischen wieder auf dem Bürgersteig angekommen und die Frau wollte ihr Rad aufheben, das sie einfach hingeworfen hatte, um die Jungen zu retten.

Jetzt sah sie das Unheil.

»Mein Zucker, mein schöner Zucker!« rief sie in jammervollem Ton und kniete sich fast weinend neben eine zerplatzte Zuckertüte.

Lotte konnte ihren Schmerz begreifen. Zucker, eine Tüte voll! Das war absoluter Luxus!

»Können Sie vielleicht kurz aufpassen, während ich eine Schüssel hole. Man kann ihn nicht einfach so liegen lassen! Ich wohne gleich da drüben.« Auch dafür hatte Lotte volles Verständnis und nickte zustimmend.

Nach kurzer Zeit kam die Frau zurück und schippte mit einem Löffel den Zucker in die Schüssel, wobei sie großzügig über mit aufgesammelten Schmutz hinwegsah.

»Warten Sie, ich gebe Ihnen etwas ab fürs Aufpassen. Wo kann ich Ihnen den Zucker hineinschütten?«

»Ich habe leider nichts. Aber es geht auch so«, meinte Lotte und hielt der Frau ihre Hände hin. Vorsichtig ging sie mit ihrem Schatz über die Straße zum Haus Nummer 8. Zum Glück standen die Haus- und die Hoftür offen. An Evas Wohnung angekommen, trat sie einfach mit dem Fuß gegen die Tür.

»Guten Tag, das ist mein Gastgeschenk!« Fröhlich hielt Lotte ihrer neuen Freundin die Hände hin. Sofort holte Eva einen Teller.

»Das ist prima«, freute sie sich, »ich wollte gerade Kaffee kochen, ich habe nämlich ein bisschen Muckefuck extra für besondere Anlässe aufgespart, und jetzt sogar mit Zucker!«

Bald saßen sie am Küchentisch zusammen und Eva begann:

»Pass auf, Charlotte… Wir können uns duzen, oder?«

»Gern, aber dann bitte Lotte!«

»Als du gestern gegangen bist, habe ich noch mal mit Zobel geredet. Du hast wirklich nett gesungen, ich glaube, du bist begabt, aber du müsstest unbedingt Gesangsunterricht nehmen. Ich habe Zobel vorgeschlagen, dass ich mit dir ein bisschen übe, und du nächste Woche noch einmal vorsingst.«

»Das hast du für mich getan? Das ist aber nett, vielen Dank! Und Herr Zobel ist darauf eingegangen? Warum denn? Es waren doch genug andere Frauen da, die bestimmt hundertmal besser singen als ich.«

»Erstmal kenne ich Otto gut, war zusammen mit ihm in Breslau engagiert. Er gibt viel auf meine Meinung. Durch Zufall haben wir uns in

Berlin wiedergetroffen. Nachdem er die Lizenz für die Gründung eines Theaters erhalten hatte, kam er sofort zu mir, und wir machten Pläne, wie wir es aufziehen wollten. Es ist alles ungeheuer schwierig, nicht nur gute Leute zu bekommen, sondern auch das Haus soweit instandzusetzen, damit man spielen kann. Du hast die zerstörte Aula gesehen. Wir brauchen Leute, die nicht nur ihre Rolle spielen und anschließend nach Hause gehen, sondern die bereit sind, überall mit anzupacken, wenn nötig auch schippen oder bauen. Ich habe gesagt, mit dir könnte man auf jeden Fall rechnen. Außerdem«, sie lachte in Erinnerung an die Szene, »hast du ihn beeindruckt mit deiner Bemerkung über Elsas schlechte Begleitung!«

»Ich hatte doch Recht!«

»Natürlich, und das weiß er auch. Elsa ist chronisch eifersüchtig. Je jünger und hübscher die Bewerberinnen sind, desto schlechter spielt sie. Elsa ist nämlich seine Frau.«

Wieder lachte Eva. »Sie hat übrigens allen Grund zur Eifersucht, Otto ist hinter jedem Rock her! Was die beiden noch verbindet, weiß ich nicht.«

»Und du?« fragte Lotte neugierig, »ist er auch hinter dir her?«

»Nicht mehr, Gott sei Dank. Er hat es aufgegeben. Wir sind nur noch gut befreundet. Aber wenn es uns gelingt, dich ins Theater zu holen, wird er sich sofort an dich heranmachen!«

»Ich bin erst neunzehn und er ist bestimmt über vierzig!« meinte Lotte entsetzt.

»Na und?« amüsierte sich Eva. »Aber keine Angst, ich pass auf dich auf!«

»Ich habe mir folgendes vorgestellt«, fuhr sie ernster fort. »In einer Woche darfst du wieder vorsingen. Das heißt, wir haben eine Woche Zeit, deine Stimme zu schulen.«

»Viel zu kurz!« meinte Lotte mutlos.

»Sicher. Aber wir können es versuchen. Zur Eröffnung des Theaters hat sich Zobel viel vorgenommen. Die erste Inszenierung soll die *›Fledermaus‹* von Johann Strauß sein. Mit diesem Großprojekt will er aus der Masse der kleinen Theater hervortreten, die jetzt überall wie Pilze aus der Erde schießen. Zobel hat viele Schauspieler und Regisseure von anderen Bühnen zur Premiere eingeladen und natürlich die Zeitungskritiker, von denen er sich positive Besprechungen erhofft. Er will bekannt werden und Geld verdienen. Und wie ich ihn kenne, wird es ihm auch gelingen.«

»Die *›Fledermaus‹* habe ich einmal in Danzig im Stadttheater gesehen. Wenn ich da mitmachen dürfte!« Lottes Stimme klang sehnsüchtig.

»Ich schlage vor, du kommst jeden Tag zu mir. Wir machen Stimmübungen und studieren gleichzeitig eine Arie aus der *›Fledermaus‹* ein. Nicht, dass du die nachher singen darfst. Die Solorollen sind längst besetzt. Aber Zobel soll eine Ahnung von deiner Stimme bekommen. Wenn du als Choristin engagiert wirst, können wir mit dem Gesangsunterricht weitermachen. Ich glaube, im Laufe der Zeit könntest du richtig gut werden.«

»Das würdest du für mich tun?« Lotte konnte es kaum glauben. »Warum machst du das? Wir kennen uns doch kaum!«

»Ich mochte dich gleich bei unserer ersten Begegnung, und ich finde, wir sind schon richtige Freundinnen, meinst du nicht?«

Lotte strahlte Eva an, sie konnte es kaum fassen. Nicht nur die Aussicht auf die Erfüllung ihrer Theaterträume machte sie glücklich, sondern auch die Tatsache, dass sie nun eine Freundin hatte, die ihr half und der sie voll vertrauen konnte.

Nun begann eine arbeitsreiche Woche. Täglich ging Lotte zu Eva und probte oft mehrere Stunden. Immer dasselbe: Atemübungen, in den Bauch atmen, Zwerchfell spüren, Mund locker halten, dann Stimmübungen, »nanana« nach unten und »nununu« nach oben, bis zum hohen C. Tonleitern hinauf und hinunter, Terzen, Oktavsprünge, immer wieder, bis die Stimme leicht und locker wurde.

Und anschließend: »Mein Herr Marquis«. Lotte liebte diese Arie. Ihr Gesang machte große Fortschritte in den paar Tagen, aber Eva war noch nicht zufrieden: »Nicht so brav und bieder, Lotte! Kecker, spöttischer, du machst dich lustig über ihn! Spiel es, bewege dich! Ja, so ist es besser! Noch einmal!«

Schließlich war die Woche herum. Wieder wartete Lotte in der Aula. Nervös beobachtete sie ein paar Männer, die im hinteren Teil Bänke reparierten.

»Habt ihr noch Nägel?« fragte einer gerade.

»Nee, müssen wieder welche besorgen«, rief ein anderer zurück.

»Um die Ecke habe ich 'ne schöne Ruine gesehen. Vielleicht kann ich da was organisieren!«, sagte der erste, nahm seinen Hammer und verließ den Saal.

Als Lotte diesmal den Raum zum Vorsingen betrat, lächelte Zobel ihr aufmunternd zu: »Dann wollen wir mal hören, was Sie uns heute zu bieten haben. Elsa, bitte!«

»Nein«, mischte sich Eva ein, »ich werde begleiten!«

Trotz Elsas Protest setzte sie sich ans Klavier. Nun konnte nichts schief gehen. Lotte sang so gut wie nie und flirtete so verführerisch, wie Eva es ihr beigebracht hatte, mit dem Herrn Marquis alias Zobel, dass dieser ganz aus dem Häuschen geriet: »Bravo, Lotte! Wir nehmen Sie, Sie gehören jetzt zu uns!« Er sprang auf, ergriff mit beiden Händen ihre Rechte und schüttelte sie enthusiastisch: »Auf gute Zusammenarbeit, meine liebe Lotte!«, ungeachtet des beleidigten Gesichts seiner Frau. Als Eva und Lotte wenig später zusammen auf der Straße standen, fielen sie sich glücklich in die Arme.

»Wir haben es geschafft, wir haben es geschafft!« rief Eva begeistert.

»Das werde ich dir nie vergessen, Eva! Nie!« schwor Lotte. »Du wirst immer meine beste Freundin sein. Mein Leben lang! Ich wünschte, ich könnte dir auch mal so helfen!«

»Wart's ab!« lachte Eva. »Die Gelegenheit kommt vielleicht früher, als du denkst!«

Mit einem gewaltigen Großreinemachen und Renovieren der Aula begann die Theaterarbeit. Dann wurden die Klassenräume neben der Aula aufgeräumt und als Garderoben für die Schauspieler, die Mitglieder des Chors, des Balletts und des Orchesters eingerichtet. Den Solisten standen eigene Klassen zu. Das nächste Problem war die Ausstattung der Bühne. Mit Feuereifer schleppten beinahe täglich die Ensemblemitglieder, vor allem die wenigen nicht Ausgebombten unter ihnen, Requisiten herbei, organisierten Tische, Stühle, Stoffe und anderes, was sie sonst noch auftreiben konnten. Alles wurde für das Bühnenbild verwendet, die Improvisationskunst kannte keine Grenzen. Lotte war traurig, dass sie selbst nichts dazu beitragen konnte.

Auch das Orchester und der Chor hatten mit ungewöhnlichen Schwierigkeiten zu kämpfen, es gab keine Noten. Zobel war der einzige, der wenigstens einen vollständigen Klavierauszug der »Fledermaus« besaß, eine besondere Kostbarkeit, die – aus Angst vor Diebstahl – mit einer Kette am Flügel befestigt war. Alle anderen mussten sich ihre Noten selbst besorgen oder abschreiben. Einige Chorstücke wurden sogar nur nach Gehör eingeübt. Die Proben schritten zügig voran. Zobel erwies sich trotz seiner vielen Eitelkeiten als ein glänzender Regisseur und guter Menschenkenner, dem es in kurzer Zeit gelang, ein homogenes Ensemble zu formen, das unermüdlich und mit großer Begeisterung probte. Nur wenige hatten es so gut wie Lotte und Eva, die in der Nähe des Theaters wohnten. Die meisten mussten lange Fußmärsche zurücklegen, bis sie in der Witzlebenstraße ankamen, mit kaum mehr als einem Stück trockenem Brot im Magen. Aber ihr Idealismus war ungeheuer.

Jetzt saß Lotte zufrieden unter ihren Kolleginnen an einem wackeligen Tisch und sortierte ihre wenigen Theaterutensilien. Es herrschte eine erwartungsvolle Stimmung in der Garderobe. Sie war die jüngste unter ihnen und wurde als Nesthäkchen gerade von den älteren Chorsängerinnen liebevoll bemuttert.

Heute, am Tag vor der ersten Hauptprobe, war die Kostümabnahme. Jeder Schauspieler präsentierte sich auf der Bühne in seinem Kostüm mit sämtlichen Requisiten den kritischen Augen des Regisseurs und der übrigen Mitwirkenden. Für sein äußeres Erscheinungsbild hatte jeder selbst zu sorgen.

Schminksachen besaß Lotte keine, da war sie auf die Großzügigkeit ihrer Kolleginnen angewiesen. Aber mit ihrem Ballkleid für den Auftritt im zweiten Akt war sie sehr zufrieden. Frau Pape, eine wahre Künstlerin, hatte ihr neues Blümchenkleid einfach mit einem zurechtgeschnittenen Tischtuch zu einem Abendkleid mit langem schwingendem Rock umgestaltet. Nun stand Lotte auf der Bühne, die Meinung der Kollegen erwartend.

Zustimmendes Gemurmel. Zobel rief: »Ganz hübsch, aber da fehlt ein Gürtel. Besorge dir am besten einen roten, möglichst breit! Wo ist dein Schmuck? Ich habe extra gesagt, jedes Mädchen soll Ketten und Armbänder tragen. Der nächste, bitte!«

Zufrieden sprang Lotte von der Bühne. Das Kleid fand Anklang, das war die Hauptsache. Aber wo sollte sie einen breiten roten Gürtel herbekommen? Und Schmuck! Sie besaß keinen Schmuck, sie hatten alles verloren, allerdings konnte sie sich bestimmt im Frauenbundhaus einiges zusammen borgen. Aber wollte sie das? Nein, dachte sie, das will ich nicht, ich will meine Kette tragen! Diese hielt sie, eingewickelt in ein altes Handtuch, in ihrem Kopfkissenbezug versteckt. Das wäre der Gipfel des Glücks, dieses edle Schmuckstück, das so gut zu ihrem Blümchenkleid passte, um den Hals zu tragen, das kühle Gold und die grünen Edelsteine, deren Namen sie noch nicht einmal wusste, auf der Haut zu spüren und dabei zu spielen und zu tanzen. Ob sie es wagen konnte?

Lotte wagte es. Bei der Hauptprobe trug sie einen breiten, weinroten Gürtel – Frau Pape hatte sich schweren Herzens von dem unteren Teil ihres Bademantels getrennt – und ihre Halskette.

Die häufig gestellte Frage: »Ist die echt?« beantwortete sie mit einem lachenden »Nein, nur Modeschmuck!«

Alle gaben sich damit zufrieden.

Außer Eva. »Erzähl mir nichts. Ich kenne mich aus. Was ist das für eine Kette?«

»Später!« flüsterte Lotte, erleichtert über die Vorstellung, ihrer Freundin alles erzählen zu können.

13

Anna war zufrieden, heute lief die Probe gut. Der Schulchor, vorwiegend Kinder aus den dritten bis fünften Klassen, hatte sich auf der Bühne in der Aula aufgestellt und sang aus Leibeskräften. Davor saßen die Mitglieder des Orchesters mit ihren Instrumenten, viele Blockflöten, aber auch zwei Geigen und ein Cello. Am Klavier spielte ein begabter Schüler der sechsten Klasse. Anna staunte, wie viele Grundschulkinder zu Hause ein Musikinstrument erlernten.

Seit drei Monaten war sie jetzt als Musiklehrerin in der Lietzenseegrundschule tätig und studierte mit Schwung und Energie die geplanten

Lieder und Musikstücke ein, schrieb Nebenstimmen zu den Melodien und Instrumentalbegleitungen für die einzelnen Schüler, die sie exakt auf deren Musikinstrumente und individuellen musikalischen Fähigkeiten zuschnitt. Das Komponieren und Schreiben der Melodien war eine langwierige Arbeit, die ihr großen Spaß machte und die sie meistens zu Hause am Klavier erledigte.

Mittlerweile war es Mitte Mai geworden, das Schulfest sollte kurz vor den Sommerferien Ende Juni stattfinden. Viel Zeit blieb nicht mehr. Anna war mit Begeisterung bei der Sache, spürte aber auch, dass sie oft unter unangenehmem Zeitdruck stand. Die Familie, der Haushalt, die Schule – das war manchmal kaum zu schaffen. Mit Martins Hilfe konnte sie auch nicht rechnen. Mit der Arbeit an seiner Habilitationsschrift, den Lehrveranstaltungen und den zahlreichen Sitzungen, an denen er als Vertreter des akademischen Mittelbaus teilnahm, war er völlig ausgelastet und kam oft spät nach Hause. Immerhin brachte er die Kinder morgens in den Kindergarten.

Dennoch, darüber bestand für Anna kein Zweifel, würde sie auf keinen Fall wieder mit dem Unterrichten aufhören.

Sie gab den Einsatz und die Schüler sangen zweistimmig das schöne Eichendorff-Lied »Mich brennt's in meinen Reiseschuhen«. Es klang noch falsch und der Text der vier Strophen saß nicht, trotzdem hatte Anna das Gefühl, Fortschritte zu machen.

In diesem Moment ging die Aulatür auf.

»Jetzt nicht!« rief sie ärgerlich, aber schon stand der Rektor in der Tür.

»Entschuldige die Störung! Ich muss dich unbedingt sprechen!«

»Ich komme gleich wieder«, rief Anna den Schülern zu, »ihr könnt inzwischen den Text wiederholen!«

Vor der Tür sagte David zu ihr:

»Ich habe einen aufregenden Fund gemacht, will aber noch nichts verraten. Könnten wir uns nachmittags um drei Uhr in meinem Zimmer treffen? Ich sage auch Carla Bescheid!«

»Das klingt ja spannend! Klar, ich werde kommen. Eventuell muss ich meine Kinder mitbringen.«

Zum Glück war das nicht nötig, da Anna sie bei ihren Eltern abliefern konnte. So radelte sie wenig später voller Erwartungen ein zweites Mal an diesem Tag zur Schule.

Im Rektorzimmer hatte David neben der Schulchronik noch einen grünlichen Aktendeckel auf den Tisch gelegt. Aber zunächst ließ er die beiden Frauen Platz nehmen und goss ihnen Kaffee ein.

»Nun erzähl und spann uns nicht so auf die Folter!« drängte Carla.

David freute sich über ihre Ungeduld.

»Also«, begann er umständlich, »ich bin erst jetzt dazu gekommen, mich mit dem Theater in unserer Schule und mit den alten Zeiten, wie sie in der Schulchronik geschildert werden, zu befassen. Als ich nun gestern den Schultresor öffnete, um die Chronik herauszuholen, sah ich nach, ob sonst noch irgendetwas Interessantes im Tresor liegt. Da entdeckte ich diesen alten Aktenordner, der ganz nach hinten geschoben war und wahrscheinlich seit Jahrzehnten nicht mehr geöffnet wurde. Seht selbst!«

Anna griff nach dem Aktendeckel, der vor ihnen auf dem Tisch lag, vergilbt, mit ausgefransten Rändern und unbeschriftet, und schlug ihn auf. Neugierig beugten Carla und sie sich darüber. Der Ordner enthielt drei ebenfalls vergilbte, schon mürbe gewordene Zeitungsausschnitte. Carla nahm sie vorsichtig heraus und legte sie nebeneinander auf den Tisch. Alle Artikel stammten von verschiedenen Tagen im Mai 1946 und waren mit Datum und dem Namen der Zeitungen beschriftet: ›*Tägliche Rundschau*‹, ›*Der Tagesspiegel*‹ und ›*Der Kurier*‹. Die Überschriften lauteten alle ähnlich: »Mord im Theater«, »Junge Sängerin ermordet«, »Eifersuchtsdrama im Theater?«. Außerdem befanden sich in dem Aktendeckel noch zwei Fotos eines jungen Mädchens.

Anna nahm eines davon, eine Porträtaufnahme, und schaute es neugierig an: »Die sieht aber gut aus! Eine blonde Unschuld, lange Locken und sanfter Blick!«

»Und hier, auch nicht schlecht, als Ballkönigin!«

Carla reichte ihr das andere Foto, auf dem dasselbe Mädchen neben einem jungen Mann stand, der den Arm eng um ihre Taille gelegt hatte. Diesmal lächelte es den Betrachter sehr selbstbewusst, fast herausfordernd an. Beide standen auf einer Theaterbühne, angezogen wie für eine Festgesellschaft.

Als Anna dieses Bild genauer ansah, blieb ihr fast das Herz stehen »Die Kette!« stieß sie hervor. »Schon wieder die Kette!«

»Was ist mit dir los?« wunderte sich Carla.

Anna wandte sich ungeduldig an David: »Gib mal eine Lupe her! Schnell!«

Dann betrachtete sie Millimeter für Millimeter durch das Vergrößerungsglas den Halsschmuck. Es gab keinen Zweifel: Das junge Mädchen trug das Collier von Rosa Blumenthal!

Anna hatte sich wieder gefasst und versuchte mit wenigen Worten, was nicht einfach war, die Geschichte dieser Halskette zu erzählen. Dann griff sie wieder zu den Fotos und betrachtete noch einmal das schöne junge Mädchen.

»Und die wurde ermordet?«

Carla nahm den Artikel aus dem ›*Kurier*‹: »Ich werde mal vorlesen. –

Junge Sängerin ermordet. Gestern Nachmittag ereignete sich in dem Gebäude der Mädchenschule in der Witzlebenstraße in Charlottenburg, in dem auch ein Theater untergebracht ist, ein schweres Kapitalverbrechen. Die 20jährige Sängerin Charlotte W. wurde im Keller des Theaters ermordet, in dem die Garderobenräume liegen. Nach den Ermittlungen der Polizei wollte sie sich gerade ihr Kostüm für eine neue Inszenierung aus dem Kellerraum holen, als der frühere Hausmeister Günter K. hinzukam und sie erschlug. Das Motiv für diesen Mord ist noch völlig unklar. Gefunden wurde Charlotte W. von ihrer Kollegin und Freundin, Eva S., die zufällig ebenfalls in den Garderobenraum gekommen war und den Täter sah, wie er sich gerade über sein Opfer beugte. Als sie einen Schrei des Entsetzens ausstieß, sprang Günter K. auf, stieß sie beiseite und flüchtete. Vom Täter fehlt bisher jede Spur.«

Die beiden anderen Artikel beschrieben mit ähnlichen Worten denselben Sachverhalt. Im ›*Tagesspiegel*‹ war zusätzlich ein Foto der weinenden Eva S. zu sehen, von der berichtet wurde, dass sie einen Schock erlitten hatte und ärztlich behandelt werden musste. Die ›*Tägliche Rundschau*‹ stellte Vermutungen über ein Motiv an und hielt eine Eifersuchtstat unter heißblütigen Künstlern für durchaus möglich. Charlotte W. war eine sehr beliebte Kollegin gewesen.

Während Anna der vorlesenden Carla zuhörte, versuchte sie ihre Gedanken zu ordnen. War sie einen Schritt weitergekommen, weil sie jetzt wahrscheinlich wusste, wer die Kette nach Frau Hartmann besessen hatte oder war alles nur verworrener? Wie kam die Kette zu Mandys Opa? Anna überlegte sogar kurz, ob vielleicht der Hausmeister Mandys Opa war und Charlotte W. wegen der Kette ermordet hat. Aber das war absurd, außerdem hatte Mandy versichert, dass der Opa nie in Charlottenburg gelebt hatte. Und Günter hieß er auch nicht. Allerdings sprach er von Blut, das an der Kette klebte, irgendetwas muss er gewusst haben. Vielleicht gab es sogar noch anderes Blut, das an ihr klebte. Möglicherweise hatte das Collier eine dämonische Wirkung, wie es manchen Diamanten nachgesagt wird, und alle Besitzerinnen waren zu einem grausamen Tod verurteilt. Rosa Blumenthal war zwar nicht gestorben, aber immerhin musste sie ihr elegantes Berliner Leben aufgeben. Frau Hartmann wurde ermordet und diese hübsche Schauspielerin auch. Arme Mandy!

»Anna, du hörst überhaupt nicht zu!« Sie zuckte zusammen und lächelte David entschuldigend an.

»Wir haben gerade überlegt, warum von diesem Mord, der in der Schule bestimmt großes Aufsehen erregte, nichts in der Chronik berichtet wird. Was meinst du?« zog Carla sie ins Gespräch.

»Die Schulleiterin hat das verhindert, um den Ruf der Schule nicht zu gefährden«, war Annas Antwort. »Alles sollte schnell vergessen werden.«

»Offenbar wurde dieser Mordfall nie aufgeklärt«, überlegte Carla weiter, »sonst wären weitere entsprechende Zeitungsausschnitte gesammelt worden. Also!« ermunterte sie Anna, »das ist etwas für dich! Du bist doch Spezialistin im Alte-Morde-Aufklären!«

»Danke, ich werde mein Bestes tun!« Alle lachten.

Die Besprechung war beendet. Bevor Anna ging, machte sie noch Kopien von den Zeitungsartikeln und den beiden Fotos.

Wie gut, dass ich Frau Körner habe, dachte sie auf dem Nachhauseweg, sicher weiß sie etwas über den Mord.

Diesmal wurde Anna enttäuscht.

»Ich war nie in dem Theater in der Schule«, sagte die alte Nachbarin, »Operetten haben mich nicht interessiert. Meine Mutter ist ein paar Mal dort gewesen und war immer sehr zufrieden mit den Aufführungen. Ich bin gern in Konzerte gegangen. Ich war in dem ersten Konzert, das nach Kriegsende stattgefunden hat, stellen Sie sich das vor!«

Frau Körner wurde ganz lebhaft in der Erinnerung an dieses einmalige Erlebnis.

»Im Rundfunkhaus spielte das Orchester des Deutschen Opernhauses Mozart und Tschaikowskys 5. Symphonie. Das war am 18. Mai, ich werde es nie vergessen. Ich hatte keine Eintrittskarte, bin aber trotzdem einfach in die Masurenallee gegangen. Es war ein Riesenandrang. Die russischen Soldaten, die an den Türen standen und die Karten abreißen sollten, verloren schnell die Übersicht, und so kam ich auch ohne Karte hinein. In den vordersten Reihen saßen lauter russische Offiziere, in der ersten General Bersarin, der Kommandant von Berlin. Das war das einzige Mal, dass ich ihn gesehen habe, grauhaarig, gedrungen, aber auch sehr intelligent aussehend. Vierzehn Tage nach Beendigung der Kämpfe dieses Konzert! Es war wie ein Wunder! Uns allen liefen die Tränen herunter, so aufgewühlt waren wir.«

Anna hatte geduldig zugehört, aber sie war mehr an dem Verbrechen in der Witzlebenstraße interessiert und fragte daher übergangslos: »Und von dem Mord in der Schule haben Sie nichts gehört?«

»Nein, tut mir leid. Wir haben damals auch nicht regelmäßig Zeitung gelesen«, erklärte Frau Körner mit aufrichtigem Bedauern in der Stimme.

14

In der Schule hatte Anna seit kurzer Zeit einen Assistenten. Das kam so: Als sie stöhnte, dass nicht nur das Komponieren, sondern auch das anschließende saubere Abschreiben ihrer nur flüchtig hingekrakelten Noten für die Schüler so zeitaufwändig war, meinte Carla locker: »Ich denke, da gibt es Computerprogramme!«

»Klar, aber ich habe keins und wenn, müsste mich erst einarbeiten!«

»Frag den alten Gadow, ob er dir hilft!«

»Den Gadow?«

Anna hatte diesen Kollegen kaum gesehen, da er in den Unterrichtspausen nie in das Lehrerzimmer kam.

»Der hat zu Hause in seinem Computer ein Notenprogramm. Vielleicht schreibt er dir die Noten ab. Der kann das, der ist ein Computerfreak, auch wenn er nicht so aussieht. Außerdem kann er phantastisch Klavier spielen. Ich habe ihn einmal im Musikraum belauscht. Als er mich bemerkte, hörte er aber sofort auf. Frag ihn mal!« wiederholte die Freundin.

Anna fasste sich ein Herz und ging in der großen Pause in das Klassenzimmer, in dem Herr Gadow gerade unterrichtet hatte. Er saß am Lehrertisch, aß eine Stulle, trank Tee aus der Thermoskanne und las die Zeitung. Überrascht blickte er auf, als sie eintrat.

»Was verschafft mir die Ehre?« fragte er nicht unfreundlich und fügte hinzu: »Setzen Sie sich!«

Anna setzte sich und brachte ihr Anliegen vor.

Der alte Mann lachte ironisch: »Sie haben Nerven! Ich soll Ihre Arbeit machen!«

Gekränkt sprang Anna auf: »Entschuldigen Sie! Es hätte sein können, dass Sie sich auch an dieser Schulveranstaltung beteiligen wollen. Aber ich sehe, ich habe mich geirrt. Auf Wiedersehen!« Damit ging sie zur Tür.

»Seien Sie nicht so empfindlich! Warten Sie!« rief er ihr hinterher.

Anna blickte ihn kühl an. »Warum?«

»Ich habe es mir anders überlegt. Ich helfe Ihnen und beteilige mich an der Schulveranstaltungt! Zufrieden?«

Anna musterte ihn kritisch. Ob er es ernst meinte? Ob mit dem alten Zausel überhaupt eine erträgliche Zusammenarbeit möglich war?

»Gut, wir können es versuchen«, sagte sie reserviert. Er sollte nicht glauben, dass sie auf ihn angewiesen war. »Ich bringe Ihnen morgen meine derzeitigen Entwürfe mit.«

»Aber bitte hierher. Sie wissen, ich gehe nicht ins Lehrerzimmer, wenn es nicht unbedingt nötig ist.«

Es klappte besser als erwartet. Herr Gadow lieferte regelmäßig die gedruckten Notenblätter ab und kopierte diese auch so oft, wie Anna es verlangte. Fast täglich tauschten sie und Gadow die Noten aus. Zur Überraschung aller kam er nun sogar manchmal ins Lehrerzimmer, allerdings stumm und jeglichen Blickkontakt mit den anwesenden Kollegen vermeidend, und legte seine erledigten Arbeiten in Annas Fach. Für Anna bedeutete seine Tätigkeit eine erhebliche Entlastung, was sie ihm bisweilen auch sagte. Ihre Dankbarkeit schien ihn aber kaum zu interessieren.

Bald waren alle notwendigen Musikstücke komponiert und Anna wollte mit den Gesamtproben beginnen, da erkrankte Herr Gadow. Aber er ließ Anna ausrichten, sie könne die letzten Abschriften bei ihm zu Hause abholen.

Eigentlich benötigte Anna sie noch nicht, aber aus einer gewissen Neugier heraus machte sie sich am nächsten Nachmittag auf den Weg zu Gadows Wohnung in der Leonhardtstraße. Max nahm sie mit.

Aufgrund des trüben Wetters waren heute nur wenige Spaziergänger im Park. Aber als Anna und Max in den Weg zur Schillerwiese einbogen, sahen sie schon von weitem einen mittleren Menschenauflauf, große Scheinwerfer, Sichtblenden und andere, für einen Laien undefinierbare Technik.

»Da wird wieder ein Film gedreht«, meinte Anna, »hoffentlich lassen sie uns durch.«

Aber es war nichts abgesperrt. Der Lietzenseepark und auch seine Umgebung schienen einer der Top-Favoriten der ›locations-scouts‹ zu sein. Es verging kaum ein Monat, in dem die *›lieben Anwohner‹* auf an die Haustüren geklebten Zetteln nicht um Verständnis gebeten wurden für absolute Halteverbote und andere Unbequemlichkeiten.

Als Anna und Max zu der großen Wiese kamen, sahen sie, wie auf einer Bank am See gerade eine Szene vorbereitet wurde. Ein Hund sollte dort sitzen bleiben, er sprang aber immer wieder hinunter. Ein Schauspieler und die vermutliche Hundebesitzerin versuchten, dies zu verhindern. Anna und Max sahen eine Weile zu, wie der Hund immer wieder auf die Bank gesetzt wurde und immer wieder heruntersprang. Anna wurde – wie so häufig bei der Beobachtung von Filmarbeiten – in ihrem Eindruck bestätigt, dass diese ungeheuer ruhig und langsam, um nicht zu sagen langweilig vor sich gingen. Mutter und Sohn setzten ihren Weg fort, ohne dass der Hund auf der Bank sitzen geblieben wäre.

Schließlich bogen sie am Amtsgericht in die Leonhardtstraße ein und suchten die Hausnummer von Herrn Gadow. Mit ihren alten, stuckverzierten Häusern, den vielen kleinen Geschäften und dem lebhaften Hin und Her auf den breiten Bürgersteigen – hier schien jeder jeden zu kennen – verbreitete diese Straße eine freundliche, fast kleinstädtische Atmosphäre und erinnerte ein wenig an alte Postkarten der Jahrhundertwende. Allerdings verhinderten die vielen Autos, die gnadenlos jedes kleinste Eckchen zuparkten, eine allzu nostalgische Stimmung.

Nachdem sie geklingelt hatten, surrte sofort der Türöffner, als ob jemand an der Tür gewartet hätte. Das Haus hatte keinen Fahrstuhl, so stiegen sie die drei Treppen zu Fuß hoch.

»Ach, Sie kommen zu zweit!«

Herrn Gadows Ton war nicht zu entnehmen, ob er das begrüßte. Aber er hatte seine Schuluniform – Oberhemd und Pullunder, vorwiegend im Rautenmuster – mit einem dunkelblauen Cashmere-Pullover vertauscht und sah dadurch gleich weniger streng aus.

Als sie das Wohnzimmer betraten, hatte Anna Mühe, ihr Erstaunen zu verbergen. So hatte sie sich das Privatleben des alten Misanthropen nicht vorgestellt: zwei ineinander übergehende helle Räume mit einem Balkon zur Straße, möbliert mit hohen Bücherschränken, Schreibtisch und bequemen Sesseln. Und in der Mitte des zweiten Raumes ein wunderbar erhaltener und gepflegter Bösendorfer. Ein Traum von einem Flügel!

»Meine Güte! Phantastisch! Darf ich ihn mir näher ansehen?«

Eine rein rhetorische Frage! Mit behutsamen Händen hatte Anna bereits den Flügel geöffnet, spielte im Stehen einige Takte und lauschte dem Klang nach. »Sie sind zu beneiden, Herr Gadow, eine solche Kostbarkeit zu besitzen!« sagte sie und schaute ihn mit aufrichtiger Bewunderung an. »Woher haben Sie ihn?«

Herr Gadow lächelte, er freute sich über ihre Begeisterung.

»Ein Erbstück. Aber setzen Sie sich doch. Sie können gern spielen, ich habe viele Noten. Was soll ich Ihnen geben?«

»Mozart, bitte! Die c-moll-Sonate!«

Anna setzte sich auf den Klavierhocker und streichelte zart über die Tasten, während Herr Gadow aus einem Berg von Noten erstaunlich schnell die richtige Sonate hervorzog. Dann spielte Anna den ersten Satz, aber sie war zutiefst unzufrieden. Grauenhaft ihr Spiel, peinlich, dachte sie, aber auch nicht verwunderlich, da ihr seit Jahren die Zeit zum regelmäßigen Üben fehlte.

»Mir ist langweilig«, ließ sich Max plötzlich vernehmen. »Wann gehen wir endlich?«

Das wollte Herr Gadow offensichtlich verhindern.

»Komm mit. Ich zeig dir etwas!« und er ging mit ihm in das andere Zimmer, wo im Bücherschrank eine Reihe von Bilderbüchern für die erste Klasse stand. »Du kannst dir Bücher angucken.«

»Angucken ist langweilig, du sollst mir vorlesen.«

Herr Gadow zögerte und rief zu Anna hinüber: »Wollen Sie noch weiterspielen? Dann lese ich solange Max etwas vor.«

Aber Anna erhob sich: »Nein, vielen Dank, ich spiele zu schlecht. Ich muss erst wieder üben. Aber dann komme ich gern, wenn ich darf.«

Sie lächelte ihn an, eigentlich war er ganz nett.

»Wer ist das?« fragte Max und zeigte auf ein großes Foto, das im Silberrahmen auf dem Flügel stand und auf dem eine junge Frau und zwei kleine Mädchen abgebildet waren. Anna hatte es auch schon bemerkt. Jetzt sah sie, wie Gadows eben noch freundliches Gesicht erstarrte. Aber als Max forderte: »Zeig mal!« gab er ihm das Bild und sagte:

»Das war meine Familie. Aber sie hatten einen Verkehrsunfall und sind gestorben. Das ist lange her, aber ich bin immer noch traurig und möchte deshalb nicht darüber reden.«

Max fragte ungerührt weiter: »Wie hießen…?«, aber Anna unterbrach ihn: »Du hast doch gehört! Sei bitte still!«

Nun verstand sie Gadows eigenbrötlerisches Verhalten besser. Bei diesem Schicksalsschlag würde wohl jeder zum Menschenfeind.

»Ich werde Ihre Kompositionen holen.«

Während Gadow zu seinem Schreibtisch ging, blätterte Anna die Notenberge durch, die er auf einem kleinen Tisch ausgebreitet hatte.

»Herrmann Bodenstein«; rief sie überrascht und hob ein altmodisches schmales Notenheft hoch, »woher haben Sie das denn?«

»Wieso? Kennen Sie ihn?«

Gadow kam mit ihren Notenblättern zurück.

»Er wohnte früher in unserem Haus. Ich selbst habe ihn nicht mehr kennengelernt, aber einiges von meiner alten Nachbarin über ihn gehört.«

»Meine frühere Klavierlehrerin hat mir das Heft geschenkt. Bodenstein war ein Freund von ihr. Kein bedeutender Komponist, aber ein paar Stücke wurden in den fünfziger Jahren im Radio gesendet. Ich habe noch mehr von ihm. Wenn Sie wollen, können Sie alles behalten.«

Gadow suchte aus dem Stapel zwei weitere Notenhefte von Herrmann Bodenstein heraus, alle ziemlich vergilbt, und gab sie Anna.

»Danke, ich nehme sie gern mit, auch wenn ich wahrscheinlich erst in den Sommerferien Zeit zum Spielen habe.«

Auf dem Nachhauseweg stellte Max plötzlich fest: »Der war gar nicht krank!«

»Stimmt«, antwortete seine Mutter überrascht. »Jedenfalls haben wir nichts bemerkt.«

15

Donnernder Applaus. Zum achten Mal, Lotte hatte mitgezählt, ging der Vorhang auf. Der Saal war bis auf den letzten Platz besetzt.

Wieder verneigten sich die Hauptdarsteller, liefen dann nach beiden Seiten auseinander und verschwanden hinter dem Vorhang. Jetzt waren sie dran, jetzt kam der Chor nach vorn, um sich zu verbeugen, paarweise, wie sie im Finale am Ende des zweiten Aktes der »Fledermaus« getanzt und gesungen hatten. Dieter, ihr Partner, strahlte sie an und sie lachte zurück, bevor ihre Köpfe sich wieder zum Boden neigten.

»Bleibst du nachher noch ein bisschen hier?« Er musste laut reden bei dem anhaltenden Jubel und Geklatsche.

»Heute nicht«, rief sie zurück. »Ich muss mich um meine Mutter kümmern. Die regt sich zu sehr auf, wenn ich jedes Mal nach der Vorstellung so spät nach Hause komme.«

»Kann ich verstehen, aber darf ich dich dann nach Hause bringen?« fragte er und machte beim Verbeugen ein paar übermütige Tanzschritte.

»Ich denke, du willst mit den andern feiern?«

»Lieber würde ich dich nach Hause bringen.«

Sie lachte: »Na gut, du darfst!«

Sie traten etwas zurück. Nun verbeugten sich graziös die sechs Tänzer und Tänzerinnen vom Ballett.

Wieder ging der Vorhang herunter. Die Hauptdarsteller kamen aus den Seiten gelaufen zur nächsten Verbeugung, der Chor zog sich zurück.

Eva, die die Rosalinde gesungen hatte, lief an Lotte vorbei. Als sie sich verbeugte und Kusshändchen ins Publikum warf, schwoll der Beifall zum Orkan an, vermischt mit Getrampel und Jubelschreien »Bravo!« »Da capo!« Eva strahlte. Ein Mann drängte sich vor und überreichte ihr – o Wunder! – einen kleinen Blumenstrauß. Woher er den wohl hatte? Wieder tosender Beifall, laut bis an die Schmerzgrenze. Eva war unbestritten die Königin des Abends.

Es war Ende Juni, seit Tagen spielten sie die »Fledermaus« immer vor ausverkauftem Haus. Mit einem derartigen Erfolg hatte selbst der optimistische Zobel nicht gerechnet. Noch nie hatte er ein dankbareres Publikum gehabt. Jeden Abend drängten die Menschen in Scharen in das provisorisch bis zum ersten Stock wiederhergestellte Schulhaus in der Witzlebenstraße. Müde vom täglichen Kampf ums Überleben, sehnten sie sich nach Ablenkung und Unterhaltung, und sei es nur für zwei Stunden. Dabei waren noch nicht einmal alle Kapazitäten des neuen Theaters ausgeschöpft. Die Aula war nur kümmerlich mit Sitzgelegenheiten ausgestattet. Zobel träumte von einer richtigen Bestuhlung, einer Vergrößerung der kleinen Bühne durch Podeste und schließlich, wenn endlich die Beschaffung von Getränken und Speisen möglich war, auch von einem Büfett für die Pause.

Einen bitteren Wehrmutstropfen musste er allerdings schlucken: In den Berliner Zeitungen gab es keine einzige Besprechung der Aufführung. Nicht einer der Theaterkritiker war seiner Premiereneinladung gefolgt, obwohl er an alle Gratis-Eintrittskarten verschickt hatte.

Es war noch hell, ein warmer frühsommerlicher Juniabend, als Dieter und Lotte das Schulhaus verließen. Alle Vorstellungen in Berlins Theatern begannen in dieser Zeit bereits um 18 Uhr, aus Rücksicht auf Mitwirkende und Publikum, die pünktlich wieder zu Hause sein mussten. Laut Befehl der Alliierten Kommandantur begann um 23 Uhr die Sperrstunde, niemand durfte sich danach auf den Straßen aufhalten.

Jetzt bogen sie in den Witzlebenplatz ein. Dieter hatte den Arm um Lottes Schulter gelegt, sie schmiegte sich an ihn.

»Daran kannst du erkennen, wie sehr dich Zobel mag«, hatte Eva einmal lachend gemeint, »er hat dir unseren einzigen jungen Mann als Partner gegeben.«

Das stimmte, die anderen Männer waren kriegsbedingt viel älter. Dieter dagegen war erst vierundzwanzig Jahre, groß, gut aussehend, die dichten braunen Haare gescheitelt. Als sie sich besser kennengelernt hatten, wagte Lotte ihn zu fragen, wie er den Krieg überlebt hat und warum er nicht, wie fast alle jungen Männer, entweder tot oder in Kriegsgefangenschaft war.

»Du wirst es nicht glauben, aber ich bin wie jeder andere eingezogen worden und war die ganze Zeit Kriegsteilnehmer. Allerdings bei der Luftwaffe in Gatow. Ich bin nie aus Berlin herausgekommen.«

»Du warst nicht an der Front? Wie ging das?« fragte Lotte ungläubig.

»Ich bin Uhrmacher von Beruf. Ich wurde nach Gatow abkommandiert, um sämtliche Uhren der Luftwaffe in Ordnung zu bringen. Als der General merkte, dass ich nicht nur die Uhren, sondern wie ein guter Feinmechaniker praktisch alle entsprechenden Geräte reparieren und pflegen konnte, hat er mich für die gesamte Zeit des Krieges bei sich behalten. Nach Kriegsende wurde ich entlassen. Aus Angst vor den Russen schlug ich mich zunächst mit einem Freund nach Bayern durch, wo die Amerikaner waren. Aber dann bekam ich von meiner Mutter die Nachricht, dass es ihr schlecht gehe, und so kam ich wieder zurück. Gerade rechtzeitig, um sie vor ihrem Tod noch einmal zu umarmen.«

»Und warum spielst du Theater? Das hat mit deinem erlernten Beruf nichts zu tun!«

»Mein Vater ist früh gestorben. Er hatte ein Uhrengeschäft und ich musste ihm versprechen, es nach seinem Tod weiterzuführen. Ihm zuliebe habe ich Uhrmacher gelernt, ich selbst wollte seit meiner Kindheit Pianist werden und hatte jahrelang Klavierunterricht. Aber mein Versprechen gilt nicht mehr. Durch den Krieg hat sich alles geändert, der Laden ist zerstört und geplündert. Ich will immer noch Pianist werden und wenn die Hochschulen wieder öffnen, beginne ich mit dem Studium! Bis es soweit ist, spiele ich mit dir Theater!« Er lachte vergnügt.

Sie überquerten den Fahrdamm des Witzlebenplatzes und Dieter lenkte ihre Schritte zum Park hin.

»Ich will nicht durch den Park gehen«, wehrte Lotte erschrocken ab.

»Du brauchst keine Angst zu haben. Ich bin bei dir!«

Dieter fasste sie noch fester. Lotte gab nach, zu gern ließ sie sich von ihm überreden. Langsam schlenderten sie durch den menschenleeren Park.

»Wie hell es noch ist«, meinte Lotte, »ich habe mich an die komische Zeitumstellung immer noch nicht gewöhnt.«

Ende Mai war auf Befehl des sowjetischen Stadtkommandanten in Berlin die Moskauer Zeit eingeführt worden.

»Jetzt ist es neun Uhr, aber eigentlich erst sieben.«

»Mir wäre auch lieber, es wäre später und etwas dunkler!«

Aber trotz der Helligkeit blieb Dieter stehen und zog sie zu einem kleinen Gebüsch. Er legte die Arme um sie und küsste sie. »Ich liebe dich!« flüsterte er heiser, presste sie noch enger an sich und küsste sie wieder.

Lotte war selig. Endlich, dachte sie und schloss die Augen. Das waren Küsse! Ganz andere als die von den dummen Jungs in Danzig!

16

Eine Woche lang durfte Lotte ihr Glück genießen, dann brach die Katastrophe über sie herein. An einem Abend, noch wurde kein Publikum ins Haus gelassen, aber die Schauspieler waren schon umgezogen und warteten in ihren Garderoben, ließ Zobel alle in die Aula rufen.

»Ich kann euch eine freudige Mitteilung machen. Ihr wisst, ich habe lange nach einem tüchtigen Hausmeister gesucht. Endlich habe ich ihn gefunden. Herr Krause, kommen Sie bitte!«

Lotte fuhr zusammen, das durfte nicht sein! Der Mann, der jetzt vortrat und sich leicht verbeugte, war ihr Widersacher aus dem Park.

»Herr Krause wird für Ordnung sorgen, reparieren und sich um alles kümmern«, fuhr Zobel fort. »Ihr könnt euch mit allem an ihn wenden. Ich bin sicher, Sie werden sich bei uns wohlfühlen.«

»Danke, das denke ich auch«, meinte der neue Hausmeister und ließ seine Augen über die Anwesenden schweifen. Bevor Lotte sich verstecken konnte – was hätte ihr das auch genutzt! – trafen sich ihre Blicke. Sie sah ein Aufblitzen des Erkennens in seinen Augen und fasste unwillkürlich an ihre Halskette. Da nickte ihr Herr Krause kaum spürbar zu.

Während der Vorstellung war sie unkonzentriert wie nie. »Andersrum! Nicht so schnell!« raunte ihr Dieter beim Tanzen mehrmals zu. Aber in ihrer Angst konnte Lotte an nichts anderes denken als an die unausweichliche Begegnung mit diesem Mann. Was sollte sie bloß machen?

Schon am nächsten Tag erwartete Herr Krause sie. Wie zufällig kam er aus einem Klassenzimmer, als sie das Schulhaus betrat, und stellte sich ihr in den Weg.

»Ich wusste, dass wir uns noch einmal treffen würden!« sagte er voller Genugtuung. »Jetzt will ich endlich die Kette haben, sie gehört mir! Ich habe meinen Teil unserer Abmachung erfüllt und den Mund gehalten! Nun sind Sie dran!« Wieder streckte er fordernd seine Hand aus.

»Ich hatte nie eine Abmachung mit Ihnen! Das ist meine Kette, die behalte ich! Außerdem habe ich sie nicht dabei!« sagte Lotte entschieden. Bloß keine Angst zeigen. »Lassen Sie mich gefälligst in Ruhe!«

Sie wollte schnell vorbeigehen, aber Krause packte ihren Arm so fest, dass sie aufschrie. Er zog sie nah zu sich heran und zischte drohend:

»Hören Sie mir genau zu! Wenn ich nicht morgen diese Kette habe, wissen Sie, was passiert: ich gehe zur russischen Kommandantur und zeige Sie an!« Dann gab er ihr einen Stoß, dass sie fast hinfiel: »Das ist für den Tritt!«

Als Lotte die Treppe hinaufrannte, hatte sie nur einen Gedanken: Mir muss etwas einfallen. Ich muss ihn loswerden.

Diesmal nahm sie sich bei der Vorstellung zusammen, spielte und sang wie immer.

Aber anschließend meinte sie zu Dieter: »Ich fühle mich nicht wohl. Hoffentlich bekomme ich keine Sommergrippe. Ich gehe lieber gleich nach Hause.«

»Soll ich dich bringen?« fragte er fürsorglich.

»Nein, nein, das ist nicht nötig. Bleib du ruhig noch ein bisschen mit den anderen zusammen. Morgen geht es mir sicher wieder gut.«

Nachdem Lotte ihrer Mutter dasselbe erzählt hatte, legte sie sich ins Bett und drehte sich zur Wand. Mit geschlossenen Augen dachte sie nach.

Sie brauchte nur die Antwort auf eine einfache Frage: Wie wird man einen Mann los? Und zwar für immer! Am besten, er wäre tot, dachte sie ungerührt, sonst verdirbt er mir mein schönes Leben. Ihm die Kette zu überlassen, kam ihr nicht in den Sinn. Wenn er mich denunzieren will, überlegte sie weiter, kann ich das auch mit ihm machen. Das ist die Lösung! freute sich Lotte. Aber wo und wie denunziert man? Sie hatte keine Ahnung, aber ihr würde schon etwas einfallen.

Der Zufall kam ihr zu Hilfe. Als sie am nächsten Morgen zum Theater gehen wollte – inzwischen probten sie am Vormittag die nächste Inszenierung, das ›*Schwarzwaldmädel*‹ –, standen in der Halle des Frauenbundhauses Russen, die versteckte Nazis oder Soldaten suchten. Der Heizer Kowalski dolmetschte wie immer, Oberschwester Roberta sprach schon abschließende Worte, weil sich natürlich niemand im Haus versteckt hielt, da sagte Lotte:

»Wir haben einen neuen Hausmeister im Theater, ich glaube, das war ein Nazi. Der redet immer so komisch.«

Die Russen horchten auf, erkundigten sich nach der genauen Adresse und zogen sich zurück.

»Warum hast du das gesagt?« machte ihr Roberta Vorwürfe. »Wenn er Ärger bekommt, ist es deine Schuld.«

Die Vormittagsproben verliefen wie immer, aber als Lotte am Nachmittag gegen fünf Uhr zur Vorstellung erschien, herrschte große Aufregung im Haus. Eine russische Delegation hatte gerade den neuen Hausmeister festgenommen.

»Kanntest du den Krause?« wurde Lotte von allen Seiten gefragt. »Der schrie herum, die Anschuldigung sei falsch. Du hättest ihn denunziert, weil er Zeuge war, wie du einen russischen Soldaten umgebracht hättest! Er wehrte sich so sehr, dass die Russen ihn fast zusammenschlugen, um ihn abzuführen.«

Lotte wurde blass: »Ist ja schrecklich! Verstehe ich nicht! Ich soll ihn gekannt haben? Nie im Leben. Vielleicht ist er verrückt geworden.«

In dieser Nacht konnte Lotte lange nicht einschlafen. Sie hatte ein schlechtes Gewissen. Hoffentlich würde er nicht gefoltert oder weit weg verschleppt oder ermordet. Aber schließlich war er selbst schuld an seinem Unglück. Warum hatte er sie auch so unter Druck gesetzt? Wahrscheinlich würde er ohnehin bald wieder freigelassen. Oder lieber nicht, womöglich taucht er noch einmal auf. Ihre Gedanken gingen kreuz und quer. Sie kam nicht zur Ruhe. Wenigstens brauche ich keine Angst mehr vor ihm zu haben, dachte sie noch, dann war sie endlich eingeschlafen.

Die Tage vergingen. Zobel hatte einen neuen Hausmeister gefunden. Die Premiere von ›*Schwarzwaldmädel*‹ stand kurz bevor. Lotte war wieder vollkommen glücklich. Und als Mitte Juli Berlin von den Alliierten in vier Sektoren geteilt wurde und jede Siegermacht ihren Teil bekam, die Russen in den Ostteil der Stadt abzogen und am Lietzensee die ersten britischen Soldaten in den Straßen auftauchten, ernst und unpersönlich ihre Umgebung musternd, da fiel Lotte der letzte Stein vom Herzen. Nie wieder konnte sie bei einem sowjetischen Kommandanten denunziert werden.

Auch ihr Verhältnis mit Dieter hatte eine erfreuliche Entwicklung genommen und versetzte sie in Hochstimmung. Dieter brachte sie jetzt regelmäßig nach Hause, jedesmal schlugen sie den gleichen Weg durch den Park ein und küssten sich an *ihrem* Gebüsch immer leidenschaftlicher.

Gestern konnte Dieter kaum mehr an sich halten. Zwischen zwei Küssen stammelte er: »Lotte, ich liebe dich! Ich will dich heiraten! Willst du meine Frau werden?«

Ja, dachte Lotte jubelnd, ich will deine Frau werden, am liebsten sofort! Aber Heiraten ist nicht nötig.

Laut sagte sie: »Heiraten geht nicht. Das würde meine Mutter nie erlauben! Wir müssen warten, bis ich volljährig bin. Aber wir können uns verloben! Heimlich! Es braucht niemand zu wissen!« Sie presste sich an ihn und flüsterte ihm ins Ohr. »Und die Verlobung feiern wir beide ganz allein! Wenn du willst, bei dir! Wir können die ganze Nacht feiern!«

»Und deine Mutter?« brachte Dieter mühsam hervor.

»Ich sage einfach, ich würde bei Eva übernachten!«

Zweiter Teil

17

Mandy rief an und fragte, wann sie sich treffen wollten, um die Sachen ihres Großvaters durchzusehen.

»Ich bin so ausgebucht«, stöhnte Anna, »warte, ich hole meinen Kalender. Wie wäre es am nächsten Dienstagnachmittag, so ab drei?«

»Ist okay«, meinte Mandy, die ebenso wir ihr Freund Thomas Erziehungswissenschaften studierte, »ich muss zwar mein Statistik-Seminar ausfallen lassen, aber das geht. Am besten kommst du zuerst zu mir, ich wohne in der Dirschauerstraße, und dann gehen wir zusammen in die Wohnung meiner Mutter.«

»Gut. Ich muss dir vorher noch etwas zeigen, ein paar alte Zeitungsartikel.«

»Worum geht es denn?«

»Das möchte ich dir nicht am Telefon sagen, das ist eine lange Geschichte.«

»Na gut, bis dann. Ich freue mich. Tschau!«

Nachdenklich legte Anna das Telefon weg. Sie war sich mittlerweile nicht mehr sicher, dass der Hausmeister, der die junge Sängerin ermordet haben sollte, nicht Mandys Opa war. Je mehr sie darüber nachdachte, desto wahrscheinlicher schien es ihr. Immerhin hatte er das Collier besessen. Vielleicht war er nach dem Mord in den Sowjetsektor geflohen und dort untergetaucht. Hatte eine neue Identität angenommen. Das war damals in dem Chaos der Nachkriegszeit und angesichts beginnender Feindschaft zwischen den Siegermächten bestimmt nicht schwierig. Aber das konnte sie Mandy unmöglich auch nur andeuten. So wie sie ihren Opa geliebt hatte!

Ich muss Luise fragen, ob sie am Dienstag Kalli und Max aus dem Kindergarten abholen und mit ihnen in den Park gehen kann, dachte sie dann. Hoffentlich muss sie nicht gerade für irgendeine Latein- oder Mathearbeit üben. Luise hatte sie vor drei Jahren im Zusammenhang mit den beiden Todesfällen im Park kennengelernt. Seitdem war der Kontakt zwischen ihnen nie abgebrochen. Inzwischen war Luise ein junges Mädchen, vierzehn Jahre alt, immer noch so aufgeweckt und altklug wie früher und eine zuverlässige Babysitterin. Sie ging schon auf das Gymnasium und nahm die Schule sehr ernst.

Aber Luise hatte den Job gern übernommen und so saß Anna zufrieden in der S-Bahn und fuhr auf dem nördlichen Ring nach Ost-Berlin, vorbei an für sie fast unbekannten Stationen wie Gesundbrunnen und Wedding oder Schönhauser Allee und Greifswalder Straße. Wie groß und abwechslungsreich Berlin ist, dachte sie, ich komme viel zu selten aus meinem Kiez heraus.

Bald vergingen ihr diese besinnlichen Gedanken, denn sie stieg »Ostkreuz« aus - ein Alptraum von einem Bahnhof! Ein riesiges, unübersichtliches Gelände von anscheinend vorwiegend verrosteten und stillgelegten Gleisanlagen. Schmale, dreckige Bahnsteige, überall Massen von Menschen, die Treppen hinauf oder hinunterhastend, um nicht den Anschlusszug zu verpassen. Anna stand da und kam sich vor wie die dümmste Provinzlerin aus dem letzten Kaff. Vergeblich suchte sie Hinweisschilder. Welchen Ausgang musste sie benutzen? Sie ging einfach los, fragte drei Mal verschiedene Leute nach der Dirschauer Straße. Erhielt drei Mal die unberlinisch freundliche Antwort: »Weiß ich auch nicht!« und fand sie dann durch Zufall.

Mandy erwartete sie schon. Sie bewohnte in einem frischrenovierten Haus eine Zwei-Zimmer-Wohnung im vierten Stock des Gartenhauses.

»Hübsch hast du es«, Anna blickte sich um, »sogar Stuck und Holzboden, und so hell. Wirklich schön.«

»Finde ich auch. Aber wer weiß, wie lange ich hier noch wohnen kann. Das Haus ist verkauft und in Eigentumswohnungen umgewandelt.«

Aber sie schien sich keine großen Sorgen zu machen, sondern fragte: »Wollen wir uns auf's Dach setzen? Es ist so schönes Wetter! Komm, wir nehmen den Kaffee mit.«

Gemeinsam stiegen sie die Treppe hinauf zum Dachboden. An der offenen Dachluke stand eine Leiter.

»Da müssen wir hinauf. Du musst vorsichtig sein, die Leiter wackelt ein bisschen.«

Mandy stieg als erste auf das Dach, Anna folgte ihr. Sie wagte kaum, sich umzublicken.

»Ist das nicht gefährlich? Man kann kaum stehen. Wenn man hier abrutscht!«

»Du musst hierher kommen! Da kann dir nichts passieren!«

Anna balancierte vorsichtig zu dem Teil des Daches, der ganz flach war und auf dem mehrere große Sitzkissen lagen. Schnell setzte sie sich neben Mandy.

Nun konnte sich Anna ohne Angst umsehen und war begeistert: »Das ist toll! Über den Dächern von Berlin. Und wie weit man blicken kann! Man könnte hier sogar Tisch und Stühle hinstellen!«

»Haben wir versucht, aber das ist zu gefährlich. Ein Wind kann alles im Nu hinunterfegen.«

Mandy hatte unterdessen den Kaffee eingegossen.

»Nimmst du Milch?«

»Ja, wenn du hast.«

»Warte!«

Mandy rief zum Dach des Nachbarhauses hinüber, auf dem Anna auch Leute sitzen sah: »Hallo, Paul, hast du Milch da?«

»Ja, ich bringe welche!« Schon stand Paul freundlich lächelnd bei ihnen, sagte »Hi!«, goss Anna Milch in den Becher und verschwand wieder.

»Wir kennen uns alle. Man kann auf den Dächern des ganzen Häuserblocks spazieren gehen. Im Sommer haben wir hier oben oft Partys gefeiert, manche sogar geschlafen. Das ist leider bald vorbei. Das Dach wird ausgebaut und verkauft. Aber zeig mal die Zeitungsartikel, von denen du gesprochen hast, ich bin schon neugierig.«

Kommentarlos gab Anna ihr die Kopien und Mandy begann zu lesen. Sie nahm sich Zeit und schaute auch die beiden Fotos eine Weile an. Dann hob sie den Kopf und sagte entschieden:

»Anna, wenn du glaubst, dass mein Opa der Mörder ist, bloß weil er die Kette hatte, irrst du dich gewaltig. Ich kenne meinen Opa, er war kein Mörder! Er muss die Kette von jemand anderem bekommen haben, vielleicht sogar - ohne es zu wissen - von dem Mörder! Außerdem hieß er Gustav Pagel und nicht Günter K.«

Anna war erleichtert, dass Mandy sofort auf denselben Gedanken gekommen war wie sie und sie offen über das Identitätsproblem sprechen konnte. Deswegen sagte sie nur: »Ich glaube es auch nicht, Mandy, aber theoretisch wäre es möglich. Aber bevor wir uns in Spekulationen ergehen, ist es sinnvoller, wir sehen uns zuerst die Sachen deines Großvaters an.«

Die beiden Frauen tranken ihren Kaffee aus und verließen das Dach.

Die Wohnung der Mutter, in der Mandy auch aufgewachsen war, lag ein paar Ecken entfernt in der Libauer Straße.

Im Gegensatz zur Dirschauer sah die Libauer Straße trostlos aus, nur graue Häuser mit beschmierten Fassaden und bröckelndem Putz.

»Es sieht schlimm aus«, sagte Mandy, während sie in den Hausflur traten, »aber das ändert sich bald. Auch das Haus ist verkauft. Allerdings steigen dann auch die Mieten. Für viele ein Problem.«

Die Wohnung lag im Vorderhaus in der ersten Etage. Als Mandy sie aufschloss und »Hallo, wir sind es!« rief, erfolgte keine Reaktion. Ihre Mutter war nicht zu Hause oder wollte sich nicht zeigen.

»Komm, wir gehen gleich in das Zimmer von meinem Opa.«

Mandy ging voran durch ein dunkles Berliner Zimmer, in dessen Mitte auf dem Linoleumboden ein abgetretener Teppich lag und an den Wänden hohe altmodische Schränke standen. Eine Welle des typischen undefinierbaren DDR-Geruchs schlug ihnen entgegen.

In einem kleinen dahinter liegenden Flur mit mehreren Türen öffnete Mandy die erste und sie betraten den Raum.

»Hier wohnte mein Opa.«

Auch hier staubige abgestandene Luft. Das Zimmer, mit DDR-Möbeln der Sechziger Jahre und einer Tapete im typischen Ostmuster mit großen bunten Ornamenten, schien wie die ganze Wohnung seit Jahren nicht mehr renoviert, aber ein Regal mit Büchern, einige Bilder an der Wand und ein neuer Fernseher schufen eine gewisse wohnliche Atmosphäre.

Mandy riss das Fenster auf, das zum Hof hinausging, beugte sich vor und atmete tief die frische Luft ein. Eine melancholische Melodie klang aus einer gegenüberliegenden Wohnung zu ihnen herüber, eine rauchige Männerstimme sang: »...schmerzhaft wird es erst hinterher, wenn hochkommt, was früher mal war.«

Anna lauschte: »Was für ein schöner Song!«

»‚Weißes Papier'«, war Mandys kurze Antwort, »von ‚Element of Crime'!«

Dann zeigte sie auf die alte Kommode: »Hier hat mein Opa alle wichtigen Sachen aufbewahrt, viel hatte er nicht. Komm, wir fangen oben an.«

Mandy rüttelte an der verklemmten ersten Schublade und öffnete sie. Es herrschte ein völliges Durcheinander. In einer Ecke stand eine alte Zigarrenschachtel mit Schreibzeug, darunter mehrere Kugelschreiber mit Werbung für Post, Lotto und ähnlichem, daneben angebrochene Tablettenschachteln, alte Kassenbons und Rechnungen, Werbung von verschiedenen Shopping-Centern, Briefmarken, sogar eine angebrochene Tafel Schokolade.

Mandy wühlte ein bisschen darin herum: »Ich glaube, da ist nichts Besonderes dabei.«

Sie blickte Anna entschuldigend an: »Früher war mein Opa ein Ordnungsfanatiker, aber im Alter eher das Gegenteil.«

In der zweiten Schublade lagen Wäsche, Strümpfe, Stofftaschentücher, Gürtel usw. ebenfalls alles einfach nur hineingeworfen. Dann öffnete sie die dritte Schublade:

»Ach ja, mein Opa sammelte Zinnsoldaten. Im Moment sind die aber nicht interessant für uns. Jetzt kommt seine sogenannte Geheimschublade, in der meine Halskette lag. Mal sehen, ob sie auf ist.«

Auf dem Boden kniend rüttelte Mandy daran, die Schublade ließ sich tatsächlich herausziehen.

Der Inhalt der untersten Schublade überraschte die beiden jungen Frauen.

Sie enthielt auf den ersten Blick nur Berge von politischem Propagandamaterial für den »Kampf gegen den Klassenfeind und die verbrecherischen Absichten der deutschen und amerikanischen Imperialisten«, alles aus den frühen fünfziger Jahren. Mehrere Ausgaben des »Neuen Deutschland«, zusammengefaltete Plakate und Stapel von alten SED-Broschüren.

»Das ist interessant«, Anna war hoch erfreut und faltete ein paar Plakate auseinander, »Das sind echte Museumsstücke! Hör mal, Mandy! ‚Du willst kein Ami-Söldner sein, drum schalte nicht den RIAS ein!' oder hier: ‚Verschwörung gegen Deutschland – Hinweg mit dem Adenauer-Klüngel! Hinaus mit den USA-Kriegstreibern!' - Noch ein schönes!« Anna lachte: »‚Ami-Käfer sollen unsere Ernte vernichten. Sie bedrohen damit auch Deine Lebensgrundlage!'.« Neben einer abstoßenden Käferkarikatur stand etwas kleiner: »Die Kartoffelkäfer vernichten ist Kampf gegen die Kriegspläne der Imperialisten!«

Eine Broschüre trug den Titel. »Wer zog die Drähte? – Der Juni-Putsch 1953 und seine Hintergründe.«

»Kann ich mir ein Exemplar mitnehmen?« fragte Anna.

Mandy nickte nur: »Ich verstehe nicht, warum mein Opa das gesammelt hat. Zu meiner Zeit hat er sich überhaupt nicht für Politik interessiert. Hielt sich immer raus, soweit es möglich war. Jetzt sieht es beinahe aus, als ob er aktiv politisch gearbeitet hat. Ganze Stapel von Broschüren, wahrscheinlich sollte er sie verteilen. Verstehe ich nicht«, sagte sie noch einmal ratlos.

»Die Sachen sind alle aus den fünfziger Jahren, vielleicht hatte dein Opa da eine politische Phase, die dann abgeflaut ist. War er in der SED?«

»Keine Ahnung, kann ich mir nicht vorstellen. Aber vielleicht liegt noch ein Parteiausweis irgendwo herum.«

Mandy begann in den Papieren zu wühlen.

»Hier!« sie zog tatsächlich einen Ausweis hervor, aber es war ein Führerschein, ausgestellt im Juni 1952 für Gustav Pagel. Mandy betrachtete das Foto: »Wie jung er da noch aussieht! - Ich wusste gar nicht, dass er einen Führerschein hatte. Er ist nie Auto gefahren, wir haben nie eins besessen.«

Beunruhigt sah sie Anna an.

»Ich habe richtig Angst. Wer weiß, was wir noch über ihn herausfinden.«

»Bis jetzt war alles harmlos.«

Jetzt zog Anna einen braunen Umschlag hervor, der unter einer Extraausgabe des »Neuen Deutschland« vom 22. Juni 1953 lag mit der Erklärung des ZK der SED »Über die Lage und die unmittelbaren Aufgaben der Partei«.

Mandy öffnete den Umschlag. Er enthielt nur zwei Schriftstücke, eine Postkarte und einen Ausweis. Diesen schlug Mandy auf und las ihn, dann ließ sie ihn fallen, vergrub ihr Gesicht in ihren Händen und begann zu weinen.

Anna griff nach dem Ausweis. Er war ausgestellt auf ›Günter Krause‹, das Passfoto zeigte denselben Mann wie auf dem Führerschein von Gustav Pagel. Mandys Großvater war tatsächlich der des Mordes verdächtige Hausmeister!

Nun sah sich Anna das Dokument näher an: auf der linken Seite das Foto mit einem Stempel der Kreisstadt Helmstedt. Auf der rechten Seite:

Nr. 1354
Vorläufiger Ausweis
Der Inhaber dieses ist nach seiner glaubhaften Erklärung der/die
Günter Krause
Beruf: Mechaniker
geb. am: 23.12.1917 in Düren/Rheinland
Alle Behörden werden gebeten ihm Schutz und Hilfe zu gewähren.
Der Bürgermeister Müller Helmstedt, den 19.6.1945

Dazu Abdrücke des rechten und linken Zeigefingers.

Mandy weinte immer noch.

»Mandy, hör auf, bitte!« Anna legte den Arm um ihre Schulter. »Der Ausweis besagt nichts, oder nur, dass dein Opa tatsächlich seine Identität gewechselt hat. Aber mehr nicht!«

Mandy hob ihr tränenüberströmtes Gesicht: »Aber in den Zeitungsartikeln steht, dass Günter K. der Mörder war, das war mein Opa. Aber er ist kein Mörder!« fügte sie trotzig hinzu und suchte nach einem Taschentuch.

»Die Artikel besagen auch nichts«, überlegte Anna laut. »Es wird nicht einmal genau beschrieben, wie die Tat vor sich ging, und der Mord wurde nie aufgeklärt. Es können noch andere Personen in der Nähe gewesen sein. Vielleicht hatte diese Charlotte Feinde; jemand hat sie umgebracht und als dein Großvater zufällig hinzukam, ist der Mörder weggelaufen. Dann kam diese Eva S. und sah nur ihn und dachte, er sei der Täter.«

Mandy hatte aufgehört zu weinen.

»Eva S. könnte uns wahrscheinlich eine Menge erzählen. Wie alt mag sie jetzt sein? Meinst du, wir könnten sie ausfindig machen?«

»Sie ist bestimmt Mitte achtzig.«

Der Gedanke, Nachforschungen anzustellen, gefiel Anna. »Aber selbst wenn sie noch lebt, wie sollen wir sie finden? Wir wissen nicht einmal ihren Namen.«

Jetzt nahm sie die Postkarte hoch, die auf den Boden gefallen war, und schrie auf.

»Mandy, ich glaube, wir haben Eva S.! Die Karte muss von ihr sein!«

Beide beugten sich über die Postkarte, die nur einen kurzen Text enthielt.

»Lieber Günter, ich muss Dir eine wichtige Mitteilung machen. Bitte, melde Dich! Ich wohne noch immer Kaiserdamm 17. E. S..«

Adressiert war sie an Günter Krause, Berlin-Lichtenberg, Frankfurter Allee 178, bei H. Schwenkow. Das Datum des Poststempels war teilweise unleserlich, aber 11.46 war deutlich zu erkennen.

»November 1946 immer noch als Günter Krause erreichbar.« Anna fasste zusammen: »Wir halten fest: Dein Opa lebte nicht immer in Friedrichshain. Das hat er dir und deiner Mutter nur erzählt aus Gründen, die immer klarer werden. Er wohnte eine Zeit lang in Helmstedt, dann wahrscheinlich in Charlottenburg und später in Lichtenberg. Kennst du einen H. Schwenkow?«

»Nie gehört«; antwortete Mandy, »vielleicht war es auch nur die Adresse eines Freundes, der seine Post weiterleitete.«

»Vielleicht lebt dieser Freund noch in dem Haus.«

»Das ist unmöglich, diese Ecke der Frankfurter Allee wurde im Krieg zerstört. Heute stehen da Plattenbauten.«

»Schade. Dann bleiben uns nur Eva S. und der Kaiserdamm 17. Ich werde mich dort umsehen.«

»Sehr unwahrscheinlich, dass du etwas herausfindest, aber du kannst es versuchen«, meinte Mandy mutlos.

Aber Anna war zuversichtlich. Sie stand auf und reckte sich, sie hatten die ganze Zeit auf dem Boden gehockt.

»Ich weiß schon, wie ich es anfange.«

18

Eigentlich habe ich für solche Erkundigungen keine Zeit, dachte Anna, als sie an der Ampel am Kaiserdamm wartete. Aber ich bin neugierig, gestand sie sich ein und vielleicht geht es schnell.

Obwohl der Kaiserdamm als Teil der Berliner Ost-West-Achse eine dicht befahrene Verkehrsader war mit zwei breiten Fahrdämmen und einem mit Autos voll geparkten Mittelstreifen, herrschte in diesem Abschnitt trotzdem ein sehr urbanes Leben. Neben Supermärkten gab es noch viele kleine Geschäfte mit den verschiedensten Angeboten, die fast alle Bedürfnisse des täglichen Lebens befriedigten.

Eins davon war ein großes Eisenwarengeschäft, ein Familienbetrieb seit mehreren Generationen, in dem man alles, was man für Haushalt und Garten benötigte, kaufen konnte. Familie Kranz gehörte zu den Stammkunden. Und dieser Laden lag in dem Haus Kaiserdamm 17, in dem einmal vor sechzig Jahren die Sängerin Eva S. gelebt hatte.

Anna betrat das Geschäft und sagte zu dem Verkäufer: »Ich möchte nichts kaufen. Aber kann ich vielleicht Frau Schröder sprechen?«

»Ja, sie ist da. Einen Moment, bitte.«

Anna musste nicht lange warten. Frau Schröder, die Inhaberin des Ladens, kam aus den hinteren Bereichen und begrüßte sie. Als Anna sie nach alten Bewohnern fragte, die schon 1945 im Haus gewohnt hatten, schüttelte sie nachdenklich den Kopf.

»Da kann ich Ihnen nicht helfen. So lange wohnen die Leute hier noch nicht. Höchstens vielleicht Frau Klein, aber die ist im vorigen Jahr in ein Altersheim gezogen. Die war so Mitte achtzig.«

»Wissen Sie in welches?«

»Keine Ahnung. Ich glaube, außerhalb Berlins. Aber warten Sie! Die Tochter wohnt auch in unserer Gegend, sie kauft auch manchmal bei uns ein. Ich werde sie fragen.«

Der Besuch im ehemaligen Haus von Eva S. war nur ein mäßiger Erfolg, umso mehr freute sich Anna, als eine Woche später eine Frau Peiser anrief.

»Frau Schröder hat mir Bescheid gesagt. Sie wollen meine Mutter sprechen?«

Anna erklärte ihr mit wenigen Worten, was sie die alte Dame fragen wollte.

»Meine Mutter wohnt in einem Seniorenheim in Klein-Machnow. Sie können gern ihre Telefonnummer haben. Ich werde sie auf Ihren Anruf vorbereiten. Sie ist etwas misstrauisch, wie viele alte Menschen.«

Das Gespräch mit Frau Klein brachte Anna dann tatsächlich einen Schritt weiter.

»Eva S.? Sie meinen Eva Schmidt, deutscher Adel!« Sie lachte. »Ja, die Eva lebte im Gartenhaus eine Etage unter mir, war ein bisschen jünger als ich. Ich kannte sie gut, das Fräulein Schmidt, und mochte sie eigentlich auch. Aber dann hat sie mich schwer enttäuscht. Die bekam ein Kind, unverheiratet! Wer weiß, wo die sich herumgetrieben hat. Aber die war Künstlerin, Sängerin, bei denen ist das wohl so üblich. Einen Mann habe ich jedenfalls nie bei ihr gesehen. Also, das muss ich sagen, als sie mit dem dicken Bauch herumlief, war sie bei mir unten durch! Wäre mir nie passiert!«

»War das Kind ein Junge oder ein Mädchen?«

»Ein Junge, soweit ich mich erinnere.«

»Und wann ist sie ausgezogen?«

»So um 1950. Angeblich hat sie geheiratet. Na, wer weiß!«

»Wohin ist sie gezogen?«

»Keine Ahnung.«

»Und wie hieß sie nach ihrer Hochzeit?«

»Gott, was Sie alles wissen wollen! Weiß ich auch nicht.«

»Sie war Sängerin, sagten Sie«, schnitt Anna ein neues Thema an.

»Ja, sie sang in dem Theater in der Schule. Hauptrollen, wirklich gut! Ich habe sie als ›*Gräfin Mariza*‹ gesehen. Aber dann musste das Theater schließen, und sie hatte das Kind bekommen. Da hat sie eine Weile nicht mehr gesungen. Weiß nicht, wovon sie gelebt hat. Später war sie an der Oper im Chor.«

»Welche Oper?«

»Sie sind wohl nicht von hier? Natürlich die Städtische Oper, die nach dem Krieg jahrelang im Theater des Westens untergebracht war, weil das Opernhaus in der Bismarckstraße zerstört war und abgerissen werden musste. Da war Eva keine Solistin mehr, sondern schlichte Chorsängerin.«

»Haben Sie irgendwann wieder etwas von ihr gehört?«

»Nein, nie.«

»Vielen Dank«, verabschiedete sich Anna. Unsympathische alte Frau, dachte sie, die möchte ich nicht als Mutter haben.

Anna überlegte: Eva hat jahrelang im Chor der Deutschen Oper gesungen. Selbst wenn man ihren Nachnamen nicht kannte, müsste man ihre Identität feststellen und herausfinden können, was aus ihr geworden ist. Ob ich in der Oper anrufe bei der Personalstelle? Aber bei dem heutigen Datenschutz werden bestimmt nicht so einfach Adressen oder andere Informationen herausgegeben. Man müsste jemanden dort persönlich kennen, am besten aus dem Opernchor. Aber Anna kannte niemanden.

Sie selbst sang seit vielen Jahren auch in einem Chor, im Kirchenchor der Evangelischen Gemeinde am Lietzensee in der Herbartstraße. Daher schwang sie sich ein paar Tage später, wie jeden Mittwochabend, auf ihr Rad und fuhr zur Probe. Dank ihrer jungen beliebten Chorleiterin Kerstin und deren unerbittlicher Forderung nach hohem musikalischem Niveau, war der Chor gut geschult und sang anspruchsvolle Kompositionen, was wiederum die Freude am Singen erhöhte. Für Anna bedeutete ein Chorabend die reinste Erholung. Gleichgültig, wie müde sie zur Probe kam, nach zwei Stunden Singen war sie beschwingt und fröhlich. So antwortete sie auch heute nach der Probe auf die Frage: »Anna, kommst du noch mit ins Stattcafé?« selbstverständlich mit einem: »Na klar!«

Als sie dann in der Kneipe in freundschaftlicher Runde zusammen saßen und jeder mit Bier und Wein versorgt war, sagte Kerstin plötzlich: »Übrigens, habt ihr gehört: Pavarotti wird erschossen!«

Einige lachten, die meisten aber schauten ungläubig.

»Ja, stand in der Zeitung.« Kerstin wühlte in ihrem Rucksack und zog einen Artikel vom *›Tagesspiegel‹* heraus mit der Überschrift »Der Mann, der Pavarotti erschießt«.

»Das Beste:«, fuhr Kerstin fort, »der Mörder sitzt bei uns am Tisch!«

»Wie bitte? Lies vor!« Noch immer verstanden nicht alle den Witz.

Im Gegensatz zu Anna. Sie blickte zu Hans hinüber, der vor sich hinschmunzelte. Denn »der Mörder« war er. Hans war das älteste Chormitglied, schon über 70 Jahre alt, ein großer Tenor mit weißem, lockigem Haar. Anna wusste von ihm, dass er seit über 50 Jahren als Statist in zahlreichen Inszenierungen der Deutschen Oper mitwirkte. Ihn musste sie fragen hinsichtlich Eva Schmidt! Anna wunderte sich, dass sie nicht früher darauf gekommen ist.

Jetzt hörte sie Kerstin zu, die den Artikel über Hans, geschrieben anlässlich eines Gastspiels von Luciano Pavarotti, vorlas. »... hütet ein düsteres Geheimnis. Er hat 280 Tenöre auf dem Gewissen. Am heutigen Sonnabend geht er wieder einem an den Kragen: Luciano Pavarotti, der als Mario Cavaradossi in Puccinis Oper ›*Tosca*‹ am Ende vom Leben zum Tode befördert werden muss. Seit 1972 ist das Hans Krajewskis Aufgabe. Als Statist befehligt er das Erschießungskommando und läßt es krachen: Säbel runter – *peng!* – Mario tot. Die Tenöre kommen und gehen, aber Krajewski bleibt.«

Alle lachten und hörten weiter mit Vergnügen der vorlesenden Kerstin zu. Am Ende wurde geklatscht und Hans nahm die Ovationen gespielt wohlwollend entgegen.

Als sich die Gespräche wieder anderen Themen zuwandten, ging Anna zu ihm hinüber und quetschte sich neben ihn an den Tisch:

»Ich habe eine Frage, Hans. Du bist so lange Statist, kennst du auch die Sänger aus dem Chor?«

»Ja, eine Menge, wieso?«

»Auch die Namen?«

»Teilweise. Mach es nicht so spannend. Warum willst du das wissen?«

»Kennst du eine Chorsängerin Eva, die früher Schmidt hieß, dann aber geheiratet hat. Den neuen Namen weiß ich nicht.«

»Wie alt soll sie sein?«

»Ungefähr Mitte achtzig!«

»So alt? Dann wäre sie seit zwanzig Jahre pensioniert. Die beiden Evas, die ich kenne, sind viel jünger.«

»Überleg bitte!« ermunterte Anna ihn, »als du angefangen hast, muss sie Mitte dreißig gewesen sein und einen Sohn gehabt haben.«

»Ich weiß!« Hans freute sich: »Das ist Eva Montana!«

Anna atmete tief durch: »Eva Montana also! Danke, Hans! Weißt du etwas über sie?«

»Nicht besonders viel. Ich kenne sie tatsächlich sehr lange. Sie sang schon im Opernchor, als ich 1956 als Statist anfing. Da hieß sie anders, war gerade geschieden. Den Namen habe ich vergessen. Später heiratete sie wieder, besagten Herrn Montana. Aber Eva hatte wohl kein Talent für die Ehe, auch diese ging nach kurzer Zeit in die Brüche.«

»Kanntest du sie näher?«

»In meiner Anfangszeit haben wir uns mehrmals unterhalten, wie sich das so ergab. Sie konnte mich gut leiden, hatte ich den Eindruck.«

»War sie in dich verliebt?«

Hans lachte: »Das glaube ich nicht, schließlich war sie fast zehn Jahre älter als ich. Sie tat mir oft leid. Ich hatte immer den Eindruck, dass sie nicht glücklich war. Eigentlich hatte sie eine Gesangsausbildung zur Sopranistin und war auch vor und kurz nach dem Krieg als Solistin engagiert. Aber das letzte Theater, in dem sie gesungen hat, wurde geschlossen. Zur gleichen Zeit war sie schwanger geworden, als Fräulein, was damals eine Katastrophe bedeutete. Danach hat sie dann wohl den Anschluss verpasst und konnte ihre Solistenkarriere nicht fortsetzen. Wahrscheinlich musste sie auch schnell Geld verdienen wegen des Kindes. Jedenfalls bewarb sie sich um eine Stelle im Chor der Deutschen Oper, die 1945 wiedereröffnet worden war, und ist ihr Leben lang dort Chorsängerin geblieben. Aber, wie ich sagte, richtig froh ihres Lebens ist sie nie geworden. Sie hatte auch kurz nach Kriegsende irgendein traumatisches Erlebnis, das sie nicht verwunden hat. Ihre Freundin ist wohl umgebracht worden, aber Näheres hat Eva nie erzählt. Später verlief der Kontakt zu ihr mehr oder weniger im Sande. Und warum interessierst du dich für sie, Anna?«

»Eine lange Geschichte!« Wieder bemühte sich Anna um eine kurze Zusammenfassung.

»Nochmals vielen Dank, Hans, für deine Informationen! Das muss die Eva sein, die ich suche. Weißt du zufällig auch, wo sie wohnt?«

»Das ist ein bisschen viel verlangt!« lachte Hans. »Aber ich kann mich im Personalbüro in der Oper erkundigen, ob dort vielleicht eine aktuelle Adresse vorhanden ist. Immerhin ist sie seit zwanzig Jahren im Ruhestand.«

»Das wäre total nett von dir!« freute sich Anna.

Schon zwei Tage später erhielt Anna eine e-Mail von Hans.

»Liebe Anna, ich habe mich im Personalbüro der Oper erkundigt. Die letzte Adresse und Telefonnummer von Eva Montana lauten: Kladower Damm 20 g, Tel. 365 21 38. Eva wird vermutlich dort noch wohnen, beziehungsweise über diese Adresse zu erreichen sein. Da Frau Schneider aus dem Büro sie neulich bei der Vorstellung vom *›Fliegenden Holländer‹* in der Oper gesehen hat, kann man davon ausgehen, dass sie noch in Berlin wohnt.

Viel Glück und viele Grüße Hans.«

Annas Herz klopfte. Sie musste Mandy benachrichtigen, dass sie Eva S. gefunden hatte.

Nun würden sie hoffentlich erfahren, was sich tatsächlich im Juni 1946 im Keller der Schule abgespielt hatte, wie die Kette in die Hände von Mandys Großvater gekommen ist und – das Wichtigste – ob er die junge Sängerin erschlagen hat.

Aber die Kontaktaufnahme zu Eva Montana erwies sich als äußerst schwierig. Als Anna sie anrief, sich vorstellte und ihr Anliegen vorbrachte, nämlich nähere Informationen von ihr über den Mord an Charlotte Winkler zu erfahren, wurde sie schroff zurückgewiesen.

»Was geht Sie das an? Die Sache ist vorbei, Gott sei Dank! Seien Sie nicht so neugierig!«

»Doch, das geht mich etwas an«, Anna konnte kaum ihren Ärger verbergen, »ich finde es schon aus historischen Gründen interessant, zu erfahren, was sich in meiner engsten Umgebung am Ende des Zweiten Weltkrieges abgespielt hat. Da bin ich nicht die einzige, überall wird die Lokalgeschichte erforscht. Auch das Fernsehen bringt laufend historische Dokumentationen.«

Aber sie merkte sofort, dass diese Argumentation falsch war.

»Sehen Sie sich diesen Fernsehmist an, dann brauchen Sie mich nicht«, schimpfte Eva Montana.

Anna sah, dass sie so nicht weiterkam, sie zwang sich zu einem ruhigen Ton: »Es geht nicht nur um mein historisches Interesse oder meine Neugier, wie Sie es nennen. Es geht auch um meine Freundin Mandy. Deren Großvater war der Hausmeister, der Charlotte umgebracht haben soll. Deshalb ist meine Freundin unglücklich und will nicht glauben, dass ihr Opa ein Mörder ist.«

Anna machte eine dramatische Pause. »Da Sie die einzige Zeugin waren, hofft Mandy, dass Sie vielleicht noch mehr erzählen können, als in den Zeitungsartikeln stand.«

Stille.

»Eine Enkelin?« Die leise Frage war in einem Ton gestellt, der Anna verwunderte. Aber bevor sie antworten konnte, kam die endgültige Ablehnung:

»Wissen Sie, die Sache mit Lotte, das war die schlimmste Zeit meines Lebens. Nie bin ich darüber hinweggekommen! Nie! Ich möchte das alles nicht wieder aufwühlen, das überlebe ich nicht. Ich bin eine alte Frau. Sagen Sie Ihrer Freundin, dass es vollkommen gleichgültig ist, was eventuell ihr Großvater, der wahrscheinlich schon längst tot ist, vor sechzig Jahren gemacht hat. Er war genauso, wie sie ihn in Erinnerung hat! Auf Wiedersehen.« Eva Montana hatte aufgelegt.

Das kann nicht wahr sein, dachte Anna empört, sie waren am Ziel und jetzt will diese Eva S. nicht sprechen aus Angst vor ihren Erinnerungen. Sofort rief Anna Mandy an und erzählte ihr aufgeregt von dem Telefonat.

»Mandy, du musst sie anrufen! Bring sie dazu, mit uns zu reden, egal wie! Heul ihr was vor! Sag, du erträgst die Ungewissheit nicht mehr, ob dein Opa ein Mörder ist! Los, es muss klappen, streng dich an!«

Mandy versprach, ihr Bestes zu tun.

Nach einer halben Stunde rief Mandy erleichtert zurück: »Sie hat angebissen, wir dürfen kommen! Sie sagte übrigens, ich soll die Halskette mitbringen, sie möchte sie noch einmal sehen. Hast du ihr etwas von der Kette erzählt?«

»Kein Wort«, wunderte sich Anna, »die Kette muss sie von früher kennen! Das wird immer interessanter!«

19

Anna und Mandy fuhren wenige Tage nach dem Telefonat mit Eva Montana in Annas uraltem, aber noch immer fahrtüchtigem Polo auf der Heerstraße in Richtung Kladow. Mandy trug eine weiße Hose und ein schwarzes, tief ausgeschnittenes T-Shirt. Ihre langen blonden Haare hatte sie nach hinten gebürstet und mit einem Gummiband zu einem Pferdeschwanz gebunden. Dazu hatte sie sich das Collier umgelegt.

Anna musterte sie beim Fahren: »Du siehst toll aus«, meinte sie mit ehrlicher Bewunderung. »Die Kette passt Klasse zu dem schwarzen Hemd.«

»Finde ich auch. Danke!« Mandy freute sich.

Bei der Fahrt schaute sie sich interessiert um: »Ich muß gestehen, ich kenne diese Gegend nicht und in Kladow war ich auch noch nie.«

»Geht mir genauso mit vielen Teilen von Ost-Berlin«, erwiderte Anna. »Wenn wir nicht Freunde in Kladow hätten, die wir ab und zu besuchen, würde ich es auch kaum kennen. Da geht es übrigens zum Olympiastadion. Und da vorn kommen zwei Brücken über die Havel und dann sind wir in Spandau«. Anna machte entsprechende Handbewegungen.

Mandy blickte auf das Wasser hinunter. »Das sieht hübsch aus, wie Ferien am See, so viele Schiffe!«

Bald bog Anna entsprechend den Wegweisern Kladow und Gatow nach links ab.

»Ist das immer noch Berlin?« fragte Mandy nach einem Weilchen. »Bei den vielen Feldern und dem Wald hat man den Eindruck, man fährt über Land - und durch Dörfer«, fügte sie hinzu, als sie durch Gatow kamen.

»Alles Berlin!« belehrte Anna sie stolz. »Auch wenn wir eingemauert waren, hatten wir in West-Berlin immer viel Platz und eine Menge Möglichkeiten für Ausflüge und Unterhaltung. Wir brauchten nicht bedauert zu werden, wie manche Westdeutsche das so gern taten. Aber jetzt müssen wir auf die Hausnummern achten.«

Anna fuhr etwas langsamer, beide spähten angestrengt auf die Häuserreihe auf der linken Seite der Straße.

»Halt an, hier ist es«, sagte Mandy, die die Nummer 20 entdeckt hatte. Anna musste wenden, dann konnten sie aussteigen.

Eva Montanas Wohnung entpuppte sich als ein Reihenhaus in einer Siedlung, die in mehreren Stufen zur Havel hinunter angelegt war. Nummer 20 g lag in der zweiten Reihe in der Mitte von jeweils vier Häusern. Die ganze Siedlung – aus den frühen sechziger Jahren, vermutete Anna – wirkte gepflegt, aber auch eng und übersichtlich. Jedes Haus hatte eine kleine Terrasse und einen winzigen Garten.

Am Haus 20 g gab es nur ein Namensschild. Eva Montana lebte allein.

Anna und Mandy klingelten. Sie waren beide ziemlich angespannt. Nach einer Weile hörten sie Geräusche, und die Tür wurde geöffnet. Anna war überrascht: die Frau, die ihnen öffnete, passte überhaupt nicht hierher. Alles in der Siedlung war klein und schmal, die Frau aber groß und mächtig. Wie eine Walküre, die kaum in dem engen Flur Platz hatte, stand sie vor ihnen in einem dunklen Kleid, behängt mit altem Schmuck, dicken Goldketten und Armbändern.

»Da sind Sie ja«, sagte sie ohne großes Interesse. »Die Blumen hätten Sie sich sparen können, ich habe genug im Garten und mag keine im Haus.«

Sie legte den kleinen Strauß, den Anna schnell noch an der Pichelsdorfer Straße gekauft hatte, achtlos auf das Flurtischchen unter dem Spiegel und bat dann die beiden Besucherinnen ins Wohnzimmer.

Es herrschte stickige Luft im Zimmer, die Terrassentür war trotz der sommerlichen Jahreszeit geschlossen. Ein altmodisches Sofa mit zwei Sesseln füllte fast den ganzen Raum aus. Auf dem Couchtisch lag die Tageszeitung, die Eva Montana nun in ein Regal legte. Sie bewegte sich langsam und schwerfällig, dann ließ sie sich in einen Sessel fallen.

»Es tut mir leid, ich kann Ihnen nichts anbieten, meine Hilfe, die sonst den Tee vorbereitet hätte, ist heute nicht gekommen. Für mich ist es zu anstrengend.«

»Wenn es Ihnen nichts ausmacht, könnte ich das übernehmen.«

Auf Mandy hatte die Atmosphäre des Hauses offensichtlich nicht die lähmende Wirkung, die Anna verspürte.

»Von mir aus, im Schrank müssen auch noch Kekse sein«, erwiderte Frau Montana gleichgültig.

Sofort verschwand Mandy in der Küche, und bald saßen die drei schon etwas entspannter zusammen und tranken ihren Tee.

»Wie haben Sie mich eigentlich gefunden?« begann Eva Montana das Gespräch.

»Hiermit. Wir hatten die Zeitungsartikel, die beiden Fotos und die Postkarte. Ihre Adresse hat uns dann Hans Krajewski besorgt.«

»Wer?«

»Herr Krajewski, er war Statist an der Deutschen Oper, auch zu Ihrer Zeit.«

»Kenn ich nicht.« Frau Montana war an ihm nicht weiter interessiert, sondern zeigte auf die Papiere, die Anna in der Hand hielt:

»Geben Sie mal her! – Die Artikel und die Fotos kenne ich«, meinte sie, dann las sie die Karte: »Die ist nicht von mir. Das ist nicht meine Schrift.«

Die beiden Freundinnen schauten sich verwundert an.

»Nicht von Ihnen? Aber Sie wohnten Kaiserdamm 17 und ihre Initialen sind E. S.«

»Das stimmt, aber trotzdem ist die Karte nicht von mir. Ich kannte zwar Günter Krause, aber ich habe ihm nie eine Karte geschrieben.«

»Wer denn?«

»Weiß ich nicht, aber Kaiserdamm 17 war ein großes Haus, mit einem Hinterhaus und zwei Gartenhäusern. Da wohnten eine Menge Leute, von denen bestimmt einige auch diese Initialen hatten. Zum Beispiel wohnte über mir ein junges Mädchen, Elli Schneider, E.S. Es könnte sogar ein Mann gewesen sein, vielleicht sogar der alte Besitzer des Eisenwaren- Geschäftes. Soweit ich weiß, hieß der mit Vornamen Eberhard.« Sie machte eine kurze Pause. »Der Hauswart hieß Ewald Schenk, auch E. S. Ich staune selbst, wie viele E. S. es gab.«

»Seltsam«, meinte Anna. »Dann hat uns ein Irrtum trotzdem auf den richtigen Weg gebracht.«

»Ja, aber das ist jetzt egal«, mischte sich Mandy ein. »Wichtig ist, was Sie über meinen Opa erzählen können. Ist er ein Mörder gewesen?«

Sie schaute Eva Montana mit großen Augen an.

Diese antwortete unwirsch: »Woher soll ich das wissen?«

Bevor Mandy nachhaken konnte, fragte Anna so sanft wie möglich:

»Bitte, erzählen Sie von Anfang an, was sich abgespielt hat! Wie war das mit Lotte und dem Hausmeister Günter Krause?«

»Von dem Hausmeister kann ich nicht viel erzählen. Von Lotte schon!«

Frau Montana schluckte, ihre Stimme wurde weicher.

»Lotte war die einzige Freundin, die ich je in meinem Leben besaß. Niemanden habe ich so geliebt und so vertraut wie ihr, nicht vorher und nicht hinterher. Als sie tot war, war die beste Zeit meines Lebens vorbei.«

»Wie haben Sie sich kennen gelernt?«, fragte Anna schnell, die befürchtete, dass die alte Frau zu weinen begann.

»Vierzehn Tage nach Kriegsende, beim Anstellen nach Lebensmittelkarten. Wir standen nebeneinander in der Schlange.«

Eva Montana hatte ihre Rührung überwunden. Langsam und mit vielen Pausen begann sie zu erzählen. Wie sie Lotte wiedergetroffen hat beim Vorsingen in der Aula, wie sie ihr geholfen hat, die Aufnahmeprüfung zu bestehen und wie sie die besten Freundinnen wurden.

»Lotte war jünger als ich, erst zwanzig Jahre, so fröhlich und lebendig trotz der schweren Zeiten, wo es nichts gab und man jeden Tag tausend Probleme lösen musste. Sie hatte Krieg und Flucht überstanden und wollte nun endlich leben. Sicher war sie ein bisschen oberflächlich, auch verwöhnt und selbstsüchtig, aber ihre Jugend entschuldigte alles. Wir sahen uns täglich, bei mir zu Hause und im Theater. Wir hatten verabredet, dass ich ihr Gesangsunterricht gebe, damit sie ihre Stimme vervollkommne. Sie kam vormittags oder nachmittags, je nachdem wie wir Zeit hatten. Lotte war begabt, hatte eine hohe Sopranstimme und machte bei dem Gesangsunterricht große Fortschritte. Im Laufe der Zeit durfte sie sogar kleine Solopartien in manchen Operetten übernehmen. Daneben sahen wir uns täglich bei der Arbeit im Theater, das wir beide sehr liebten. Hier herrschte eine selten gute Atmosphäre – ich kann das beurteilen! - was hauptsächlich an Theaterdirektor Zobel lag, der alle Mitglieder des Ensembles in gleicher Weise behandelte und schätzte. Daher gab es bei uns kaum Konkurrenzdenken und Neid. Seine Frau Elsa sorgte dafür, dass ihr Mann nicht mit jungen Sängerinnen anbändelte, was ihm sehr schwer fiel, aber den Theaterfrieden gestört hätte. Die Sache mit Lotte hat sie allerdings nicht verhindern können, obwohl sie sie ständig mit Argusaugen beobachtete.«

Die Sache mit Lotte? Das wird interessant, dachte Anna.

»Im Juni 1945 wurde Günter Krause von Zobel als Hausmeister eingestellt. Lotte geriet darüber in wilde Panik und erzählte mir eine haarsträubende Geschichte von einem russischen Soldaten, einem Collier und eben diesem Hausmeister.«

Gebannt lauschten Mandy und Anna dem Bericht über die Erlebnisse der jungen Lotte.

»Sie hat meinen Großvater denunziert, obwohl er unschuldig war? Nur um ihn loszuwerden?« empörte sich Mandy anschließend, »das ist gemein!«

»Immerhin hat dein Großvater Lotte erpresst!« wandte Anna ein. »Das war auch nicht richtig. Und auf die Kette hatte er noch weniger Anspruch als Lotte.«

»Na und?« verteidigte ihn Mandy. »Er war verzweifelt. Er wollte die Kette verkaufen, weil er unbedingt Geld brauchte, um zu überleben. Wissen Sie, wie lange er in dem sowjetischen Lager gesessen hat?«

»Ein knappes Jahr.«

»Mein armer Opa!«

»Wie ging es weiter?« Anna wollte die Diskussion beenden.

»Für Lotte zunächst erfolgreich, in jeder Beziehung. Sie war erlöst von ihrem Erpresser, sie sang wie ein Engel und hatte Erfolg, und sie war verliebt.«

»Verliebt? In wen?«

»In einen jungen Chorsänger, der in vielen Operetten ihr Partner war. Sie waren beide schrecklich ineinander verschossen, er aber vielleicht noch ein bisschen mehr. Sie erzählte mir, dass er sie unbedingt heiraten wollte, aber das kam für sie nicht in Frage. Inzwischen hatten die Alliierten Berlin aufgeteilt, und unsere Gegend gehörte zum Britischen Sektor. Überall gab es plötzlich Lokale, in denen englische Soldaten verkehrten.

Lotte und ich lernten einige von ihnen kennen, die uns ausführten. Es waren aufregende Zeiten! Wir konnten essen, trinken, tanzen, so viel wir wollten, und bekamen Geschenke, Schokolade, Strümpfe. Der Hunger und das ganze dürftige Leben waren dann immer für ein paar Stunden vergessen. Besonders Lotte hat diese Einladungen genossen, im Gegensatz zu Dieter. Er war maßlos eifersüchtig und machte Lotte die übelsten Szenen. Einmal kam sie kurz vor der Vorstellung weinend zu mir, er hätte sie geschlagen, es sei alles aus. Ich hatte Mühe, ihr verheultes Gesicht wiederherzustellen. Dann haben sie sich zwar wieder vertragen, aber Lotte ließ sich nicht einengen. Bald ging sie auch allein aus, mir wurde es zu viel, die Nächte dauernd in den Kneipen zu verbringen. Ich habe mehrmals versucht, sie in ihrer Vergnügungssucht zu bremsen. Aber sie lachte nur, umarmte mich, ich solle nicht so streng sein, sie sei noch so jung und hätte soviel nachzuholen. Was sollte ich da sagen? Ich konnte ihr nie böse sein.« Eva Montana seufzte in der Erinnerung.

»Dann eskalierte alles. Lotte wollte nicht nur Dieter behalten und sich mit fremden Soldaten amüsieren, sondern auch bessere Rollen haben. Und der Weg dazu führte über Zobel. Als dann beim »Schwarzwaldmädel« eine größere Nebenrolle neu zu besetzen war, machte Lotte Zobel so lange schöne Augen, bis sie die Rolle hatte. Durch diese Affäre hatte Lotte sich aber zwei Todfeinde geschaffen: Elsa und Dieter. Ich war zufällig dabei, als Dieter ihr eine Szene machte. Zwischen Wutausbrüchen und Tränen beschwor er sie, zu ihm zurückzukommen. Er würde sie ewig lieben. Lotte blieb kühl. Er hätte keine Ansprüche auf sie, sie würde ihn lange nicht mehr lieben. Er solle sie in Ruhe lassen. Schließlich ging Dieter unter wüsten Drohungen. ›Mit mir kannst du das nicht machen! Nicht mit mir!‹ schrie er so laut, dass es jeder hören konnte: ›Ich bringe dich um!‹ Ich machte mir große Sorgen, Lotte in ihrer Egozentrik war dagegen ziemlich ungerührt: ›Der regt sich jetzt so auf, aber das vergeht wieder. Du brauchst dir keine Gedanken zu machen.‹

Ich habe das so ausführlich erzählt, weil wir nun zu Ihrem Großvater kommen, Fräulein Mandy. Mittlerweile war es Mai 1946 geworden. Eines Tages kam Lotte aufgeregt zu mir und erzählte, am ganzen Körper zitternd, dass dieser Mann, der Hausmeister, wieder aufgetaucht sei und jetzt ‚seine' Kette haben wollte. Ich riet ihr, ihm endlich die Kette zu geben, aber das kam für sie nicht in Frage. Da Lotte die Kette fast bei jeder Aufführung trug, bewahrte sie sie in einem kleinen hellgrünen Samttäschchen auf, einer Art Pompadour, das sie zu ihren verschiedenen Kostümen trug. Das Täschchen war bei ihren Sachen in der Garderobe im Keller.«

Eva Montana machte eine Pause. »Kann vielleicht eine von Ihnen die Terrassentür aufmachen, es ist so stickig. Ich kann mich so schlecht bewegen wegen meines Rheumas.« Dankbar erhob sich Anna und riss die Tür zum Garten auf.

»Ursprünglich lagen die Garderoben neben der Aula im ersten Stock, die Klassenzimmer waren entsprechend eingerichtet. Später aber mussten wir mit unsern Sachen in den Keller ziehen, weil die Schule wieder in das Gebäude eingezogen war. Das war für uns unpraktisch, aber es ging nicht anders. Zobel war froh, dass wir weiter Theater spielen durften, trotz des Schulbetriebes. Am nächsten Tag geschah das Unglück. Als ich gegen halb sieben Uhr in den Garderobenkeller gehen wollte, – mittlerweile begannen die Theatervorstellungen wieder um 20 Uhr, weil die Moskauer Zeit seit September 45 für Berlin nicht mehr galt – hörte ich schon von der Treppe her Geschrei. Ich rannte die letzten Stufen hinunter.«

Mit tonloser Stimme fuhr Eva Montana fort: »Als ich zum Keller kam, sah ich Lotte mit blutendem Kopf am Boden liegen. Günter Krause beugte sich über sie, als ob er sehen wollte, ob sie noch lebte. In der Hand hielt er das Täschchen mit der Kette.«

Reglos saß Frau Montana da und blickte starr geradeaus. Sie schwieg lange. Dann hatte sie sich wieder gefasst und sah Mandy an.

»Genauso war es. Ich habe die Tat nicht gesehen. Ich weiß nicht, ob Ihr Großvater sie erschlagen oder nur gefunden hat. Als ich Lotte da liegen sah, bekam ich einen Schreikrampf. Krause sprang auf und gab mir einen heftigen Stoß, so dass ich an die Wand flog, und rannte weg. Ich lief nach oben in die Aula, in der Zobel mit ein paar Schauspielern und Helfern das Bühnenbild für den ersten Akt der Abendvorstellung aufbaute. Sie holten dann wohl die Polizei. Ich selbst habe nichts mehr mitbekommen, weil ich einen Schock hatte. Ich wurde richtig krank und konnte tagelang nicht auftreten. Später, bei den Vernehmungen habe ich der Polizei dasselbe gesagt, was ich Ihnen eben erzählt habe. Trotzdem ging man davon aus, dass nur Günter Krause als Täter in Frage kam, entsprechend berichteten auch die Zeitungen. Krause wurde nie gefunden.«

»Mein Großvater ist im Ostsektor mit einem anderen Namen untergetaucht«, sagte Mandy nach einer kurzen Pause, noch ganz benommen: »Denken Sie, der Mörder könnte tatsächlich Lottes Partner Dieter oder Elsa Zobel gewesen sein?«

»Ja, das denke ich. Hinterher fiel mir ein, dass ich eine Gestalt gesehen hatte, die aus dem Keller kam und in den Hof abbog, gerade als ich die Treppe hinunterkam. Ich konnte sie nur von hinten sehen, sie trug einen dunklen Umhang mit Kapuze. Zuerst maß ich dem keine Bedeutung zu. Viele Sänger liefen vor Vorstellungsbeginn in ihren Kostümen durch das Schulhaus, aber später kam es mir verdächtig vor. Allerdings habe ich der Polizei nie etwas angedeutet. Krause war weg, selbst wenn er unschuldig war, konnte ihm nichts passieren. Und für Dieters oder Elsas Schuld gab es keine Beweise. Ich hätte mit meinen Vermutungen nur Unfrieden gestiftet.«

»Schade«, meinte Mandy, »ich würde so gern hören, dass mein Opa unschuldig ist. Leben die andern beiden noch, dass man sie vielleicht fragen könnte?«

»Elsa ist lange tot, sie starb bald nach dem Mord an Krebs. – Dieter lebt noch. Er hat sofort nach Lottes Tod das Theater verlassen, wie in Panik. Zobel war verärgert über seine Kündigung, bei allem Verständnis für seine Trauer.«

»Haben Sie noch Kontakt zu Dieter?«

»Nein, ich habe ihn nie wieder gesehen, persönlich jedenfalls nicht. Aber ein paarmal im Konzertsaal. Er hat später sein Klavierstudium wiederaufgenommen und ist ein sehr bekannter Pianist geworden. Wahrscheinlich kennen Sie ihn sogar: Dietrich Treuenfels.«

»Dietrich Treuenfels ist Lottes Dieter?« Anna konnte es kaum glauben. »Natürlich kenne ich ihn. Ab und zu gastiert er in Berlin, trotz seines hohen Alters. Er ist ein toller Pianist, ich habe ihn mehrmals in der Philharmonie gehört.«

Zu Mandy gewandt: »Treuenfels übertrifft alle anderen! Er reist immer mit seinem eigenen Instrument. Er ist großartig, einer der wenigen Pianisten, die man sofort erkennt, weil er so einen geschmeidigen Anschlag hat. Sein Spiel ist eine einmalige Mischung aus Intelligenz und Natürlichkeit.«

Anna war ins Schwärmen geraten. »Und dieser Mann soll ein Mörder sein? Lächerlich!«

Schon überlegte sie, ob sie Treuenfels bei seinem nächsten Konzert ansprechen sollte.

»Interessieren Sie sich für Musik?« unterbrach Eva Montana ihre Gedanken.

Anna lachte: »Kann man sagen. Ich bin Musiklehrerin, mein Hauptfach ist Klavier.«

»Und unterrichten Sie auch?«

»Ja, an der Lietzenseegrundschule, dort, wo früher Ihr Theater war. Im Moment bereite ich einen Musikabend vor, der Ende Juni stattfinden soll.«

»Das ist interessant. Vielleicht komme ich und schaue mir dabei noch einmal die alten Gemäuer an.«

»Das fände ich großartig!« Trotzdem war Anna überrascht. Aus welchem Grund wollte die alte, gehbehinderte Frau sich auf den mühseligen Weg nach Charlottenburg machen?

Laut sagte sie: »Dann könnten Sie auch nachschauen, ob vielleicht noch der Garderobenkeller vorhanden ist. Ich werde Ihnen eine Einladung schicken.«

»Aber auch Elsa hätte Lotte erschlagen können«, spann Eva Montana den Gedanken weiter. »Sie war so voller Hass! Es kann gut sein, dass sie zufällig in die Keller-Garderobe gekommen war und mit Lotte in Streit geriet. Im Affekt hat sie Lotte dann so unglücklich gegen die Wand geschleudert, dass diese starb. Wahrscheinlich werden wir die Wahrheit nie herausfinden. An Ihrer Stelle«, wandte sie sich an Mandy, »würde ich davon ausgehen, dass Ihr Großvater mit dem Tod von Lotte nichts zu tun hatte.«

Jetzt lächelte sie sogar: »Im übrigen muss ich sagen: Die Kette steht Ihnen ausgezeichnet! Sie ist bei Ihnen gut aufgehoben! Mit Ihren blonden Haaren haben Sie sogar eine gewisse Ähnlichkeit mit Lotte.«

Eva Montana sah ihre beiden Besucherinnen fast freundlich an. Ihre anfänglich abweisende Haltung war spürbar zurückgegangen.

»Das alles zu erzählen, hat mich nicht so mitgenommen, wie ich befürchtet habe. Dennoch bitte ich Sie nun zu gehen, ich brauche meine Ruhe.«

»Wir räumen noch schnell ab«, Mandy stellte das Geschirr zusammen.

Als sie schon an der Tür standen, fragte Anna harmlos: »Sie haben einen Sohn, nicht wahr? Lebt er auch in Berlin?«

Beide jungen Frauen sahen überrascht, wie Eva Montanas Züge entglitten und alle Gelöstheit wie weggeblasen schien.

»Was geht Sie das an? Über meinen Sohn werde ich nicht mit Ihnen sprechen. Das hat mit unserer Angelegenheit auch nichts zu tun! Gehen Sie, bitte!«

Auf der Nachhausefahrt zogen Mandy und Anna Bilanz: Sie konnten mit dem Ergebnis ihres Besuches zufrieden sein. Eva S. hatte ihnen alles berichtet, was sie wusste.

Mandy überlegte laut:

»Was meinst du, Anna? Ob wir versuchen sollten, ein Zusammentreffen mit Dietrich Treuenfels herbeizuführen, um ihn ein bisschen auszuhorchen? Wenn er Konzerte gibt, muss er noch fit sein und ein gutes Gedächtnis haben. Vielleicht gesteht er sogar!«

Anna lachte: »Als Eva S. von ihm erzählte, habe ich dasselbe gedacht! Das ist eine heikle Angelegenheit! ›Entschuldigen Sie, Herr Treuenfels, haben Sie zufällig Charlotte Winkler erschlagen?‹«

Sie schauten sich an wie zwei Verschwörer und wussten in wortlosem Einverständnis, dass sie es auf jeden Fall versuchen würden.

20

Das Schulfest mit den obligatorischen Kuchen-, Getränke-, Spiel- und Bastelständen auf dem Schulhof und dem Bühnenprogramm in der Aula wurde ein großer Erfolg. Anna war sehr zufrieden mit ihren Schülern und glücklich über den jubelnden Beifall des Publikums. Hinter ihr lag aber auch harte Arbeit. Bis zur letzten Minute hatte sie an dem Programm gefeilt und mit unsicheren Musikanten noch in Einzelproben die Stücke geübt.

Jetzt schlenderte Anna entspannt mit Martin und den Kindern zwischen den einzelnen Ständen hin und her, plauderte mit Freunden und Bekannten und nahm lächelnd Komplimente entgegen.

Schließlich ließ sich Familie Kranz zwischen Eltern und Kollegen im Kaffeegarten nieder. Max und Kalli schlangen ein paar Kuchenstücke hinunter, bevor sie zu einem Stand rannten, bei dem unter großem Geschrei das Spiel »Schokokussfangen« stattfand.

»Darf ich mich zu Ihnen setzen?«

»Selbstverständlich, Herr Gadow! Gerne!« Anna musste sich beherrschen, um ihre Überraschung nicht zu zeigen. Auch die anwesenden Kollegen staunten: Noch nie hatte der Kollege ein Schulfest besucht. Schnell rückte Martin einen Stuhl zurecht.

»Ihre Aufführung hat mir gut gefallen«, meinte Gadow, stellte Teller und Tasse ab und begann zu essen. »Früher habe ich auch Musikunterricht gegeben. Vielleicht sollte ich wieder damit anfangen.«

Bevor Anna antworten konnte, hörte sie ein zweites Mal die Frage:

»Darf ich mich zu Ihnen setzen?«

Anna blickte hoch und war nun wirklich fassungslos. Da stand – mit Krückstock – die Walküre Eva Montana. Sie war tatsächlich gekommen. Anna sprang auf, begrüßte ihren Besuch und stellte Frau Montana den Anwesenden vor. Wieder besorgte Martin einen Stuhl und sie setzte sich neben Herrn Gadow. Es stellte sich heraus, dass Frau Montana zu spät eingetroffen war und das Schulkonzert nicht mehr gehört hatte, aber ihr Kommen trotzdem nicht bereute, da sie ihre alte Wirkungsstätte in Augenschein nehmen konnte, wo sie einst Erfolge als Sängerin gefeiert hatte.

»Ich bin seit damals nie wieder hier in dem Haus gewesen. Die Erinnerung war zu schmerzlich«, meinte sie.

Es entstand eine Pause. Plötzlich wandte sich Frau Montana an Herrn Gadow: »Schön, dass ich dich wiedersehe. Wie geht es dir?«

»Danke, gut.«

Anna blickte von einem zum anderen. Sie konnte sich das nicht erklären.

»Sie kennen sich?« fragte sie irritiert.

»Flüchtig«, meinte Gadow, stand auf, nahm sein Geschirr und entfernte sich grußlos.

»Sehr unhöflich!« rief ihm Eva Montana aufgebracht hinterher.

Wieder ruhig geworden, sagte sie zu den anderen: »Wir waren früher befreundet, aber die Freundschaft ist auseinander gegangen.«

Später begleiteten sie die alte Sängerin ins Schulhaus, um den Keller zu erkunden. Auch Carla und David schlossen sich an. Aber sie wurden enttäuscht. In dem entsprechenden Teil des Kellers lag jetzt die Hausmeisterwohnung. Auch den Gang, auf dem die vermummte Gestalt entlanggelaufen war, gab es nicht mehr.

21

Der Sommer, nach Meinung aller viel zu kalt und regnerisch, war vorüber. Familie Kranz hatte zum Glück vierzehn Tage auf der Insel Samos verbracht, zwei Wochen, in denen sie ungestört sonniges Mittelmeerwetter genießen konnten. Jetzt hatte das neue Schuljahr wieder begonnen und Anna war als Musiklehrerin mit einer halben Stelle offiziell an der Lietzenseegrundschule tätig. Max besuchte die erste Klasse und freute sich immer, wenn er seine Mutter in der Schule traf.

Das Kapitel ›*Mord in der Schule*‹ betrachtete Anna als abgeschlossen, obwohl es ihr zu ihrem Bedauern nicht gelungen war, die offenen Fragen, vor allem die nach der Schuld von Mandys Großvater, zu klären. Mit Mandy hatte Anna sich angefreundet und wenn sie sich trafen, war es selbstverständlich, dass sie beide *ihren* Schmuck trugen, Anna Ohrschrauben und Ring, Mandy das Collier.

Aber dann wurde Anna mit einem Schlag wieder an das Verbrechen erinnert und sie schöpfte erneut Hoffnung, es vielleicht doch aufzuklären. Im neuen Programm der Berliner Philharmoniker, das sie auf der Suche nach interessanten Konzerten durchblätterte, las sie nämlich »Philharmonie, Sonntag, 30. September, Beethoven-Sonaten. Dietrich Treuenfels, Klavier.« Es folgte die Aufzählung der fünf Klaviersonaten, die er spielen würde.

Anna ließ das Programm sinken und überlegte. Sollte sie mit Mandy in das Konzert gehen und versuchen, mit Treuenfels Kontakt aufzunehmen? Sie hatte vor einiger Zeit im Fernsehen ein Interview mit ihm gesehen. Sie war überrascht: ein verknitterter, dünner Mann, aber sehr lebendig und voller geistreicher Bemerkungen. Vielleicht konnte man mit ihm ins Gespräch kommen. Dass er derjenige war, der Lotte erschlagen hatte, hielt sie ohnehin für ausgeschlossen.

Ich muss Mandy anrufen, dachte sie. Vielleicht kann sie morgen nach der Vorlesung kommen und wir besprechen das Notwendige.

Mandy kam gern, kurz vor sieben Uhr abends und gerade rechtzeitig, um Anna zu begleiten, die Kalli von einem Kindergeburtstag abholen musste.

»Können wir durch den Park gehen?« fragte Mandy.

»Klar«, meinte Anna. »Kalli ist in einem Haus zu Besuch, das auch am Park steht, allerdings genau am anderen Ende.«

Langsam gingen sie am See entlang, durch den Tunnel unter der Neuen Kantstraße hindurch und kamen so zum südlichen Teil des Parks. Von weitem sahen sie die strahlend weiße, frisch restaurierte Große Kaskade leuchten. Mandy atmete tief ein: »Das tut richtig gut nach der trockenen Luft in den Seminarräumen.«

»Wie wollen wir vorgehen?« kam Anna zum Punkt.

»Wir besuchen auf jeden Fall sein Konzert«, meinte Mandy, »und machen ihn danach auf uns aufmerksam. Ich dachte, wir überreichen ihm Blumen, wenn er sich verbeugt. Ich werde mir das Collier umlegen, und dann kommen vielleicht alle seine Erinnerungen wieder hoch!«

»Nicht schlecht«, überlegte Anna, »du könntest sogar als Lotte auftreten! Du hast auch blonde Haare. Du musst sie offen tragen, mit Seitenscheitel und Locken.« Anna wurde lebhaft: »Na klar, so machen wir das! Wir schauen uns genau das Foto an, Lottes Kleid und Frisur. Und das kopieren wir!«

»Hoffentlich bekommt er keinen Herzschlag, wenn ich wie Lotte aussehe!«

»Das glaube ich nicht, eher, dass er die Kette nicht erkennt. Schließlich ist das Ganze sechzig Jahre her. Aber wir werden sehen! Sonst sagen wir einfach, wir möchten ein Autogramm haben und versuchen in seine Garderobe zu kommen.«

Inzwischen waren sie am südlichsten Zipfel des Sees angelangt und betraten die breite Anlage der Großen Kaskade, die aus der Nähe noch schöner aussah als von weitem. Das Wasser sprudelte, die Blumen leuchteten und die geschwungenen Rasenflächen, die sich terrassenförmig zum See erstreckten, erzeugten eine sanfte Stimmung. Langsam stiegen sie die Treppen an der linken Seite der Kaskade hoch und standen vor einem reich mit Stuck verziertem großem Mietshaus mit einem kleinen Vorgarten.

»Das ist das älteste Haus am Lietzensee, 1904 gebaut. Die Häuser mussten im hochherrschaftlichen Stil errichtet werden, wie es dieser vornehmen Gegend angemessen war«, erklärte Anna, während sie das Haus betraten. Eine große, marmorgeschmückte Eingangshalle empfing sie. »Wirklich sehr herrschaftlich, da bäumt sich meine proletarische Seele auf«, meinte Mandy belustigt.

Die Familie des Geburtstagskindes wohnte im zweiten Stock, und die beiden Frauen stiegen die Treppe hoch. Lautes Kindergeschrei schallte durch das Treppenhaus. Tatjana, die Mutter des Geburtstagskindes, erhitzt und leicht gestresst, öffnete ihnen:

»Ihr seid zu früh, kommt, setzt euch hin. Mein Vater muss erst noch das Kasperlestück zu Ende spielen, und dann gibt es noch Abendbrot.«

Anna winkte Kalli zu und betrat mit Mandy das Wohnzimmer. Auch hier war alles herrschaftlich, riesiger Raum, Stuck, Parkett, große Fenster mit Blick zum Park.

Auf dem Sofa saß eine ältere Dame, die sich vorstellte: »Ich bin Tatjanas Mutter. Darf ich Ihnen ein Glas Wein anbieten?«

»Danke, gern.« Die beiden Frauen nahmen Platz.

Anna sah sich bewundernd um. »Bestimmt nicht leicht, in diesem Haus eine Wohnung zu bekommen.«

»Das weiß ich nicht. Diese Wohnung hat Tatjana von uns übernommen. Ich habe hier mein ganzes Leben lang gewohnt, schon als Kind und dann mit meiner eigenen Familie. Schließlich ist sie für mich und meinen Mann zu groß gewesen. Da hatte Tatjana gerade geheiratet und zog ein.«

Anna horchte auf: »Sie haben als Kind hier gelebt. Seit wann?«

»Seit meiner Geburt, ich bin Jahrgang 1933.«

»Haben Sie auch den Krieg und das Kriegsende hier erlebt?«

»Alles«, war die kurze Antwort.

Nun mischte sich Mandy ein: »Kennen Sie zufällig auch das *Theater in der Witzlebenstraße* in der Schule?«

Tatjanas Mutter lachte: »Das war meine Schule! Damals noch eine reine Mädchenschule. Das Theater und der Schulbetrieb liefen mehrere Monate parallel, wahnsinnig spannend für uns Schülerinnen. Mit meinen dreizehn Jahren hätte ich am liebsten sofort die Schulbank mit der Bühne vertauscht.«

»Kannten Sie auch die Schauspieler und Sänger? Zum Beispiel eine Eva Schmidt?« Anna schaute die alte Dame gespannt an.

»Ja, natürlich! Woher kennen Sie die? Eine tolle Frau! Wir haben sie angehimmelt! Auch der Theaterdirektor war unheimlich nett zu uns Mädchen. Ich glaube, die beiden hatten was miteinander!« erklärte sie verschmitzt.

»Wirklich?« Anna und Mandy blickten skeptisch.

»Ich bin einmal zufällig an dem Klassenraum vorbei gekommen, in dem das Büfett aufgebaut war, und habe gesehen, wie sie sich küssten. Die Tür war nur angelehnt. Sehr aufregend für mich!«

»Das wäre geschafft!«

Tatjana war hereingekommen und ließ sich in einen Sessel fallen. »So ein Kindergeburtstag ist notwendig und irgendwie auch nett, aber man ist froh, wenn die Schlacht geschlagen ist!«

Inzwischen hatte es mehrmals geklingelt und die Eltern, die ihre Sprösslinge abholen wollten, standen im Flur herum.

Anna und Mandy erhoben sich. Bei der Verabschiedung von Tatjanas Mutter fragte Anna: »Ich würde mich gern einmal in Ruhe mit Ihnen unterhalten über Ihre Erinnerungen aus der Nachkriegszeit. Hätten Sie Lust und Zeit dafür?«

»Selbstverständlich, gern!« erwiderte Tatjanas Mutter. »Melden Sie sich, dann machen wir einen Termin aus.«

22

»Großartig! Klasse!« Anna konnte sich kaum beruhigen, als sie Mandy sah. »Wie Laureen Bacall! Die Frisur steht dir wirklich gut! Du müsstest immer so herumlaufen!«

Mandy lachte erfreut und betrachtete sich im Garderobenspiegel der Philharmonie. Sie hatte ein weißes Kleid mit Blümchen aus einem Second-hand-shop an, nicht ihr Geschmack der weite Glockenrock, aber darauf konnte sie keine Rücksicht nehmen, dazu einen breiten roten Gürtel. Auf dem Schwarzweiß-Foto war die Farbe nicht zu erkennen und sie konnte nur hoffen, dass sie sie richtig getroffen hatte. Dann die Kette, die wunderbar zur Geltung kam. Und die Frisur! Sie war richtig stolz, wie sie die Wellen hinbekommen hatte. Ihre ganze Erscheinung hatte tatsächlich Ähnlichkeit mit den Filmschönheiten der vierziger Jahre.

»Merkst du«, flüsterte Anna ihr zu, »du fällst richtig aus dem Rahmen, die Leute drehen sich nach dir um! Toll!«, und sie drückte Mandys Arm.

Beide waren aufgeregt. Wie würde sich das Abenteuer entwickeln? Aber zunächst konnten sie sich noch entspannt in ihren Sitzen zurücklehnen. Anna freute sich auf das Konzert, die Beethoven-Sonaten liebte sie besonders. Mandys Vorliebe dagegen gehörte nicht unbedingt der klassischen Musik. Die beiden hatten keine Kosten gescheut und Plätze im teuren Block A am Rand gewählt, so dass sie nach dem Konzert schnell zum Podium hinunterlaufen konnten.

Dietrich Treuenfels wurde mit tosendem Beifall empfangen. Offensichtlich besaß er in Berlin eine begeisterte Fan-Gemeinde. In seinem gut sitzenden Frack und trotz der schütteren Haare und dem faltigen Gesicht wirkte er noch nicht alt. Er verbeugte sich kurz und begann. Nach den ersten Tönen befand sich Anna in einer anderen Welt. Sie berauschte sich an den Oktavenkaskaden und Doppeltrillern, die Treuenfels unübertroffen makellos spielte, klatschte sich nach den einzelnen Sonaten die Hände rot und vergaß fast vollständig ihr riskantes Vorhaben. Zum Abschluss spielte er die berühmte Hammerklavier-Sonate, bei der sich unter seinen Händen vor allem in der Doppelfuge eine kaleidoskopische Vielfalt erschloss. Anna lauschte hingerissen.

Dann war das Konzert beendet.

Als das Publikum zu applaudieren begann, sprangen Anna und Mandy auf und liefen die Stufen zum Podium hinunter. Anna hatte vor Aufregung eiskalte Hände. Mandy, mit einem kleinen Blumenstrauß, ging voran und als sie vorne stand, streckte sie ihn dem Pianisten entgegen und sagte laut:

»Vielen Dank für Ihr wunderbares Spiel!«

Nun fiel Dieters Blick auf sie. Er starrte sie an, rang nach Atem, stammelte:»Lotte?« und taumelte.

Anna und Mandy blickten sich ängstlich an. Das hatten sie nicht gewollt, einen Zusammenbruch auf der Bühne! Aber Treuenfels hatte sich schnell wieder gefasst, starrte jedoch immer noch verständnislos auf die beiden Frauen. Die Leute klatschten weiter, anscheinend hatten sie nichts bemerkt.

»Wer sind Sie? Woher haben Sie die Kette?« fragte Treuenfels in einer Mischung aus Ärger und Neugierde. Aber er wartete keine Antwort ab, sondern sagte nur kurz: »Kommen Sie nachher in meine Garderobe! Rechts den Gang entlang und dann durch die Glastür!«

Der Beifall hatte nicht nachgelassen. Treuenfels verbeugte sich wieder und spielte noch drei Zugaben. Dann war das Konzert endgültig beendet.

Wenig später saßen Anna und Mandy mit Treuenfels an einem kleinen Tischchen im Künstlerzimmer. Der Pianist trug nun eine Hausjacke und trank Tee. Aus der Nähe sah er erschöpft und wirklich alt aus, aber auch sehr zufrieden. Im Hintergrund ordnete eine gepflegte ältere Dame verschiedene Kleidungsstücke und Noten.

»Möchten Sie eine Tasse Tee?« fragte sie freundlich. »Ich kann Ihnen aber auch aus der Kantine etwas anderes bringen lassen.«

»Gern Tee«, beeilten sich Anna und Mandy zu sagen.

Es war für beide eine unangenehme, fast peinliche Situation. Wir sind verrückt gewesen! Wie konnten wir uns diesem fremden alten Mann aufdrängen, dachte Anna.

Aber Treuenfels schien die Situation eher zu amüsieren.

»Das ist meine Frau Joana, sie begleitet mich immer und sorgt für mich.«

Joana lächelte freundlich.

»Und wer sind Sie?«

»Entschuldigen Sie bitte, wenn wir Sie so überfallen haben. Mein Name ist Anna Kranz und das ist meine Freundin Mandy Lendrich. Ich wohne am Lietzensee und bin Musiklehrerin an der Schule in der Witzlebenstraße, wo Sie vor sechzig Jahren Theater gespielt haben und wo Charlotte Winkler ermordet wurde.«

»Und ich habe die Kette, die Lotte gehörte, von meinem Großvater geerbt, der der Hausmeister Günter Krause war.«

Schon nach Annas Einführung machte Treuenfels ein überraschtes Gesicht, jetzt sagte er ungläubig: »Das fällt mir schwer zu glauben, was hier passiert! Nach sechs Jahrzehnten kommen zwei hübsche junge Damen und wollen sich mit mir über das alte Theater unterhalten! Und die eine sieht auch noch wie Lotte aus!«

Er lächelte. »Laufen Sie immer so herum?«

»Nein, eigentlich nicht.« Mandy errötete tatsächlich.

»Sie haben sich extra für mich in Lotte verwandelt, damit ich auf Sie aufmerksam werde, nicht wahr? Sehr schlau!«

Treuenfels schien es nicht übel zu nehmen. »Das ist Ihnen auch gelungen. Ich war vollständig verwirrt. So, und jetzt erzählen Sie!«

Inzwischen war er richtig gut gelaunt und neugierig, was die »beiden jungen Damen« von ihm wollten.

Abwechselnd begannen Anna und Mandy zu erzählen, was sie von dem Schmuck und von Lottes Tod wussten. Sie versuchten, sich kurz zu fassen, aber es drohte trotzdem eine lange Nacht zu werden. Frau Treuenfels brachte noch eine Kanne frischen Tee, und machte mehrmals den Versuch, das Gespräch zu beenden.

Obwohl Treuenfels sichtlich Freude an diesen Erinnerungen hatte, meinte er schließlich auch: »Wir müssen Schluss machen! Die Philharmonie wird bald geschlossen. Außerdem bin ich müde und will ins Bett. Aber können wir uns vielleicht morgen noch einmal treffen in meinem Hotel?«

»In welchem Hotel wohnen Sie?« fragte Anna.

Treuenfels sah sie belustigt an: »Wo wohl? Am Lietzensee! Als alter Charlottenburger kehre ich immer in meine Heimatgegend zurück, wenn ich in Berlin bin.«

Mandy hatte keine Zeit für ein weiteres Treffen, aber Anna und der ehemalige Chorsänger Dieter saßen am nächsten Vormittag auf der Terrasse des Hotels wieder zusammen. Sie tranken Kaffee und Anna berichtete von ihrem Besuch bei Eva Schmidt.

Mehr belustigt als empört reagierte Treuenfels auf Evas Andeutungen, dass er oder Elsa Zobel der Mörder sein könnte.

»Die gute Eva ist wohl schon ein bisschen senil und leidet an Gedächtnisschwund. Das Ganze war eine mysteriöse Angelegenheit und ich persönlich wüsste keinen Täter außer dem Großvater Ihrer reizenden Freundin. Elsa war es auf keinen Fall, sie war viel zu krank für solche Aktionen. Das müsste Eva wissen. Außerdem hatte Zobel ständig Affären, da hätte Elsa das halbe Ensemble umbringen müssen. Und ich? Ein Mörder? Aus Eifersucht?« Der Gedanke erheiterte ihn geradezu.

»Aber Sie haben Lotte geliebt und wollten sie heiraten. Sie haben darunter gelitten, dass sie sich mit Zobel eingelassen hat. Und Sie haben sie angeschrieen: ›Ich bring dich um!‹«, zitierte Anna Eva Montanas Darstellung der Ereignisse.

Im Nu war Treuenfels' gute Laune verschwunden. Verärgert sah er Anna an.

»Das hat sie behauptet? Das ist die Höhe! So ein schlechtes Gedächtnis kann man auch nach sechzig Jahren nicht haben. Ich will Ihnen sagen, wie es war. Lotte und ich waren den Sommer 1945 über sehr verliebt und bald auch ein Paar. Natürlich haben wir von Heirat gesprochen, aber es beide nicht ernst gemeint. Es war eine großartige Zeit für mich, an die ich mich gern erinnere. Und Eva wusste über uns genau Bescheid, weil Lotte ihr immer tausend Einzelheiten erzählte. Die beiden waren so eng befreundet, wie ich es nie erlebt hatte. Aber das war mir ziemlich gleichgültig. Dann ließ unsere Verliebtheit nach. Als Lotte anfing, mit englischen Soldaten auszugehen, störte mich das nicht mehr. Wir waren noch gut befreundet. Außerdem sah ich das Theaterspielen nur als Übergang an, ich war fest entschlossen, Musik zu studieren, um Pianist zu werden. Ich hatte nicht vor, irgendwelche Bindungen einzugehen. Als Lotte dann die Sache mit Zobel einfädelte, war ich eigentlich nur erstaunt, wie schnell sie sich von einem unschuldigen jungen Mädchen zu einer bedenkenlosen Verführerin entwickelt hatte. Wenn Eva behauptet, dass ich eifersüchtig war, ist das gelogen. Ich vermute, dass sie sich noch im Nachhinein an mir rächen wollte. Sie konnte mich nie leiden, sah in mir immer nur einen lästigen Konkurrenten und war eifersüchtig. Ich würde Ihnen dringend raten, alles, was Eva erzählt hat, nicht auf die Goldwaage zu legen! Alles!« wiederholte er mit Nachdruck.

»Hatte Eva ein Verhältnis mit Zobel?«

Treuenfels starrte Anna überrascht an: »Wie kommen Sie darauf?«

Anna berichtete von dem beobachteten Kuss.

»Da hat sich die Dame geirrt«, sagte er sofort, »Eva hatte nie eine Männerbekanntschaft oder einen Freund. Ich wollte es vorhin nicht sagen, aber meiner Meinung nach war sie mehr an Frauen interessiert, lesbisch, wie man heute sagt.« Der alte Treuenfels hatte Mühe, dieses Wort locker auszusprechen.

»Aber sie hat ein Kind, einen Sohn!«

»Wie bitte?« Zum zweiten Mal schaute er sie ungläubig an. »Einen Sohn? Unmöglich! Das ist ein weiterer Irrtum!«

Jetzt begann Anna, sich zu ärgern. Was soll das? dachte sie. Jeder erzählt etwas anderes! Wie soll man da die Wahrheit herausfinden?

»Ach, Frau Kranz, lassen wir doch die alten Kamellen! Es ist im Grunde gleichgültig, was geschah! – Herr Ober, zwei Proseccos, bitte!«sagte Teuenfels und zu Anna gewandt: »Ist Ihnen doch recht?« Als Anna nickte, lehnte er sich zufrieden zurück und ließ den Blick über See und Park schweifen. »Genießen wir unser Leben! Es ist so schön hier! Schauen Sie, wie groß die jungen Schwäne schon sind! Ich war in meiner Kindheit oft in diesem Park. Mein Vater hatte ein Uhrengeschäft in der Leibnizstraße. Nach dem Krieg, als ich im *Theater in der Witzlebenstraße* spielte, sah es hier schrecklich aus. Ich dachte, es könnte nie wieder werden wie früher. Und heute? Kaum ein Unterschied zu meiner Kinder- und Jugendzeit. Sicher, man kann keine Boote mehr mieten und früher durften wir die Wiesen nicht betreten, geschweige denn darauf spielen oder uns lagern, wie das heute üblich ist. Aber das Grün, die Bäume, die Natur, die Wege und Plätze, das ist geblieben. Zum Wohl, Anna!« Treuenfels erhob sein Glas.

»Ich werde mich jetzt verabschieden.«

Er stand auf, Anna erhob sich ebenfalls. Der alte Mann schaute die junge Frau warmherzig an. »So seltsam der Beginn unserer Bekanntschaft war, so sehr hat es mich gefreut, Sie kennengelernt zu haben und mit Ihnen über die alten Zeiten zu sprechen. Ich wünsche Ihnen alles Gute für die Zukunft und würde mich freuen, Sie und Ihre Freundin bei einem nächsten Konzert wiederzusehen. Und nehmen Sie den Rat eines alten Mannes an: Manchmal ist es besser, die Dinge ruhen zu lassen. Auf Wiedersehen!« Er gab ihr die Hand, verbeugte sich und ging.

Anna setzte sich noch einmal hin. Treuenfels' Persönlichkeit hatte großen Eindruck auf sie gemacht, sie freute sich über die Bekanntschaft mit ihm. Aber konnte sie ihm trauen? Anna wusste es nicht, zu widersprüchlich waren die Informationen, die sie von den verschiedenen Personen erhalten hatte. Treuenfels' Appell, die Sache ruhen zu lassen, konnte verdächtig sein. Möglicherweise hat auch er nicht die Wahrheit gesagt.

23

Mit einem zufriedenen Aufseufzen ließ Anna sich auf dem Klavierhocker nieder. Es waren Herbstferien. Die Kinder vergnügten sich mit ihren Großeltern für ein paar Tage auf einem Bauernhof in der Schorfheide, Martin war fast den ganzen Tag in der Universität und Anna genoss ihr vorübergehendes Single-Dasein. Nun konnte sie so viel Klavier spielen, wie sie wollte und mit Genugtuung stellte sie fest, dass ihr Spiel jeden Tag besser wurde. Sie nahm die Noten – sie hatte sich für die Ferien die Mondschein-Sonate von Beethoven vorgenommen – und wollte gerade mit dem zweiten Satz beginnen, als ihr Blick auf die Plastiktüte fiel, die sie vor Wochen achtlos in das Regal gelegt hatte: die Kompositionen von Hermann Bodenstein, das Geschenk von Herrn Gadow. Anna hatte in die Hefte noch nicht hineingeschaut, geschweige denn etwas davon gespielt. Jetzt legte sie die Beethovennoten wieder beiseite und packte die Tüte aus. Drei Hefte hatte sie in der Hand, schmal, vergilbt und im fünfziger-Jahre-Design. Sie schlug das erste auf, las Titel wie *Schneefahrt*, *Herbststürme*, *Frühlingspolka* und Ähnliches, offensichtlich alles Melodien zum Jahreslauf. Anna ließ probeweise auf dem Klavier, der Jahreszeit entsprechend, die Herbststürme toben, obwohl draußen die Sonne schien.

Dann öffnete sie das zweite Heft. Bevor sie jedoch einen Blick in das Inhaltsverzeichnis werfen konnte, fiel ein Briefumschlag heraus, der in dem Heft gelegen hatte. Anna hob ihn auf und erschrak. Es war ein alter Brief, – den Poststempel 22.11.1946 konnte sie deutlich lesen – und ebenso vergilbt, wie die Postkarte von Mandys Großvater und die Zeitungsartikel aus dem Schularchiv. Aber der Grund für ihr plötzliches Herzklopfen lag in der Adresse:

An Fräulein Eva Schmidt
1 Berlin-Charlottenburg 5
Kaiserdamm 17

Mit vor Aufregung zitternden Fingern nahm Anna den Brief aus dem Umschlag und begann zu lesen.

Sie las den Brief zweimal und noch ein drittes Mal, erst dann wurde sie etwas ruhiger. Benommen starrte sie auf die wenigen Zeilen. Das kann ich nicht glauben, dachte sie noch immer aufgewühlt, das kann nicht sein, wir hätten etwas merken müssen! Ich muss sofort Mandy anrufen, hoffentlich ist sie zu Hause.

»Mandy, wie gut, dass du da bist«, sprudelte Anna aufgeregt hervor, »ich habe einen Brief gefunden an Eva S. von deinem Großvater. Eine Antwort auf die Karte, die sie doch geschrieben hat, obwohl sie es abgestritten hat. Hör zu! Ich lese dir den Brief vor.«

»Liebe Eva! Ich habe Deine Karte erhalten.

Vor kurzem bekam ich zufällig einen alten ›*Tagesspiegel*‹ in die Hände und las von einem Mordfall in Charlottenburg, bei dem Du als Zeugin behauptest hast, ich sei der Mörder. Wir beide wissen, dass Lotte noch sehr lebendig war, als ich sie verließ. Ich kann verstehen, dass Du sie anschließend in Deinem Hass umgebracht hast, sogar, dass Du mich der Polizei als Sündenbock präsentiert hast. Aber Du wirst hoffentlich auch verstehen, dass ich zu Dir keinen Kontakt mehr wünsche. Ich werde Dich nicht anzeigen, ich habe genug von Verhören und Folter. Ich baue mir hier ein neues Leben auf und bin über die bisherige Adresse nicht mehr zu erreichen.

Lebe wohl und trotzdem: Vielen Dank für alles, was Du für mich getan hast. G. K.«

Stille, keine Reaktion von Mandy.

»Dein Großvater ist unschuldig! Eva Schmidt hat Lotte umgebracht!« sagte Anna eindringlich.

Mandy atmete tief durch: »Ich habe immer gewusst, dass mein Opa kein Mörder war! Trotzdem bin ich froh, dass wir nun den Beweis haben. Aber eines verstehe ich nicht: Eva S. soll Lotte gehasst haben? Ich denke, die waren die besten Freundinnen. Niemand hat von Hass erzählt. Alle sprachen immer nur von einer ungewöhnlichen, tiefen Freundschaft, die Zeitungen, Treuenfels, auch sie selbst.«

»Das verstehe ich auch nicht«, stimmte Anna zu. »Vor allem, weil Eva S. ihre Liebe zu Lotte so glaubwürdig geschildert hat, dass mir fast die Tränen kamen. Und sie selbst war auch ganz ergriffen in der Erinnerung. Das war alles gelogen! Wie kann man sich so verstellen?«

»Sie muss es uns erklären, ob sie will oder nicht! Wir werden uns noch einmal mit ihr verabreden«, meinte Mandy entschieden.

»Auf jeden Fall, aber zuerst spreche ich mit Gadow. Er sagte mir, er hätte die Bodenstein-Hefte von seiner alten Klavierlehrerin, die mit ihm befreundet war. Das muss Eva S. gewesen sein. Da Gadow aber nie in die Noten geschaut hat, hat er diesen alten Brief auch nicht entdeckt. Dass die beiden, Gadow und Eva S., sich gekannt haben, wurde auf unserm Schulfest deutlich. Allerdings ist ihre Beziehung gestört, aus welchen Gründen auch immer. Trotzdem denke ich, dass Gadow uns einiges von früher über sie erzählen kann.«

»Wie kommt der Brief eigentlich in das Notenheft? So einen brisanten Brief legt man nicht einfach so ab!«

»Ich weiß es nicht. Vielleicht hatte sie ihn dort versteckt. Da lag er jahrelang, und dann hat sie ihn vergessen und die Hefte verschenkt. Aber das können wir sie selbst fragen.«

Anna fuhr fort: »Ich werde mich mit Gadow verabreden und ihm unsere Geschichte erzählen. Dann sagt er mir hoffentlich, was er über Eva S. weiß.«

Sie trafen sich am nächsten Nachmittag in einem Café am Stuttgarter Platz. Anna hatte Gadow nur gesagt, dass sie mit ihm über seine ehemalige Klavierlehrerin sprechen wollte.

Nun saßen sie in der Herbstsonne auf dem breiten Bürgersteig, tranken langsam ihren Cappuccino und beobachteten die vielen müßig oder geschäftig vorbeigehenden Menschen. Sie hatten beide keine Eile, ihr Gespräch zu beginnen.

Als Gadow zufrieden zu Anna hinüberlächelte, sagte sie spontan: »Sie sind gar nicht mehr so muffelig wie früher. Finde ich richtig gut!«

Sofort verschwand sein heiterer Gesichtsausdruck, aber nach einer kleinen Pause sagte er: »Sie haben recht. Ich spiele wieder regelmäßig Klavier.« Anna nickte, ein gutes Beispiel für die therapeutische Wirkung der Musik, dachte sie.

Dann begann Gadow: »Sie wollten mit mir über Eva Schmidt reden?«

Wieder erzählte Anna die lange Geschichte von dem Schicksal der beiden Freundinnen Lotte und Eva. Schließlich kam sie zum Ende und zog den Brief aus ihrer Tasche.

»Diesen Brief habe ich in einem der Notenhefte von Hermann Bodenstein gefunden, die Sie mir geschenkt haben. Er beweist, dass Eva S. die Mörderin ihrer Freundin Lotte ist. Bitte, lesen Sie ihn! Und dann wäre ich Ihnen dankbar, wenn Sie mir erzählten, was Sie über Eva S. wissen.«

Gadow las den Brief mit unbewegtem Gesicht.

Dann hob er den Kopf: »Das ist kein Beweis dafür, dass Eva Schmidt eine Mörderin ist, nur, dass ein gewisser G. K. das denkt.«

Anna war überrascht. Sie hatte eine andere Reaktion erwartet.

»Sie haben recht«, sagte sie ruhig. »Trotzdem glauben wir diesem Brief. Aber wir müssen Eva S. selbst befragen.«

»Und wenn sie sich weigert, Ihnen zu antworten?«

»Wir werden sie zwingen, aber das können wir umso besser, je mehr wir über sie wissen. Bitte, was können Sie uns über sie erzählen?«

Ohne Anna anzublicken, sagte Gadow: »Es tut mir leid, aber ich möchte das Gespräch an dieser Stelle abbrechen.«

»Warum?« fragte Anna, aber als sie Gadows gequältes Gesicht sah, wusste sie die Antwort.

»Eva S. war nicht Ihre Klavierlehrerin, sie ist Ihre Mutter«, sagte sie leise.

Gadow blieb stumm. Dann gab er sich einen Ruck: »Trinken Sie Ihren Kaffee aus, wir zahlen. Wir gehen noch ein bisschen spazieren. Im Gehen redet es sich besser!«

Sie schlugen den Weg zum Lietzenseepark ein.

»Ich warne Sie«, meinte Gadow mit einem ironischen Unterton, »jetzt müssen Sie sich die Geschichte einer gestörten Kindheit anhören. Eva S., wie Sie sie nennen, meine Mutter, wurde 1946 schwanger, eine denkbar ungünstige Zeit zum Kinderkriegen, außerdem war sie nicht verheiratet. So war der Junge, also ich, von Anfang an nur eine Last für sie und sie konnte und wollte ihn nicht lieben. Aber sie hatte noch andere Lasten zu tragen, die ich nicht kannte, die sie aber unfroh, hart und lieblos machten. Ehrlich gesagt, hatte ich, als ich vorhin den Brief las, keinen Zweifel, dass sie tatsächlich ihre Freundin umgebracht und dadurch ihr Leben verpfuscht hat. Jedenfalls lastete eine schwere Schuld auf ihr, die sie nie loswerden konnte, über die sie nicht einmal mit jemandem sprechen konnte. Eigentlich könnte sie einem leid tun.« Gadow lachte unfroh. »Aber sie tut mir nicht leid, sie hat mir zuviel angetan.«

Gerade wollten sie die Suarezstraße überqueren, als mit durchdringendem Martinshorn zwei Feuerwehren aus der Wache Richtung Kantstraße fuhren. Sie warteten, dann bogen sie in die Steifensandstraße ein.

»Und Ihr Vater?« setzte Anna das Gespräch fort.

»Meinen Vater kannte ich nicht, schlimmer noch, meine Mutter verbot mir, über ihn zu sprechen oder nach ihm zu fragen. Ich weiß nichts von ihm. Sie hatte nur tiefe Abneigung für ihn übrig, warum weiß ich nicht. Als ich ungefähr drei Jahre alt war, heiratete sie einen Mann namens Gadow, dessen Namen ich erhielt. Aber sie ließ sich bald wieder scheiden. Wenn Sie wieder nach Kladow fahren, um sie zu befragen, würde ich Sie gern begleiten. Vielleicht gelingt es Ihnen, sie zum Reden zu bringen, was ich nie geschafft habe. Ich hätte auch gern ein paar Antworten von ihr auf meine Fragen.«

Nach einer Weile: »Ich bin noch nie in ihrem Haus in Kladow gewesen.«

»Noch nie? Sie wohnt dort seit zwanzig Jahren.«

»Ich habe sie seit über einem Vierteljahrhundert zum ersten Mal wieder auf unserem Schulfest gesehen. Sie ist meinetwegen gekommen. Sie wusste, dass ich an dieser Schule unterrichte. Sie wollte sich mit mir versöhnen.«

Gadow sprach abgehakt.

Mittlerweile waren sie im Park angekommen und schlenderten nun auf der Promenade entlang des Sees. Anna schwieg. Sie war sicher, dass Gadow noch nicht alles erzählt hatte, und wartete einfach ab.

»Ich war froh, als ich erwachsen war und ausziehen konnte. Zu meiner Mutter hatte ich nur lockeren Kontakt. Bis zu meiner Heirat. Ich verliebte mich in die Verkäuferin von dem Supermarkt, in dem ich einkaufte. Sie können lachen, aber es war so. Eine liebe, warmherzige Frau. Sie war fünf Jahre älter als ich, geschieden und hatte eine kleine Tochter. Zum ersten Mal erlebte ich eine Familie. Als meine Mutter von den Heiratsplänen hörte, war sie empört, ich würde unter meinem Stand heiraten, meine Chancen vertun und ähnlichen Blödsinn. Sie kam nicht zur Hochzeit und hat meine Frau nie kennengelernt. Wir bekamen noch ein Mädchen und waren glücklich. Den Rest kennen Sie. Ich bin nie wieder eine feste Beziehung eingegangen.« Gadow verstummte wieder.

»Nach dem Tod meiner Familie tröstete mich meine Mutter, ich sei nun wieder frei für eine bessere Verbindung. Können Sie sich das vorstellen? Danach habe ich den Kontakt zu ihr abgebrochen.«

Nach einer Weile bemerkte Gadow: »Meine Tochter wäre jetzt ungefähr so alt wie Sie.« Und dann: »Ich habe meine Lebensgeschichte noch niemandem so ausführlich erzählt.«

Sie lächelten sich an, auch erleichtert, dass es während dieses vertraulichen Gesprächs zu keiner peinlichen Situation gekommen war.

Am Abend rief Anna Mandy an und berichtete ihr von dem Ergebnis ihres Treffens mit Gadow.

»Wir haben beschlossen, zu dritt zu seiner Mutter zu fahren. Gadow ruft sie vorher an, um sie auf unseren Besuch vorzubereiten. Dann muss sie uns Rede und Antwort stehen.«

Eine Woche später saßen sie in dem kleinen Wohnzimmer der Eva Montana: Anna und Mandy unruhig und voller Spannung, Gadow kühl, seine Mutter kritisch beobachtend.

Schließlich begann er in distanziertem Ton:

»Wir sind gekommen, weil wir die Wahrheit wissen wollen, die ganze Wahrheit, ohne Auslassungen oder Lügen. Warum hast du Lotte ermordet, was geschah damals und wer ist mein Vater? Fang an!«

Es hatte kurz den Anschein, als ob Eva Montana Ausflüchte machen wollte, aber dann gab sie auf. Sie erzählte, wie es in Wahrheit zu dem Verbrechen an ihrer Freundin gekommen war, und fast schien es, als wäre sie dankbar, endlich durch eine umfassende Beichte ihre Seele von der drückenden Last der Schuld zu befreien.

»Ja, ich bin schuld an Lottes Tod«, begann sie, »aber getötet habe ich sie nicht.«

Dritter Teil

24

Es war ein heißer Sonnabend Ende August, knapp vier Monate nach Kriegsende. Zwei junge Frauen in hellen Sommerkleidern, die eine mit schulterlangen blonden Locken, die andere, größere mit hochgestecktem braunem Haar, schlenderten die breite Schloßstraße entlang Richtung Sophie-Charlotte-Platz.

Lotte und Eva waren in bester Stimmung. Das *Theater in der Witzlebenstraße* hatte soeben ein Gastspiel im *Theater in der Schustehrusstraße* gegeben, das sich ebenfalls in einer Schulaula befand. Es war eine Matinee-Vorstellung des ›*Schwarzwaldmädels*‹ und Eva hatte wie immer mit ihrer Darstellung der Titelrolle die Zuschauer zu Begeisterungsstürmen hingerissen. Inzwischen standen vier Inszenierungen auf ihrem Spielplan, zusätzlich zu den beiden Operetten noch zwei einfache Singspiele: ›*Marietta*‹ und ›*Wellensittich entflogen*‹. Meistens spielten sie am Wochenende, oft zwei Mal. Auch heute gaben sie am Abend in der Witzlebenstraße noch eine Aufführung und morgen eine zweite Matinee.

Lotte hatte sich schon mehrmals umgedreht, bis Eva schließlich anzüglich fragte: »Erwartest du jemanden?«

»Dieter wollte mit uns kommen. Aber er muss aufgehalten worden sein.«

»Ach, lass ihn doch«. Eva zog die Freundin am Arm weiter. »Ist viel schöner, wir beide allein.«

Sie erreichten die Ecke Wallstraße, an der sich ein Schwarzer Markt etabliert hatte, der immer gut besucht war. Die Waren wurden ohne Scheu angeboten, niemand schien Angst vor einer Razzia zu haben. Im Vorbeigehen schauten die Freundinnen sich die Angebote an, alles hätten sie gut brauchen können, aber zum Tauschen besaßen sie nichts.

Plötzlich lachte Lotte auf: »Guck mal, der!«, und zeigte auf einen jungen Mann, der sich ein großes Schild umgehängt hatte mit der Aufschrift: »Tausche 10 Briketts gegen eine Garnitur Unterwäsche«.

In diesem Moment hörten sie Dieters laute Stimme, der hinter ihnen her gelaufen kam. Er sah gut aus. Auch seine lächerlichen, viel zu weiten Hosen, die er mit einem abgeschabten Ledergürtel zusammenhielt, konnten den Gesamteindruck nicht schmälern.

Als er rief: »Hallo, ihr beiden, wartet doch!«, drehte Lotte sich erfreut um und ging ihm ein paar Schritte entgegen, während Eva mit süßsaurer Miene stehen blieb. Während sie zu dritt weiterspazierten, nahm Dieter wie selbstverständlich den Platz zwischen den Frauen ein, legte die Arme um ihre Schultern und zog beide leicht an sich. Als er ihnen noch gutgelaunt einen Kuss auf die Wange drücken wollte, zog Eva ostentativ ihren Kopf weg. Sie ärgerte sich wieder einmal über seine ungenierten Pascha-Allüren. Dieter lachte und ließ Eva los. So erreichten sie zu dritt den Sophie-Charlotte-Platz.

Hier bot sich seit Wochen ein versöhnliches Bild besonderer Art: Noch immer stand der ausgebrannte russische Panzer mit zwei Geschützrohren da, jetzt aber war er zum beliebten Klettergerüst für die Kinder mutiert. Zusätzlich hatte jemand noch an dem einen Geschützrohr ein Seil befestigt, mit dem gerade ein kleines Mädchen juchzend schaukelte.

Die drei jungen Leute überquerten den Kaiserdamm und bogen in die Witzlebenstraße ein, an der Ecke Steifensandstraße blieben sie stehen. Dieter musste hier abbiegen.

»Kommst du mit zu mir und wir üben ein bisschen?« fragte Eva die Freundin.

Vereinbarungsgemäß gab Eva Lotte fast täglich Gesangsunterricht, wie sie es sich damals vorgenommen hatten. Lotte war tatsächlich außerordentlich begabt und ihre Stimme wurde im Laufe der Zeit immer sicherer, ausgefeilter und schöner. Mit Staunen registrierte Eva die schnellen Fortschritte. Fast war sie ein bisschen neidisch, weil ihr das Singen während des eigenen Studiums nicht so leicht gefallen war. Seit neuestem hatte Eva begonnen, mit Lotte die Partie des Hannele aus dem »Schwarzwaldmädel« einzustudieren, die zweite wichtige Frauenrolle in dieser Operette.

Zobel hatte ihr im Vertrauen erzählt, dass er den Vertrag mit der zweiten Sopranistin nicht mehr erneuern wolle. Vielleicht, hofften die beiden Freundinnen, könnte sich Lotte um die Rolle bewerben und vielleicht würde Zobel sie als Solistin engagieren.

Aber heute lehnte Lotte die Einladung ab: »Danke, ein andermal. Ich begleite Dieter. Wir haben etwas zu besprechen.«

Evas hübsches Gesicht verzog sich zu einem ironischen Grinsen: »Ach so, besprechen nennt man das neuerdings. Na, viel Spaß – beim Besprechen!« Sie wandte sich ab.

Aber Lotte ließ sie so nicht gehen. Sie lief ihr hinterher, umarmte sie, flüsterte: »Nicht böse sein! Ich bin so verliebt in ihn! Wir sehen uns doch nachher wieder!« und gab ihr einen Kuss.

»Schon gut«, lächelte Eva versöhnt.

Dieter und Lotte schritten zügig die Pestalozzistraße hinunter, vorbei an Schuttbergen und von Trümmerfrauen gestapelten Steinhaufen. Zwischen den ausgebrannten Ruinen sahen sie Häuser, die wenigstens in den unteren Etagen schon wieder bewohnt waren. Viele Menschen befanden sich auf der Straße oder kletterten auf der Suche nach Brauchbarem in den Ruinen herum, obwohl das verboten war.

Dieters Wohnung lag in der Goethestraße, kurz vor der Leibnizstraße. Er hatte sie von seiner verstorbenen Mutter übernommen. Eines der beiden Zimmer bewohnte er selbst, in dem anderen war eine ausgebombte Familie einquartiert, eine Frau mit ihrem vierjährigen Sohn und ihrer alten Mutter. Lotte kannte sie von früheren Besuchen.

Als sie mit Dieter die Wohnung betrat, kam das Kind angelaufen.

»Onkel Dieter, spielst du mit mir?«

»Ich habe keine Zeit. Wir müssen arbeiten.«

»Komm, Jungchen«, hörte man aus dem anderen Zimmer die Stimme der Großmutter in breitem Ostpreußisch, »Onkel Dieter hat zu tun, der muss Atemübungen machen.«

Kaum hatten die beiden die Tür hinter sich geschlossen, schlüpfte Lotte aus ihrem Kleid und zog auch schnell ihr verschlissenes Unterhemd aus. Nun stand sie vor Dieter und lachte ihn erwartungsvoll an. Sie war nur noch mit ihrem neuen weißen Seidenhöschen bekleidet – ihr ganzer Stolz, ein Geschenk zu ihrem 20. Geburtstag von Tante Bertchen. Lotte liebte sie dafür noch mehr, aber ihre Mutter war entsetzt gewesen.

Jetzt ließ sich Lotte auf das Bett fallen und hatte nur noch einen Wunsch an ihren Liebhaber: »Komm!«

Nach einer Stunde amour fou verabschiedete sich Lotte und ging eilig wieder den langen Weg zurück nach Hause. Erst nachdem sie den Lietzenseepark betreten hatte, schritt sie langsamer und genoss die schöne Umgebung. Von den anfänglichen schweren Zerstörungen durch den Krieg war nicht mehr viel zu erkennen. Der Park wirkte aufgeräumt und einladend. Heute waren besonders viele Spaziergänger unterwegs, vorwiegend alte Frauen, aber auch junge Mütter mit Kinderwagen oder kleinen Kindern. Viele Parkbesucher saßen auf den Bänken, ließen sich von der warmen Sonne bescheinen und vergaßen für eine kurze Zeit ihren nagenden Hunger.

Lotte schaute den Männern und Frauen zu, die damit beschäftigt waren, die Abdeckung des Lietzensees wieder abzureißen. Das war eine schwere, aber trotzdem begehrte Arbeit. Das geborgene, wiederverwendbare Bauholz – Tausende von eingerammten Baumstämmen, Kanthölzern, Leisten und Brettern – musste zwar abgeliefert werden, aber genug »Abfälle« wanderten in die bereitliegenden Rucksäcke, nicht nur für den eigenen Ofen, sondern auch als begehrtes Tauschobjekt. Obendrein bekam man für diese Arbeit die Lebensmittelkarte II.

An dem Wasserbecken der kleinen Kaskade bog Lotte nach rechts ab zur Treppe am Springbrunnen. Jedes Mal erinnerte sie sich an dieser

Ecke mit Schaudern an ihr grausiges Erlebnis mit dem Russen und mit schlechtem Gewissen an den Hausmeister Krause. Aber wie immer schob sie diese Gedanken schnell beiseite und dachte lieber an ihr Collier, das sie sich so hart erkämpfen musste. Im Laufe der Zeit hatte die Kette für sie eine geradezu magische Bedeutung gewonnen, war ihr Talisman geworden, von dem ihr Glück und Erfolg abhing. Fast abergläubisch verband sie mit der Kette ihr Schicksal. Solange ich sie besitze, geht es mir gut, ohne die Kette bin ich verloren, redete sie sich ein.

Als sie oben auf dem Königsweg stand – die Wundtstraße war wieder umbenannt worden – schlug ihr ein durchdringender Geruch von dem grünen Dreieck an der Sophie-Charlotten-Straße und dem Kaiserdamm entgegen. Wann hört endlich dieser widerliche Gestank auf, dachte sie angeekelt und hielt sich die Nase zu.

Zufällig war sie gestern Zeugin einer wahrhaft gespenstischen Szene gewesen. Rotarmisten hatten das Dreieck abgesperrt. Russische Rote-Kreuz-Wagen waren vorgefahren und aus Lastwagen stiegen Männer, die anfingen zu graben. Trotz der Aufforderung weiterzugehen, blieb Lotte mit anderen etwas entfernt stehen und beobachtete das Treiben.

Einer der Zuschauer wusste Bescheid: »Die Russen haben hier nach Ende der Kampfhandlungen im Mai ihre Toten beerdigt. Nun werden sie wieder ausgegraben und zum Soldatenfriedhof in Treptow überführt.«

Alle Bewohner der Lietzenseegegend kannten diesen provisorischen Friedhof. Die Russen hatten jedes Grab mit einer Holzeinfassung und einem Kreuz versehen. Etwa dreißig Rotarmisten waren hier bestattet.

Als der Wind einen infernalischen Gestank herübertrug, fragte Lotte verwundert: »Warum riecht das so furchtbar?«

»Das ist der Verwesungsgeruch. Die Russen hatten keine Särge, die Toten wurden nur in Tücher gewickelt und dann in die Erde gelegt.«

Sie beobachteten, wie die Toten auf die Rote-Kreuz-Wagen gehoben wurden.

»Die armen Männer können einem leid tun«, meinte Lotte. »Das ist auch gefährlich.«

»Sie verschwenden Ihr Mitleid an die falsche Adresse«, entgegnete ungerührt der Gutinformierte. »Das sind alles höhere Nazis, nicht nur kleine Parteigenossen, sondern Schwerverbrecher. Die Russen haben sie eigens für diese Arbeit aus den Gefängnissen geholt.«

Heute hatte der Gestank schon nachgelassen. Lotte wollte aber trotzdem schnell vorbeigehen, da bemerkte sie zwei Männer, die sich auf dem durchgewühlten Dreieck zu schaffen machten. Als sie nähertrat, sah sie, wie sie die Holzeinfassungen der Gräber aufsammelten und auf einen kleinen Leiterwagen luden. Langsam ging sie zu ihnen hin. Die beiden waren noch jung und trugen kurze Hosen.

»Was machen Sie da?« fragte sie zögernd.

»Seh'n Se doch!« Der eine, ein großer Blonder, lachte sie an. »Ist schönes Holz! Kann man gut gebrauchen!«

»Allerdings, Sie haben's gut!« Mit begehrlichen Blicken musterte Lotte die Holzteile.

»Woll'n Se was abhaben? Wir haben den Wagen, wir können es Ihnen nach Hause bringen!«

Der Blonde war nett, irgendwie kam er ihr bekannt vor.

»Ich kenne Sie!« erinnerte sich Lotte plötzlich und lachte ihn an. »Konnten Sie sich schicke Unterwäsche für Ihre Briketts eintauschen?«

Nun lachte auch der Blonde: »Na klar, kann ich Ihnen bei Gelegenheit vorführen.«

»Kein Interesse!« wies Lotte ihn zurück. Wofür hielt er sie?

Aber das Holz hätte sie gern gehabt.

»Wäre nett, wenn ihr uns Holz bringen würdet. Ich wohne im Frauenbundhaus.« Aber dann kamen ihr Bedenken. »Ich muss allerdings erst meine Mutter fragen. Schließlich ist das Holz geklaut. Und von so ekligen Gräbern.«

»Na, denn nicht!«

Der Blonde war beleidigt und begann wieder zu arbeiten, ohne sie weiter zu beachten. Der andere, etwas Kleinere, hatte die ganze Zeit nichts gesagt.

»Wie lange sind Sie noch hier? Ich kann fragen und schnell wiederkommen!«

Lotte wollte nicht aufgeben.

»Wir sind gleich fertig!«

Der Blonde war noch immer eingeschnappt und ließ sie das spüren. Schließlich lenkte er ein.

»Sie können bei mir vorbeikommen, vielleicht habe ich dann noch Holz. Ich wohne drüben in der Friedbergstraße, in der Ladenwohnung von dem Lebensmittelgeschäft an der Ecke.«

Und dann mit Berechnung: »Der Laden gehört meiner Tante.«

Seine Rechnung ging sofort auf. Lotte schaute ihn verzückt an. Kaum vorstellbar, in einem solchen Schlaraffenland zu wohnen: essen, was und wie viel man will! Sie seufzte auf. Diese Bekanntschaft musste sie pflegen.

»Mal sehen. Wie heißen Sie eigentlich?«

»Michael, Sie können Micha sagen. Und Sie?«

»Lotte! Ich muss jetzt gehen, aber vielleicht komme ich vorbei. Oder haben Sie Lust, mich auf der Bühne zu sehen? Ich singe im Chor des Theaters in der Witzlebenstraße. Es sind überall Plakate mit den Terminen und den Stücken angeklebt, an Litfasssäulen, auch an den Ruinen.«

Micha war beeindruckt: »Ich bin noch nie im Theater gewesen«, gestand er.

»Wie alt sind Sie denn?«

»Siebzehn. Und Sie?«

»Zwanzig. Aber ich muss jetzt wirklich gehen. Wiedersehen, ihr beiden!«

Lotte ging nicht nach Hause, sondern am Frauenbundhaus vorbei. Während der Vorstellung hatte eine Choristin ihr zugeflüstert, dass es in der Bäckerei in der Neuen Kantstraße Brot geben würde. Lotte hatte für alle Fälle immer ihre Tasche und die Lebensmittelkarten dabei. Als sie zu dem Laden kam, war er geschlossen. Alles ausverkauft. Vielleicht würde sie durch ihre neue Bekanntschaft in Zukunft erfolgreicher sein bei der Essensbeschaffung.

Plötzlich lächelte sie vor sich hin. Wie hatte Zobel aus der »Dreigroschenoper« zitiert, die vor einer Woche zur Eröffnung des Hebbeltheaters vor der gesamten Besatzungsprominenz aufgeführt worden war und für die er als Theaterdirektor eine Freikarte bekommen hatte? »Erst kommt das Fressen, dann kommt die Moral!« Stimmt genau, Herr Brecht!

Wieder angekommen am Frauenbundhaus stieg Lotte zufrieden zum zweiten Stock hoch. Sie kam jetzt gern nach Hause, seit dem 1. August hatte sich ihre Wohnsituation entscheidend verbessert. Sie lebte nun mit ihrer Mutter in einer kleinen Wohnung im Ostflügel des Hauses, die zwar auch nur ein Zimmer hatte, aber dafür noch eine Kochnische mit einem zweiflammigen Gaskocher und sogar ein richtiges Badezimmer mit Wanne. Gas und Wasser gab es auch wieder regelmäßig.

Ihre Mutter war nicht da. Sie hatte sich zwar von dem Verlust ihrer Heimat und ihres Vermögens nicht erholt, aber ihre passive Phase weitgehend überwunden und verschiedene Versuche angestellt, zu Arbeit und Geld zu kommen, worüber Lotte sehr froh war. Auch darüber, dass sich ihr Verhältnis zur Mutter wieder normalisiert hatte, da diese nicht mehr versuchte, ihr Vorschriften zu machen.

Am liebsten hätte Frau Winkler als Küchenhilfe in dem Lokal der britischen Soldaten am Kaiserdamm, Ecke Witzlebenplatz gearbeitet, bis vor wenigen Monaten pikanterweise noch das Lokal der ortsansässigen SS. Nun war es *»off limits«*, für Deutsche verboten, die nur zum Bedienen geduldet wurden. Aber diese Stellen waren begehrt. Wie viele Köstlichkeiten konnte man da heimlich nach Hause tragen!

Auch als Trümmerfrau hatte sich Lottes Mutter versucht. Aber das stundenlange Weiterreichen der schweren Steine und der Staub und Dreck gingen über ihre Kräfte.

Jetzt hatte sie eine bessere Arbeit gefunden, die auch recht einträglich war: Sie fuhr mit Frau Pape über Land, allerdings nicht zum Hamstern, wie so viele Berliner, sondern zum Nähen. Es war Frau Papes Idee gewesen, die als Handarbeitslehrerin geschickt mit der Nähmaschine umgehen konnte, ihre Künste den Bauern anzubieten. Durch Frau Pape ermutigt, begann Olga Winkler auch wieder zu nähen. Sie hatte vor Jahren einen Nähkurs in einer Haushaltsschule besucht und noch nicht alles verlernt. Zu zweit fuhren sie auf die Bauernhöfe, besserten Kleidung aus, nähten neue und erledigten alles, was anfiel. Bezahlt wurden sie mehr oder weniger großzügig in Naturalien. Oft blieben sie mehrere Tage weg. Die beiden Frauen waren beliebt wegen ihrer Zuverlässigkeit und Tüchtigkeit. Einmal nähten sie sogar ein Brautkleid und wurden dann auch zur Hochzeit eingeladen.

Aber nach diesem Fest kam die Mutter deprimiert zurück: »Unglaublich der Reichtum von diesen Leuten, die echten Teppiche liegen stapelweise übereinander, überall wertvolles Porzellan und jede Menge kostbarster Schmuck. Alles den Hamsterfahrern abgenommen für ein paar Eier und ein bisschen Butter. Und dann die Gespräche! Was sie sagen, wenn wieder so ein armer Teufel sich in seiner Not von seinen Ohrringen trennen will: ›Ohrringe? Nee, danke, habe so viele, dass ich meine Kühe damit behängen kann‹. Aber man darf nichts sagen, und sie haben uns reichlich beschenkt, zwei Taschen voll mit Speck, Eiern und Gemüse, sogar einen halben Kuchen haben sie eingepackt. Trotzdem ist es ungerecht. Die haben nichts verloren und wir alles!« schloss sie verbittert.

Nach einer Stunde, in der Lotte die kleine Wohnung aufgeräumt, sich frisch gemacht und zwei kalte Kartoffeln gegessen hatte, zog sie wieder los. Zur abendlichen Vorstellung brauchte sie sich nicht umzuziehen. In *Wellensittich entflogen* trug sie einfach ihr Sommerkleid. Dank der Nähkünste ihrer Mutter besaß sie drei Kleider, die sie abwechselnd anzog und um die sie von ihren Kolleginnen beneidet wurde.

25

Als Lotte das Schulhaus betrat, stand in der Eingangshalle eine Frau und blickte sich um.

»Sie sind zu früh gekommen, die Vorstellung beginnt erst in einer Stunde«, informierte Lotte sie.

Die Frau war eine ungewöhnliche Erscheinung. Groß und dünn, sich sehr gerade haltend, bekleidet mit einer weißen Bluse, langen Ärmeln, hohem Kragen und einem bis an die Knöchel reichenden braunen Rock mit Gürtel – ohne Zweifel eine Dame! Sie erinnerte Lotte an ihre strenge Tante Valerie in Danzig. Man sah sofort: Diese Dame mit geradezu angeborener Autorität war gewohnt, Anordnungen zu erteilen, die ohne Widerspruch befolgt wurden.

»Ich will keine Vorstellung besuchen, ich will die Schule ansehen«, sagte sie freundlich, aber bestimmt.

»Das ist keine Schule mehr«, wagte Lotte zu widersprechen, »das ist ein Theater.«

Die Dame schaute Lotte streng an: »Sie irren sich, mein Fräulein, das ist noch immer eine Schule, und ich bin die Rektorin dieser Schule!«

Natürlich, eine Lehrerin, sogar eine Schulleiterin, dachte Lotte. Da mische ich mich lieber nicht ein.

Laut sagte sie: »Ich kann Sie gern zum Theaterdirektor bringen. Ich vermute, er ist schon im Haus. Wenn Sie wollen, schaue ich nach.«

»Das wäre sehr liebenswürdig von Ihnen.«

Zusammen gingen sie in den ersten Stock, Lotte führte sie in die Aula. »Wenn Sie vielleicht Platz nehmen würden, ich hole Herrn Zobel.«

Lotte ging zu dem Klassenraum am Ende des Ganges, in dem Zobel sein Büro eingerichtet hatte. Gewöhnlich saß er dort vor der Vorstellung und erledigte Büroarbeiten. Lotte klopfte kurz an und öffnete die Tür, prallte aber sofort zurück und schloss sie schnell wieder. Sie stand im Gang und rang nach Fassung. Gegen ihren Willen war sie Zeugin einer leidenschaftlichen Szene geworden: Zobel und Eva, ineinander verschlungen, hatten sich voller Ekstase geküsst und waren bei ihrem Eintritt auseinandergefahren. Wenn das die Rektorin wüsste, dachte Lotte amüsiert und wartete einige Minuten. Sittenfilm in ihrer Schule! Wie gut, dass sie die Dame in die Aula geführt hatte.

Dann öffnete Lotte ein zweites Mal die Tür zum Büro. Eva und Zobel saßen ungezwungen nebeneinander und taten so, als ob sie während des ganzen Nachmittags die Rechnungen durchgangen wären.

»Entschuldigt, wenn ich euch gestört habe«, begann Lotte, » aber…«

»Was wolltest du, warum bist du so hereingeplatzt?« Zobel war verärgert, peinlich schien ihm die Situation nicht zu sein.

»Woher soll ich wissen, was ihr macht«, gab Lotte zurück, »häng doch das nächste Mal ein Schild an die Tür!« Sie war die einzige von allen, die Zobel duzen durfte, und auch nur, weil sie Evas beste Freundin war.

»Was ist los?« mischte sich Eva ein und sah sie mit einem »Ich-erkläre-dir-alles-später!«-Blick an.

»In der Aula sitzt eine Dame, die behauptet, die Rektorin dieser Schule zu sein. Ich würde mich nicht wundern, wenn sie ihre Schule wiederhaben will und uns 'rausschmeißt!« fasste Lotte zusammen.

»Unsinn!« Zobel rückte sein Jackett zurecht, strich sich über die Haare und alle drei gingen in die Aula.

Die Dame hatte sich nicht hingesetzt, sondern bereits offensichtlich den Zustand des Saales gründlich inspiziert.

»Guten Tag, gnädige Frau«, sagte Zobel und streckte ihr die Hand hin, »darf…«

Freundlich, aber bestimmt unterbrach sie ihn: »Fräulein, wenn ich bitten darf, Fräulein von Bentivegni.«

»O pardon! Darf ich mich vorstellen? Mein Name ist Zobel, ich bin der Theaterdirektor.«

»Freut mich, Sie kennenzulernen, wir werden noch viel miteinander zu tun haben.«

Lotte glaubte einen drohenden Unterton wahrzunehmen.

»Ich bin seit dem 1. August Schulleiterin dieser Schule«, fuhr Fräulein von Bentivegni fort.

»Aber, entschuldigen Sie, es gibt keine Schule mehr.« Zobel war aufrichtig überrascht.

»Sie irren sich, das ist die 22. Volksschule und sie besteht seit 1904. Die Klassen wurden nur während des Krieges ausgelagert wegen fehlender Luftschutzräume. Zur Zeit befinden sie sich noch in der Schule in der Danckelmannstraße. Nun, nach Ende des Krieges, wollen wir wieder in unser angestammtes Haus ziehen.«

Lotte hatte Recht, dachte Zobel entsetzt, sie will uns hinausgraulen.

»Aber das Haus ist bis auf die erste Etage, wo wir spielen, zerstört. Da können keine Kinder unterrichtet werden.«

»Das stimmt. Wir müssen den Wiederaufbau betreiben!« sagte die resolute Rektorin entschieden. »Sie haben sicher nichts dagegen, wenn ich durch das Schulhaus gehe, um zu sehen, was gemacht werden muss.«

»Selbstverständlich nicht, ich werde Sie begleiten!«

Zobel war entschlossen, sich nicht das Heft aus der Hand nehmen zu lassen. Schließlich war er der Herr im Hause, es war sein Theater. Aber sofort wurde er eines Besseren belehrt:

»Danke, das ist nicht nötig! Ich möchte meine Schule zunächst allein in Augenschein nehmen. Wenn ich Ihre Hilfe brauche, melde ich mich! Auf Wiedersehen!«

Mit dem höflichen Lächeln einer Hausherrin, die ungebetene Gäste einfach stehen lässt, verließ Fräulein von Bentivegni die Aula.

Ratlos und beunruhigt sahen sich die drei Zurückgebliebenen an.

»Die kann nicht einfach unser Theater schließen«, sagte Eva empört. »Wir haben gerade erst angefangen. Es läuft phantastisch und wir haben schließlich Verträge!«

»Wir werden kämpfen und wir werden siegen! Nieder mit den Feinden Brandenburgs!« rief Zobel dramatisch und hob die Faust hoch. Alle drei lachten, aber im Grunde ihres Herzens ahnten sie doch, dass der heutige Tag den Anfang vom Ende des *›Theaters in der Witzlebenstraße‹* eingeleitet hatte.

Die abendliche Vorstellung fand wieder vor ausverkauftem Hause statt. Beim zweiten Akt begann es zu regnen, und weil das Dach nicht vollständig ausgebessert war, wurden bei Regen auf einigen Plätzen immer die Zuschauer nass. Aber es störte niemanden ernsthaft, die Leute rückten dann eben zusammen. Das Publikum nahm auch sonst keine Panne übel und war froh, dass überhaupt Theater gespielt wurde. Das wiederum spornte die Schauspieler an. Die Sympathie füreinander war auf beiden Seiten groß.

Bevor sie nach Hause gingen, verabredeten sich Eva und Lotte noch zum Gesangsunterricht am nächsten Vormittag.

»Ich habe dir interessante Neuigkeiten zu erzählen«, meinte Eva fröhlich.

»Ich weiß.«

Beide lachten. »Nicht nur das, was du denkst! Bis morgen!«

Als Lotte nach Hause kam, lag die Mutter müde im Bett.

Lotte gab ihr einen Kuss: »Und? Wie war es bei dir?«

»Anstrengend! Der Zug war überfüllt. Um mitzukommen, musste ich mich auf der Rückfahrt von außen an einer Wagentür festklammern. Schrecklich! Dazu die beiden Rucksäcke über den Schultern und immer die Angst, etwas zu verlieren. Frau Pape hatte es ein bisschen besser, die saß hinten auf dem Puffer. Jetzt machen wir ein paar Tage Pause.«

»Und was hat der Bauer euch mitgegeben?«

»Fast nichts, das war ein Geizkragen, da gehen wir nicht wieder hin. Nur ein paar Kartoffeln und bisschen Gemüse, kein Fett, keine Eier. Aber ein Paar Herrenschuhe«, fügte sie spöttisch hinzu, »als ob wir die gebrauchen könnten!«

»Aber, Mutti, freu dich doch! Die verkaufe ich auf dem Schwarzmarkt, dafür kann ich bestimmt ein großes Stück Butter bekommen!«

Zwei Tage später – es war der freie Montag, keine Vorstellungen und auch keine Proben – saßen die beiden Freundinnen in Evas Küche zusammen und tranken ihren letzten Muckefuck.

Die Wohnung hatte drei Zimmer, in jedem wohnte eine alte Frau und Eva selbst in der winzigen Mädchenkammer neben der Küche. In der Küche oder der Kammer fanden gewöhnlich die Gesangsübungen statt, oft aber auch in dem Zimmer der einen Nachbarin, Frau Ebert, wenn diese nicht zu Hause war. Hier stand sogar ein ramponierter Bösendorfer-Flügel, auf dem die Freundinnen spielen durften. Die andere Nachbarin war schwerhörig, und die dritte freute sich über ihren Gesang, da gab es keine Probleme. Eva beklagte sich nie über ihre beengten Wohnverhältnisse, aber versuchte seit langem, eine eigene Wohnung zu bekommen.

Jetzt war es ihr gelungen.

»Weißt du, was Gerda mir gestern gesagt hat?« Sie strahlte Lotte an: »Sie geht im nächsten Monat nach Hamburg zu ihrer Schwester, und ich kann vorläufig ihre Wohnung haben! Stell dir das vor, ein Zimmer mit Küche und Bad! Die Wohnung liegt am Kaiserdamm, Nr. 17, ist wohl nicht besonders gut instand, aber das kann man ändern. Wollen wir nachher 'rüber gehen und sie ansehen? Ich habe Gerda Bescheid gesagt, sie ist zu Hause.«

»Das ist großartig«. Auch Lotte war begeistert. »Dann verschieben wir unsere Singerei und schauen uns gleich die Wohnung an! Eine eigene Wohnung! Du hast es gut!«

Eingehakt gingen die beiden Freundinnen durch den Park. Über die gestrige Szene im Büro hatten sie noch nicht gesprochen. Aber jetzt konnte Lotte ihre Neugier nicht mehr bezähmen. Sie drückte Evas Arm und sah sie erwartungsvoll an:

»Los, nun erzähle! Was ist mit Zobel? Ihr wart ja sehr intensiv mit euch beschäftigt!«

Die Freundin lächelte hintergründig.

Lotte bohrte weiter. »Wie lange geht das schon? Ich war überrascht, ich habe nie etwas bemerkt!«

Eva lachte leise: »Ich war genauso überrascht. Es war das erste Mal.«

»Nun erzähl der Reihe nach!« Lotte wurde ungeduldig.

»Als wir gestern nebeneinander saßen und die Papiere durcharbeiteten, sah Zobel mich an und sagte aus heiterem Himmel: ‚Weißt du, dass ich dich immer noch liebe?‹ Ich habe dir erzählt, glaube ich, dass ich in Breslau eine Liebelei mit ihm angefangen hatte. Aber ich habe sie bald beendet, weil er trotzdem dauernd etwas mit anderen Frauen hatte. Er meinte, er brauche das. Ich sagte, ich nicht. Als wir uns jetzt in Berlin wiedertrafen, waren wir wirklich nur Freunde, die gut zusammenarbeiten konnten. Deswegen war ich gestern auch so überrascht von seiner - Attacke!« Eva kicherte über ihren Ausdruck.

»Und wie ging es weiter? Lass dir nicht alles aus der Nase ziehen!« Lottes Ungeduld wuchs.

»Er sagte, dass er sich verändert hätte, dass ihn andere Frauen nicht mehr interessieren würden, dass er nur mich liebt.«

»Er hat aber dauernd Verhältnisse«, wandte Lotte ein.

»In letzter Zeit wohl nicht, sagt er jedenfalls.«

»Außerdem ist er verheiratet. Will er sich von Elsa scheiden lassen? Oder ist er schon geschieden? Elsa sieht man überhaupt nicht mehr!«

Eva zögerte. »Das klingt alles ein bisschen makaber. Nein, er ist nicht geschieden und will sich auch nicht scheiden lassen. Elsa ist schwer krank, sie hat Krebs und wird nicht mehr lange leben. Sie ist zur Zeit wieder im Krankenhaus.«

Eva atmete tief durch und blickte Lotte mit gerunzelter Stirn an: »Zobel will mich nach Elsas Tod heiraten.«

Lotte schwieg. Eigentlich fand sie es verständlich, dass Zobel Pläne für die »Zeit danach« machte.

»Das alles sagte mir Zobel in einem sachlichen Ton, und dann arbeiteten wir weiter. Als wir fertig waren und aufstanden, kam es zu der Szene, die du gesehen hast.«

Sie sahen sich an und lachten.

»War nicht schlecht! Gefallen tut er mir immer noch!« fügte Eva hinzu. »Was daraus wird, weiß ich nicht. Aber wenn er sich geändert hätte, könnte ich mir einiges vorstellen.«

Dann hatten sie das Haus Kaiserdamm 17 erreicht und wandten sich nun dem anderen, ebenso erfreulichen Thema zu.

Sie durchquerten das Vorderhaus. Die Wohnung lag im Seitenflügel, Parterre links. An der Tür mit einem Pappschild *»Richter«* klopften sie. Gerda öffnete.

»Kommt rein, ich habe auf euch gewartet!«

Sie durchschritten einen kleinen dunklen Flur und betraten das Zimmer. Lotte schaute sich mit entsetzten Augen um: »O Gott, wie sieht das hier aus?«

»Wenn du etwas sagen willst, bitte nur Positives. Alles andere sehe ich selbst«, unterbrach Eva sie energisch.

»In Ordnung!« Lotte begann gehorsam: »Das Zimmer ist schön groß. Dürftig, aber ausreichend möbliert. Es gibt Wohnungen mit noch kleineren Fenstern, die noch dunkler sind.«

»Halt«, mischte sich Gerda ein, »wenn draußen die Sonne scheint, ist es auch hier heller.«

»Das Loch in der Wand zur Küche kann mit Pappe oder einem großen Bild verschlossen werden«, fuhr Lotte fort. »Falls es einmal keine Stromsperre gibt, erhellt die Glühbirne an der Decke das Zimmer. Die Tapeten lösen sich nicht überall von den Wänden. Wahrscheinlich nur zweimal am Tag muss man den Putz auffegen, der von der Decke herunterfällt. Wirklich ein gemütliches Zimmer!«

Alle drei lachten.

»Ganz meine Meinung«, sagte Eva dann, »wenn ich noch meine Sachen dazustelle und einige Schäden behebe, kann es sehr behaglich werden.«

26

Am Nachmittag packte Lotte die gut erhaltenen Herrenschuhe ein, die ihre Mutter neulich mitgebracht hatte, und begab sich auf den Schwarzen Markt an der Schloßstraße. Sie hatte wenig Erfahrung mit dieser Art von Tauschhandel und hätte liebend gern Eva als Begleitung mitgenommen. Aber diese war mit der Vorbereitung ihres Umzugs beschäftigt. Vielleicht treffe ich Micha und er hilft mir, hoffte sie. Aber sie kannte niemanden von den vielen langsam umhergehenden und - spähenden Menschen. Unschlüssig stand sie da. Sie hatte die Schuhe aus der Tasche genommen und hielt sie in der Hand. Wahrscheinlich muss ich selbst jemanden ansprechen, dachte sie unbehaglich.

»Show me your shoes, please!« Ein britischer Soldat stand plötzlich vor ihr, kaum größer als sie selbst, mit einem freundlichen, runden Kindergesicht, und griff nach den Schuhen.

»Please«, sagte Lotte aufgeregt, »they are very good, I think they are new.« Hätte sie bloß besser in Englisch aufgepasst, peinlich, wie schlecht sie sich ausdrücken konnte.

»Mal sehen, ob sie mir passen? Sie sehen gut aus«, fuhr der Soldat in akzentfreiem Deutsch fort.

Lotte blickte erleichtert auf. »Sie sprechen Deutsch?«

»Ja«, war die kurze Antwort.

Dann probierte der Soldat einen Schuh an. »Gefällt mir, ich nehme sie. Was wollen Sie dafür haben?«

»Am liebsten Zigaretten, dafür kann man sich alles kaufen«, platzte Lotte heraus, glücklich, dass der Verkauf so problemlos ablief. »Oder etwas zu essen, vielleicht Butter«, fügte sie schnell hinzu, er sollte nicht denken, dass sie unbescheiden sei.

»Ich habe nicht viele Zigaretten dabei.« Er zog ein angebrochenes Päckchen aus der Tasche: »Aber vielleicht können wir uns noch einmal treffen, dann gebe ich Ihnen ein ganzes Päckchen.«

Lotte wurde schwindlig: Eine Zigarette war 15 Reichsmark wert. Er wollte ihr Zigaretten im Wert von beinahe 500 Reichsmark geben. Ein Pfund Butter, mit dem sie für die Schuhe gerechnet hatte, kostete im Schwarzhandel ungefähr 400 Reichsmark. Also würde er sie überdurchschnittlich gut bezahlen. Außerdem gefiel er ihr.

»Treffen, wie meinen Sie das?«

»Wir verabreden uns! Am Kurfürstendamm wurde wieder ein neues Café eröffnet.« Er lächelte sie auffordernd an. »Vielleicht können Sie eine Freundin mitbringen, und ich komme auch mit einem Freund. Dann gehen wir zu viert aus.«

Mit Eva zusammen! Das war Lotte recht.

»Gut, ich muss erst meine Freundin fragen. Aber ich glaube, sie wird mitkommen.«

»Wunderbar, wollen wir uns morgen um 17 Uhr hier treffen?«

»Morgen nicht, da haben wir Vorstellung, aber übermorgen ginge es.«

»Vorstellung?« hakte der Brite nach.

»Das erzähle ich Ihnen später.«

Ich muss nicht gleich mein Leben vor dir ausbreiten, dachte Lotte, du hast mir auch nicht gesagt, warum du perfekt deutsch sprichst.

Dann lächelte sie ihn ein wenig spöttisch an: »Verraten Sie mir Ihren Namen?«

»Entschuldigung«, er verneigte sich übertrieben mit einer Verbeugung: »darf ich mich vorstellen? George White! Und wie ist Ihr werter Name?«

Lotte machte einen tiefen Knicks: »Charlotte Winkler!« Beide lachten, sie gefielen einander.

Erst als Lotte zufrieden nach Hause ging, kamen ihr Bedenken. Ob sie Dieter von dieser Verabredung erzählen sollte? Vielleicht würde er ihr

Vorwürfe machen. Aber schnell schob sie diesen Gedanken beiseite. Das Treffen war harmlos, und sie war schließlich nicht mit Dieter verheiratet. Sie konnte über sich selbst bestimmen.

Als sie Eva von dem Briten und ihrer Verabredung berichtete, sagte diese: »Tut mir leid, da kann ich nicht mitkommen, ich bin verabredet.«

Lotte schaute sie überrascht an. »Verabredet? Mit wem?«

Eva hatte sich noch nie verabredet.

»Mit Zobel?« Das war eine Möglichkeit.

»Nein, mit meiner Schwester.«

Jetzt war Lottes Erstaunen grenzenlos. »Du hast eine Schwester? Von der hast du nie etwas erzählt!«

Lotte wusste von Eva nur, dass sie aus Kassel stammte und dass ihre Eltern umgekommen waren bei den schweren Bombenangriffen, die an einem einzigen Tag im Oktober 1943 die Stadt zu fast achtzig Prozent zerstört hatten.

Eva schaute Lotte an, unschlüssig, ob sie darüber sprechen sollte. Dann sagte sie in einem Ton, der keine Nachfragen duldete:

»Ich hatte den Kontakt zu meiner Schwester abgebrochen, weil sie mich um mein Erbe betrogen hat. Nun weißt du es!« In demselben harten Ton fuhr sie fort. »Meine Schwester hat seit Kriegsende mehrfach versucht, sich mit mir zu versöhnen, ich habe sie immer abgewiesen. Morgen werden wir uns zum ersten Mal treffen.«

»Sie lebt auch in Berlin?«

»Ja, sie kam 1943 hierher, nachdem unser Haus in Kassel zerstört war, und hat in einer Wehrmachtsbehörde als Sekretärin gearbeitet. Sie lebt in einer Notunterkunft in Zehlendorf, war dreimal ausgebombt. Ein Bekannter von ihr brachte mir neulich einen Brief vorbei. Anschließend sagte ich ihm, dass ich sie besuchen würde.«

»Das klingt richtig spannend, willst du dich wieder mit ihr vertragen?« fragte Lotte neugierig.

»Weiß ich nicht. Leicht werde ich es ihr nicht machen. Also sag deinem Soldaten, dass wir uns nächsten Montag treffen können, falls er dann noch will.«

Lottes Soldat war enttäuscht, ebenso sein ernst blickender Freund, der ungewöhnlich abstehende Ohren besaß. Schönheiten sind sie nicht, dachte Lotte. Gern wären die beiden mit ihr allein losgezogen, aber Lotte vertröstete sie auf die folgende Woche. Zum Abschied gab ihr George White, ohne dass sie ihn erinnern musste, noch die versprochene Schachtel Zigaretten, die sie erfreut einsteckte. Sie war überzeugt, es würde ein unterhaltsamer und einträglicher Abend werden mit Mondgesicht und Flatterohr!

Am Sonntagabend legte Lotte nach der Vorstellung gerade ihr langes Kleid ordentlich auf einen Stuhl – ihr schöner Bügel war zerbrochen und sie musste erst einen neuen organisieren –, als Gerda zu ihr sagte:

»Du hast Besuch, draußen wartet ein Verehrer auf dich.«

»Verehrer?« Lotte hatte keine Ahnung, wer das sein könnte. Schnell knöpfte sie ihr Kleid zu, nahm ihre Tasche und ging neugierig auf den Gang.

»Micha, Sie sind es?« rief sie überrascht.

Ihre Mutter hatte sich neulich vehement geweigert, Holz von den Russengräbern anzunehmen, daher hatte Lotte sich nicht mehr darum bemüht und ihren neuen Freund völlig vergessen. Nun stand er vor ihr und lächelte sie unsicher an. Er hatte sich herausgeputzt, mit weißem Hemd und sogar mit einem Schlips.

»Ich wollte sehen, was Sie so im Theater machen!« sagte er unbeholfen.

Lotte lachte ihn an und nahm seinen Arm: »Kommen Sie, wir gehen hinunter. Ist nett, dass Sie da sind!« Sie wollte nicht, dass man sie so vertraulich stehen sah. Womöglich dachte jemand, es sei ihr Freund. Er sah wirklich noch sehr jung aus.

Vor der Tür auf der Straße blieb sie stehen.

»Hat es Ihnen gefallen?«

»Klar! Sie haben mir besonders gefallen. Unheimlich gut, wie Sie getanzt haben!«

Lotte freute sich, dass er gerade heute gekommen war, als das ›*Schwarzwaldmädel*‹ auf dem Spielplan stand, wo sie im 2. Akt mit Dieter beim Bauerntanz einen kleinen Solo-Auftritt hatte.

Nun nahm Micha aus seinem Rucksack ein kleines Tütchen mit Kaffee.

»Habe ich Ihnen mitgebracht!«

»Vielen Dank! Sogar echten Bohnenkaffee!«

Sie schnupperte begeistert, dann hob sie ihren Kopf und gab ihm schnell einen Kuss auf die Wange.

Micha errötete vor Freude.

»Habe ich meiner Tante geklaut!« gestand er und fuhr dann mit einem vorwurfsvollen Unterton fort: »Warum Sind Sie nicht gekommen? Ich habe die ganze Zeit auf Sie gewartet!«

»Ach«, log Lotte unbekümmert, »ich wollte immer, aber ich habe so furchtbar viel zu tun! Deswegen freue ich mich, dass Sie gekommen sind!«

»Wir können uns vielleicht verabreden«, brachte Micha etwas stockend vor Aufregung hervor, »zum Beispiel zusammen ins Kino gehen. Am Kaiserdamm, an der Ecke Sophie-Charlotten-Straße hat das Kino wieder aufgemacht. Die Nachmittagsvorstellung beginnt um 16 Uhr.«

Er schaute sie hoffnungsvoll an.

»Klar«, meinte Lotte, »was spielen sie denn?«

»Weiß ich nicht, ist aber bestimmt ein schöner Film.«

Er soll gehen, dachte Lotte, Dieter muss jeden Augenblick kommen, er brauchte immer mehr Zeit zum Umziehen als sie. Deswegen sagte sie hastig:

»Gut, machen wir. Wie wär's mit Mittwoch nächster Woche, da habe ich Zeit.«

Micha war erleichtert, dass es so einfach gewesen war, sich mit Lotte zu verabreden, auch wenn er Ärger mit seiner Tante bekommen würde, der er immer zu dieser Zeit im Laden half.

In diesem Moment trat Dieter aus dem Haus, warf einen Blick auf den unbekannten Jungen und sagte zu Lotte:

»Gerda hat mir gesagt, dass du unten auf mich wartest. Warum denn?«

Lotte antwortete nicht, sondern stellte notgedrungen die beiden einander vor: »Das ist Micha, den habe ich neulich beim Holzsammeln kennengelernt! Er war heute in der Vorstellung. Und das ist Herr Treuenfels, ein Bekannter und Kollege von mir. Sie haben ihn vorhin mit mir auf der Bühne gesehen.«

Beide gaben sich die Hand und musterten sich gegenseitig, der eine entspannt, der andere grimmig blickend.

»Ich muss jetzt gehen«, meinte Micha, »also bis Mittwoch, kurz vor vier vor dem Kino! Auf Wiedersehen!«

Er schüttelte Lottes Hand, Dieter nickte er nur zu, dann verließ er sie.

Als er außer Hörweite war, lachte Dieter auf: »Der ist aber verknallt in dich!«

»Woher weißt du das?« Lotte tat ahnungslos, obwohl ihr seine Verliebtheit auch nicht verborgen geblieben war.

»Das sieht ein Blinder ohne Laterne! Du hast dich mit ihm zum Kino verabredet?« wunderte sich Dieter.

»Warum nicht? Hast du etwas dagegen?« fragte Lotte neugierig.

»Ich? Überhaupt nicht! Ich kann mir nicht vorstellen, dass dadurch unser Verhältnis gestört wird!« Dieter legte besitzergreifend seinen Arm um ihre Taille und zog sie an sich.

»Quatsch«, lachte Lotte erleichtert, »was soll sich dadurch zwischen uns ändern?«

Sie war beruhigt; es war nicht nötig, Dieter von den Engländern zu erzählen, er hätte ohnehin nichts dagegen gehabt.

Eine Woche später fragte Dieter auf dem Nachhauseweg Lotte:

»Und? Wie war's mit deinem jugendlichen Romeo?«

»Das ist nicht mein Romeo, wir waren nur zusammen im Kino«, protestierte Lotte gut gelaunt.

»Habt ihr euch geküsst?« wollte Dieter wissen.

»Wo denkst du hin, er hat nicht einmal Händchenhalten im Dunkeln gewagt. Wahrscheinlich muss ich ihm das Küssen erst beibringen!«

»Untersteh dich!«, lachte Dieter.

»Aber trotzdem war es lustig mit ihm«, verteidigte Lotte ihren neuen Freund, »wir haben uns gut amüsiert und duzen uns jetzt. Und er hat mir ein bisschen Margarine geschenkt!«

Dann stellte Dieter noch eine neugierige Frage: »Und wie war's mit George und Harry?«

»Woher weißt du davon?« fragte Lotte überrascht, obwohl nur eine Antwort möglich war.

»Von wem schon, von Eva natürlich! Die hat mir alles brühwarm erzählt. Du weißt doch, sie liebt mich nicht«, meinte Dieter ungerührt. »Sie dachte, sie kann einen Keil zwischen uns treiben! Aber das wird ihr nie gelingen!«

Er gab Lotte einen flüchtigen Kuss.

»Und? Hast du etwas dagegen, wenn ich ausgehe?«, fragte sie nun direkt, die Gelegenheit war günstig.

»Ach wo! Wenn es nicht zu oft ist! Schließlich sind wir nicht verheiratet!« Das war genau Lottes Meinung, aber sie von Dieter zu hören und dann noch in diesem lässigen Ton, missfiel ihr doch.

»Aber wir sind verlobt und wollen heiraten, wenn ich volljährig bin«, gab sie spitz zurück.

»Ach«, lachte Dieter, »das ist noch lange hin, bis dahin darfst du dich ruhig mit anderen Männern treffen! Erzähl, wie war es mit den Engländern?«

Lotte berichtete unbefangen. Es war, wie erwartet, ein kurzweiliges Treffen geworden. Sie saßen in dem neuen Café am Kurfürstendamm und ließen sich mit Kaffee und Kuchen und anderen Delikatessen bewirten, später sogar mit Whisky, den Lotte aber nach einem Probeschluck George mit angeekelter Miene zurückgegeben hatte. Da sein Freund Harry nur englisch verstand, unterhielt er sich vorwiegend mit Eva, die als Schülerin für längere Zeit England besucht hatte. Auf Lottes Frage erzählte George, dass er ein geborener Deutscher jüdischer Herkunft sei. Mit seinen Eltern war er 1933 nach England emigriert. Jetzt sei er britischer Staatsbürger, Mitglied der Royal Airforce und habe nicht die Absicht, jemals nach Deutschland zurückzukehren. Außerdem war er verheiratet und seine Frau erwartete ein Kind.

Das alles hatte George freimütig erzählt und damit Lotte gleich, wie es ihr schien, signalisiert, dass ihre Beziehung rein freundschaftlicher Natur bleiben würde. Schade, dachte Lotte einen Moment lang. Aber sie unterhielten sich angeregt, und als sich später noch andere britische Soldaten zu ihnen gesellten und sie anschließend zusammen ein Tanzlokal besuchten, waren Lotte und Eva wunschlos glücklich.

»Ein Freund von George war verrückt nach mir! Beim Tanzen umschlang er mich so eng, dass ich kaum Luft bekam.« Lotte lachte Dieter an. »Er flüsterte mir ins Ohr, ich solle mit ihm mitkommen, ich müsse ihm deutschen Sprachunterricht geben. Ich lehnte selbstverständlich ab, aber als wir dann wieder mit den anderen am Tisch saßen, zog er eine Tafel Schokolade aus der Tasche. Die würde ich bekommen, wenn ich ihn unterrichten würde! Ich sagte wieder nein, da zog er eine zweite Tafel hervor. Es war wie auf dem Pferdemarkt! Du kannst mir glauben, es fiel mir schwer, standhaft zu bleiben! Zwei Tafeln Schokolade! Die anderen Soldaten beobachteten uns gespannt und als ich wieder ablehnte, johlten sie vor Schadenfreude und schlugen sich auf die Schenkel. Offensichtlich gönnten sie ihm die Niederlage!«

Später, nach der Vorstellung, machte Lotte ihrer Freundin Vorwürfe, weil sie entgegen ihrer Absprache Dieter die Verabredung mit den englischen Soldaten verraten hatte.

»Entschuldige«, sagte Eva offen, »Du weißt, ich kann Dieter nicht leiden. Er tut immer so, als ob du sein Besitz bist! Ich wollte ihn ärgern, er sollte sehen, dass es für dich auch noch andere Männer gibt. Hat er dir Schwierigkeiten gemacht?«

»Nein! Fast könnte man sagen, leider nein!« meinte Lotte.

27

Es war Oktober geworden und der Hitze des Sommers war eine herbstliche Kühle gefolgt. Furcht überkam die Menschen bei dem Gedanken an den bevorstehenden Winter weil sie nicht wussten, wie man die Kälte überleben sollte, ohne Brennmaterial, bei kaum abgedichteten Fenstern. Lotte aber quälten andere Sorgen. Regelmäßig hatte sie allein oder mit Eva an deren Flügel Gesangsübungen gemacht, ihre Stimme geschult und ausgebildet. Der Bösendorfer-Flügel stand jetzt in Evas Wohnung am Kaiserdamm. Zu ihrer großen Überraschung und Freude hatte die alte Nachbarin Eva bei ihrem Auszug den Flügel angeboten. Sie wollte ihn loswerden, meinte sie, er würde nur Platz wegnehmen. Sie würde ihn Eva schenken, sich vielleicht über ein bisschen Fett oder Fleisch freuen, wenn sie zufällig etwas hätte. Dankbar nahm Eva das Geschenk an.

Lotte hatte Zobel vorgesungen, als er eine neue Sopranistin engagieren wollte. Er zeigte sich zufrieden, lehnte aber dennoch ab, mit ihr einen Solisten-Vertrag abzuschließen. Sie sei noch zu jung, ihre Stimme zu unfertig, auch wenn sie gute Anlagen habe. Sie müsse noch mindestens zwei Jahre Gesangsunterricht nehmen – und zwar »richtigen«! –, um einen Vertrag als Opern- oder Operettensängerin erwarten zu können, war seine sachliche Begründung. Außerdem habe sie kein sängerisches Repertoire. Selbst Eva gelang es nicht, Zobel umzustimmen.

Lotte war verzweifelt. Zu fest hatte sie mit diesem Vertrag gerechnet, aber nun sang bereits seit dem 1. Oktober eine neue zweite Sopranistin, auch in der Inszenierung der *Gräfin Mariza*, die in der nächsten Woche Premiere hatte und in der Eva wiederum die Hauptrolle spielte.

»Ich will nicht im Chor singen, ich kann mehr, du sagst es auch immer, Eva, nicht wahr?«

Lotte saß auf Evas Bett in der neuen Wohnung am Kaiserdamm und schaute die Freundin mit Tränen im Gesicht an.

»Ja, das finde ich auch«, stimmte Eva zu, »aber du kannst Zobel nicht zwingen. Und vielleicht hat er Recht, es ist besser, du wartest noch eine gewisse Zeit.«

»Ich will nicht warten!« Lotte wurde zornig. »Dann suche ich mir eben ein anderes Theater, es gibt so viele in Berlin!«

Eva schüttelte den Kopf. »Das ist Blödsinn! Selbst wenn du gut singst und dich jemand anders nehmen würde, musst du erst Rollen einstudieren! Du hast kein Repertoire! Da hat Zobel Recht. Und eine richtige Gesangslehrerin brauchtest du dann auch. Da hat Zobel wieder Recht.«

Lotte gab nicht auf: »Ich werde mir mein Repertoire selbstständig erarbeiten, ich kann jederzeit an das Klavier, hat Frau Schön gesagt. Einmal in der Woche komme ich zu dir, und du sagst mir dann, was ich verbessern muss! Und wenn ich Geld habe, nehme ich meinetwegen auch eine richtige Gesangslehrerin!«

»Du hast noch nicht einmal Noten«, wandte Eva ein.

»Aber du hast welche! Von der ›*Gräfin Mariza*‹, vom ›*Schwarzwaldmädel*‹ und von der ›*Fledermaus*‹. Und noch die von den Singspielen. Da gibt es viele Sopran-Partien, da habe ich genug für mein Studium.«

»Du bist so naiv, Lotte, du tust mir leid!« sagte Eva kopfschüttelnd. »Als ob das alles so einfach wäre!«

»Gibst du mir die Noten oder nicht?« fragte Lotte mit kaum verhüllter Aggression.

»Natürlich gebe ich dir die Noten, und von mir aus kannst du auch einmal in der Woche zu mir kommen und mir vorsingen, aber trotzdem ist das Ganze totaler Unsinn!«

28

Februar 1946.

Es war Nacht, draußen herrschte Eiseskälte. Lotte und Olga Winkler lagen vollständig angezogen und zusätzlich noch in ihre Wintermäntel gehüllt in ihren Betten. Olga schlief trotz der Kälte, erschöpft vom stundenlangen Nähen in einer Schneiderwerkstatt, womit sie sich im Winter ihr Geld verdiente. Lotte dagegen warf sich noch unruhig in ihrem Bett hin und her. Sie hatten die kleine Wohnung nicht mehr heizen können. Der Strom war rationiert, man konnte keine Kohlen kaufen, und die Holzvorräte, die sie im Laufe der Monate zusammengerafft und für den Winter aufgespart hatten, waren inzwischen erschöpft.

»Das Holz verbrennt viel zu schnell!« hatte Lotte schon zu Beginn des Winters verzagt festgestellt. »Die Arbeit hat sich kaum gelohnt!«

Im Herbst hatte sie sich nach mehreren Behördengängen und langem Anstehen einen Berechtigungsschein verschafft, auf Grund dessen sie im Tiergarten einen Baum fällen durfte. Allerdings wurde ihr letztlich nur ein sehr kleines Stück eines Baumes zugeteilt, weil ihr Haushalt nur zwei Personen umfasste. Trotzdem war es eine schwere Arbeit gewesen, das Holz zu zersägen und nach Hause zu schaffen. Ohne Michas Hilfe und seinen Handwagen wäre es ihr nie gelungen.

Aber bald würden sie wieder heizen können. Brian, ihr neuer Freund, hatte ihr fest versprochen, Kohlen zu schicken. Mit diesem beruhigenden Gedanken schlief sie endlich ein.

Auch im *Theater in der Witzlebenstraße* bestand kaum die Möglichkeit, sich aufzuwärmen, hier herrschte die gleiche grimmige Kälte. Erfreulicherweise hielt ihnen das Publikum dennoch die Treue. Der Satz auf den Plakaten *»Das Theater ist nicht geheizt«* schreckte nur wenige Zuschauer ab. Die Anwesenden hüllten sich in Decken, um sich trotz einer Temperatur von zwölf Grad im Saal in die unbeschwerte Welt der Operette entführen zu lassen. Zobel dirigierte im Wintermantel, viele Musiker des Orchesters spielten mit Pulswärmern, auch die Schauspieler und Sänger hatten ihre Kostüme durch Jacken und Mäntel ergänzt.

Als Lotte am nächsten Tag ins Schulgebäude kam, herrschte große Aufregung und Ratlosigkeit. Es sollte *›Gräfin Mariza‹* gegeben werden, aber Eva war krank geworden.

»Sie liegt im Bett und hat hohes Fieber«, berichtete Zobel beunruhigt. »Hoffentlich bekommt sie keine Lungenentzündung!«

»Im Moment grassiert ein Grippevirus, habe ich gehört«, tat sich ein Bratschist wichtig, »der soll tödlich sein. Kein Wunder: So unterernährt, wie wir sind, haben wir natürlich keine Widerstandskräfte!«

»Halten Sie Ihren Mund!« fuhr Zobel ihn wütend an.

Er wandte sich an Renate Bayer, die zweite Sopranistin, und an Lotte. »Kommen Sie bitte in mein Büro, ich möchte mit Ihnen reden.«

Lottes Herz machte einen Sprung. Jetzt bekomme ich meine Chance, dachte sie aufgeregt.

»Ich habe mir Folgendes überlegt: Frau Bayer, Sie singen Evas Rolle, die Mariza, und du Lotte die Lisa, die Rolle von Frau Bayer, wenn du das kannst. Aber soweit ich weiß, hast du sie mit Eva im vorigen Herbst einstudiert.«

»Tut mit leid, Herr Zobel, ich habe noch nie die Mariza gesungen, ich kenne die Partie nicht«, lehnte die zweite Sopranistin seinen Vorschlag entschieden ab.

Zobel blickte besorgt, da meldete Lotte sich zu Wort: »Möglicherweise kann ich sie singen. Ich habe auch die Rolle der Mariza einstudiert, nachdem ich mit der Lisa fertig war. Vielleicht bin ich nicht so schlecht, Eva hat mich laufend kontrolliert. Ich könnte es versuchen!«

Sie bemühte sich um einen ruhigen Ton, bloß nicht durch übergroßen Eifer Zobel verschrecken.

»Du? Das kannst du nie im Leben!« Zweifelnd schaute er sie an.

Lotte lächelte bescheiden zurück und zuckte mit den Schultern, ohne ein Wort zu sagen.

»Um Himmels Willen, in einer halben Stunde soll die Vorstellung beginnen!« Zobel geriet in Panik. »Meinst du, du schaffst es?«

Offenbar war er einem Versuch nicht mehr abgeneigt.

»Ja, ich schaffe es!« bekräftigte Lotte mit gespielter Sicherheit, während es in ihrem Inneren tobte: Angst, Aufregung, Stolz, alles durcheinander.

Zobel atmete tief durch: »Gut! Wir versuchen es! Ich werde vor dem Beginn eine Erklärung abgeben, damit die Zuschauer auf alles vorbereitet sind! Kümmere du dich um Evas Kostüm und Ausstattung. Ich sage den anderen Bescheid. Mein Gott, wenn das nur gut geht!«

Schon war Zobel hinausgestürmt.

Lotte war ganz ruhig, als sie Evas Platz hinter der Bühne einnahm und die Requisiten vor sich in der Reihenfolge ausbreitete, wie sie sie im Laufe der drei Akte benötigte. Dann nahm sie aus ihrem kleinen Handtäschchen, das sie fast bei jeder Aufführung bei sich trug, ihr Collier heraus und legte es sich andächtig um den Hals. Es würde ihr Glück bringen und sie beschützen. Lotte atmete tief durch. Sie zweifelte nicht an ihrem Erfolg, sie hatte die Partie zu Hause oft gesungen, auch zu Evas Zufriedenheit. Bei jeder Vorstellung hatte sie Eva genau beobachtet: wo sie stand, wie sie sich bewegte, wie sie mit den Partnern zusammenspielte. Es dürfte ihr nicht schwer fallen, die Freundin zu kopieren. Auch die Arien hatte sie immer lautlos mitgesungen. Es konnte einfach nicht schief gehen!

Als Lotte in Evas Robe im Scheinwerferlicht auf der Bühne stand, wurde sie plötzlich von einer so mächtigen Welle von Lampenfieber überrollt, dass sie meinte, sie könnte keinen Ton herausbringen. Aber Sekunden später löste sich die Anspannung, und sie sang und spielte die Rolle so glänzend, wie sie es in ihren kühnsten Träumen nicht erhofft hatte. Nein, sie spielte nicht, sie war die Mariza! Nach jeder Arie bekam sie Applaus, ihre jeweiligen Partner flüsterten ihr auf offener Bühne Komplimente zu oder halfen ihr über Unsicherheiten hinweg. Lotte konnte ihr Glück kaum fassen. Endlich! Endlich war sie ein Star!

Nach der Vorstellung betrat sie nicht als Choristin die Bühne, sondern allein wie eine Diva, um die Ovationen entgegen zu nehmen. Lachend warf sie Handküsse ins Publikum, winkte dann mit ausgebreiteten Armen aus den Kulissen die anderen Mitwirkenden herbei, die sich um sie scharten und ihr ebenfalls applaudierten.

»Du hast eine große Karriere vor dir!«, rief Dieter ihr begeistert zu. Schließlich sprang sogar Zobel auf die Bühne, umarmte sie und verbeugte sich mit ihr, seiner Hauptdarstellerin! Der Jubel nahm kein Ende.

Am nächsten Vormittag bestellte Zobel Lotte in sein Büro, um mit ihr alles Weitere für Evas Vertretung zu besprechen.

Das Leben in der Schule hatte sich inzwischen verändert. Wenn jetzt jemand tagsüber das Gebäude betrat, dröhnte ihm aus allen Winkeln Baulärm entgegen. Wie angekündigt, betrieb die Rektorin Fräulein von Bentivegni seit einigen Wochen hartnäckig die Wiederherstellung ihrer Schule und trotzte allen auftretenden Schwierigkeiten. So oft es ihre Zeit erlaubte, erschien sie persönlich auf der Baustelle, kontrollierte streng die Arbeit der Handwerker und verteilte, wie sie es als Lehrerin gewohnt war, gerecht Lob und Tadel. Alle Zigaretten, die sie sich beschaffen konnte, verschenkte sie großzügig an die Arbeiter und beschleunigte dadurch das Tempo der Instandsetzung. Fräulein von Bentivegni hatte sich ein Ziel gesetzt, das sie unter allen Umständen erreichen wollte: den Einzug der Klassen in das angestammte Schulgebäude nach den Osterferien.

Auch heute sah Lotte, nachdem sie in den ersten Stock gestiegen war, die Rektorin im Gang stehen und den Arbeitern genaue Anweisungen geben, welche der zerbrochenen Türen sie reparieren sollten. Mit den Fenstern gab es zum Glück keine Probleme mehr. Vor Beginn des Winters hatte die Britische Kommandantur in ihrem Sektor zwei wichtige Anordnungen zum Wohl der Kinder erlassen. Erstens richtete man eine Schulspeisung ein, damit alle Kinder wenigstens einmal täglich eine warme Mahlzeit erhielten. Zweitens wurden in allen Schulen zum Schutz vor der kommenden Kälte die Fenster verglast.

Zwischen Zobel und der Rektorin herrschte noch friedlicher Waffenstillstand. Man grüßte sich freundlich, kam sich aber kaum in die Quere.

Allerdings ergaben sich für die Theaterleute die ersten Veränderungen und Unbequemlichkeiten. Eine große Anzahl der Klassenzimmer im ersten Stock hatten sie bisher als Garderoben genutzt. Jetzt mussten sie mit ihren Kostümen und Kulissen in die Kellerräume umziehen, unter denen sich auch die ehemaligen Brausebäder für die Schülerinnen befanden. Nur Zobels Büro und das Büfett auf dem Gang durften bleiben. Auch die Solisten fanden noch Platz in den winzigen Räumen hinter der Bühne.

Zobel saß hinter seinem Schreibtisch, als Lotte eintrat.

»Wie geht es Eva?« war ihre erste Frage nach der Begrüßung. Sie legte ihre Mütze und ihren Schal auf einen Stuhl, ebenso ihren neuen roten Mantel, ein Geschenk von Brian, und setzte sich Zobel gegenüber.

»Nicht gut«, antwortete Zobel besorgt, »sie hat heute zum Glück ein Bett im Westend-Krankenhaus bekommen. Sie hat eine schwere Bronchitis mit Verdacht auf Lungenentzündung, außerdem ist ihr Allgemeinzustand katastrophal. Der Arzt dachte, sie stirbt ihm unter den Händen weg.«

»Woher weißt du das? Warst du dabei?«

»Nein, ihre Schwester Hildegard war vorhin da und hat mich über alles informiert. Sie kümmert sich rührend um Eva.«

Zobel war über diese Tatsache sichtlich erleichtert.

Lotte wusste von der Annäherung der Schwestern, die seit ihrem ersten Treffen im Oktober regelmäßig zusammengekommen waren. Offensichtlich hatte Eva ihrer Schwester, die Lotte auch kennengelernt hatte, verziehen.

»Ein Glück, dass sich die Schwester um Eva kümmert. Ehrlich gesagt, ich würde mich aus Angst vor Ansteckung nicht trauen, Eva zu besuchen, auch wenn sie meine Freundin ist«, meinte Lotte schuldbewusst.

»Kommen wir nun zu unserem Thema«, begann Zobel. »Wir müssen davon ausgehen, dass Eva noch einige Wochen ausfallen wird. Du hast gestern deine Sache gut gemacht. Jetzt meine Frage: Könntest du alle Rollen von Eva übernehmen, außer der Mariza auch das Schwarzwaldmädel, die Rosalinde und die Trude im ›*Wellensittich*‹?«

Lotte nickte. »Ich habe alle Rollen im Laufe der Zeit einstudiert. Es wäre großartig, und ich wäre dir dankbar, wenn ich Evas Partien singen dürfte.«

Zobel zögerte: »Irgendwie gefällt mir das Ganze nicht, Lotte! Kaum ist Eva krank und kann sich nicht wehren, nimmst du sofort ihren Platz ein. Sie muss das Gefühl haben, dass du sie verdrängst, auch noch mit meiner Hilfe. Du weißt, dass wir uns sehr nahe stehen.«

Lotte schaute Zobel treuherzig an. »Aber so darfst du das nicht sehen! Eva freut sich bestimmt, dass sie so gut vertreten wird und noch dazu von mir, ihrer besten Freundin!«

»Meinst du? Wahrscheinlich hast du recht!«

Schnell ließ sich Zobel überzeugen und lehnte sich erleichtert in seinem Stuhl zurück.

»Prima, wenn du die andern Partien auch so gut singst, ist unser Vertretungsproblem bestens gelöst. Bin ich froh, dass ich nicht eine neue Sopranistin suchen muss! – Du bekommst natürlich auch mehr Gage!«

»Ich habe noch eine kleine Bitte«, warf Lotte wie nebenbei hin, »ich hätte gern einen richtigen Vertrag!«

»Für die kurze Zeit?«

»Sieh mal, Otto, für mich ist das das erste richtige Engagement. Und außerdem«, sie lachte ihn schelmisch an, »wer weiß, nachher läuft dir zufällig eine schöne Sopranistin über den Weg und du willst mich wieder loswerden!«

Zobel lachte: »Du traust mir allerhand zu! – Aber wenn du unbedingt willst!«

Gutmütig zog er die in der Ecke des Tisches stehende uralte Remington-Schreibmaschine zu sich heran.

»Vielen, vielen Dank, Otto!«

Erfreut sprang Lotte auf, nahm ihren Stuhl und setzte sich dicht neben Zobel, um zu sehen, wie er den Vertrag aufsetzte. Schnell gab sie ihm einen Kuss auf die Wange. Sie lachten sich an, und er begann zu schreiben.

Dann las Zobel den fertigen Vertrag vor: »Gut so?«

Lotte rückte noch ein bisschen näher, fast berührte ihr Kopf seine Schulter, und lächelte zufrieden:

»Sehr gut! Aber ich habe noch eine kleine Bitte. Du hast vorhin von Gage gesprochen. Ich will nicht mehr Geld. Ich möchte eine andere Belohnung für meinen Einsatz.«

Sie machte eine Pause, zögerte kurz, dann ließ sie die Bombe platzen:

»Wir haben für Juni die Neuinszenierung der *›Csárdásfürstin‹* vorgesehen. Ich möchte die Titelrolle singen!«

Unangenehm überrascht schaute Zobel sie an:

»Du willst die *›Csárdásfürstin‹* singen? Das ist unmöglich, das ist Evas Partie!«

»Ich weiß«, Lotte hatte plötzlich Tränen in den Augen. »Eva ist dann wieder gesund und spielt alle Hauptrollen und ich keine mehr. So hätte ich wenigstens eine einzige! Bitte, Otto!« Während sie sprach, war sie immer näher an ihn herangerückt. Schließlich hing sie schluchzend an seinem Hals.

»Du musst nicht weinen, Lotte!« Zobel strich über ihre Haare. »Ich versteh dich.«

Er bemühte sich um Abstand, aber sie rückte noch näher, bis sie plötzlich auf seinem Schoß saß, den Kopf an seiner Schulter verborgen hielt und immer noch in kleinen Abständen schluchzte.

»Lotte, was machst du?«

Halbherzig versuchte er sie abzuschütteln. Lotte hatte aufgehört zu weinen, hob den Kopf und schaute ihn, immer noch mit Tränen in den Augen, verlangend an. Ohne ein Wort zu sagen, küsste sie Zobel, lange, intensiv und kunstvoll, wie sie es von Dieter gelernt hatte. Voller Genugtuung spürte sie Zobels nachlassenden Widerstand.

Dann löste sie sich ein wenig von ihm und hauchte: »Ich bin so verliebt in dich!« Diesmal war es Zobel, der über sie herfiel. Als seine Hand unter ihren Rock gleiten wollte, rückte sie ein wenig von ihm ab:

»Wenn du mir die *›Csárdásfürstin‹* schenkst, darfst du dir alles von mir wünschen«, flüsterte sie verheißungsvoll.

Nun war keine Überredungskunst mehr nötig. Zobel schrieb einen zusätzlichen Punkt in den Vertrag hinsichtlich der *›Csárdásfürstin‹*, schob die Remington wieder beiseite und dann erfüllte Lotte auf dem Schreibtisch wie versprochen seine Wünsche.

»Eines ist klar«, meinte Zobel anschließend zu ihr, »zu niemandem ein Wort! Erst recht nicht zu Eva! Es wird schwierig genug sein, ihr zu erklären, warum sie nicht die *›Csárdásfürstin‹* singen kann.«

»Keine Angst, ich werde schweigen, wie ein Grab!« erwiderte Lotte gelassen.

Als sie mit dem Vertrag in der Tasche das Gebäude verließ, konnte sie nicht umhin, sich zu loben: Gut gemacht, Lotte! Sie unterdrückte schnell den Anflug eines schlechten Gewissens, weil sie Eva betrogen hatte. Aber diese würde hoffentlich verstehen, dass sie endlich auch einmal eine Hauptrolle singen wollte, und wenn nicht, konnte Lotte es auch nicht ändern. Außerdem war es nicht ihre Schuld, dass Zobel sich so schnell verführen ließ.

Ihr Verhältnis zu der Freundin war in den letzten Monaten nicht mehr so eng gewesen. Eva hatte sich oft mit ihrer Schwester Hildegard verabredet, während Lotte sich weiterhin gern mit alliierten Soldaten amüsierte, soweit es ihre Zeit erlaubte. Wenn sie ihr gefielen, schloss sie auch einen »Sprachunterricht« nicht mehr aus. Ihre Mutter wollte ihr anfangs Vorwürfe machen, aber wenn Lotte dann morgens fröhlich mit Brot und Marmelade nach Hause kam und sie gemeinsam frühstückten, schwieg sie. Gern hätte Lotte auch eine eigene Wohnung gehabt, um unabhängiger zu sein, aber bis jetzt hatte sich noch keine Möglichkeit ergeben.

Seit zwei Monaten war Lotte mit einem amerikanischen Soldaten fest liiert, Brian, ihrem erster GI. Sie stellte erfreut fest, dass man mit den Amerikanern viel lustiger feiern konnte als mit den britisch-kühlen Engländern. Auch spendierten die Amis viel mehr Geschenke.

Brian war sogar ein höherer Offizier, ein Leutnant mit eigenem Auto. Er war wahnsinnig verliebt in sie und brachte bei jedem Treffen Schokolade, Lippenstift, Nylonstrümpfe oder andere Schätze mit. Am liebsten würde er sie mit nach Amerika nehmen, beteuerte er und meinte es durchaus ernst. Sie selbst mochte ihn auch und ließ sich gern von ihm verwöhnen.

Lotte ging los, aber noch nicht nach Hause, sondern erst in die Friedbergstraße zu Micha. Sie schlug den Weg zum Lietzenseeufer ein und überquerte die Neue Kantstraße, immer vorbei an düsteren, unheimlichen Ruinen. In der Kuno-Fischer-Straße kroch plötzlich ein zerlumpter Mann aus dem Keller eines zerbombten Hauses und starrte sie mit hungrigen Blicken an. In der Nähe war kein Mensch zu sehen und Lotte fing vor Schreck an zu rennen.

Als sie in die Friedbergstraße einbog, atmete sie auf. Hier herrschte Leben in der Straße, die Häuser waren weniger zerstört und alle bewohnt. Auch das Geschäft von Michas Tante hatte nur am Eingang einen kleineren Schaden erlitten. Unversehrt geblieben waren im Verkaufsraum das große Bogenregal und der Tresen, sogar die von Jugendstilornamenten umrahmten Spiegel, die die Wände schmückten, waren noch vorhanden, wenn auch zersprungen.

Eine lange Schlange von Menschen stand vor dem Laden an, vorwiegend Frauen, die während des Wartens die letzten Neuigkeiten aus der Nachbarschaft austauschten.

Lotte schlängelte sich vorbei und betrat den Laden. Michas Tante, Frau Fröhlich, war gerade dabei, einer Kundin das Quantum Zucker abzuwiegen, das ihre Lebensmittelkarte erlaubte. Erfreulicherweise hatte sie eine große Lieferung davon bekommen.

Nach Lottes Begrüßung meinte Frau Fröhlich, ohne ihre Arbeit zu unterbrechen: »Micha ist nicht da. Soll ich ihm etwas ausrichten?«

»Ja, das wäre nett! Ich möchte ihm Bescheid sagen, dass ich am Sonnabend keine Vorstellung habe und Zeit hätte. Wir wollten tanzen gehen.«

»Mach ich!«, war die freundliche Antwort.

Lotte verabschiedete sich und hörte noch im Hinausgehen, wie Frau Fröhlich mit unverkennbarem Stolz in der Stimme zu der Kundin sagte:

»Das ist Michas Freundin, ein nettes, ordentliches Mädchen! Singt im Chor des Theaters gegenüber vom Bezirksamt!«

Gegen ihren Willen errötete Lotte kurz.

Mit Micha verband sie eine andere Art von Freundschaft als mit den Soldaten. Bei ihm war sie wieder das junge unschuldige Mädchen aus Danzig, mit dem man zusammen herumalberte, sich zum Kino verabredete, tanzen ging oder auch nützliche Dinge tat, wie Holz sammeln im Grunewald. Zur Abwechslung gefiel Lotte diese Rolle gut, deswegen hütete sie sich auch, von ihrem anderen Leben zu erzählen. Einmal hatte sie aus Versehen neue Nylonstrümpfe angezogen und musste sich eine komplizierte Lügengeschichte ausdenken, um Michas Misstrauen zu zerstreuen. Im Laufe der Zeit war er mutiger geworden, hielt im Kino ihre Hand, küsste sie bei passender Gelegenheit, tanzte eng mit ihr zu *›Sentimental Journey‹* und führte sie überall stolz als seine Freundin vor.

Nun wollten sie am Wochenende wieder tanzen gehen. Im Festsaal des ehemaligen Reichskriegsgerichtes, in dem zur Zeit das Bezirksamt untergebracht war, fand ein Tanzabend für Jugendliche statt, organisiert von der antifaschistischen Jugendorganisation der KP. Lotte freute sich auf einen zwanglosen Abend mit Micha und seinen Freunden. Brian musste sich eben einmal ohne sie amüsieren.

29

Die Wochen vergingen. Der Frühling war gekommen und mit ihm Sonne und Wärme.

Nach einem vierwöchigen Aufenthalt wurde Eva aus dem Krankenhaus entlassen. Sie hatte eine beschwerliche Zeit hinter sich. Viele Gebäude des Westend-Krankenhauses, das während des Krieges ein Reservelazarett gewesen war, lagen in Trümmern. Dennoch hatte man nach Kriegsende den Krankenhausbetrieb sofort wieder aufgenommen. Dabei wurden die Patienten häufig in Zelten und Kellern untergebracht. So befand sich

Evas Bett in einem großen Kellerraum, der zu einem behelfsmäßigen Krankenzimmer umgerüstet worden war, wo sie zusammen mit elf anderen Frauen unter denkbar primitivsten Umständen behandelt und versorgt wurde. Aber das spielte alles keine Rolle mehr. Sie war gesund geworden.

Kraftlos und abgemagert, aber glücklich lag sie nun in ihrem eigenen Bett zu Hause und ließ sich von ihrer Schwester pflegen, die sich vorübergehend bei ihr einquartiert hatte. Täglich erhielt sie Besuch von ihren Theater-Kollegen, die sich über ihre fortschreitende Genesung freuten und diese durch bescheidene Mitbringsel unterstützten.

Eine der ersten war Lotte. Sie umarmte Eva in aufrichtiger Freude und schenkte ihr Schokolade, Speck und Weißbrot, fast alles, was sie in letzter Zeit von Brian bekommen hatte.

»Für deinen ersten Spaziergang im Park!« Verschmitzt lächelnd zog sie noch ein Paar Nylons aus der Tasche. Eva dankte ihr unter Tränen.

»Ich bin neugierig, wie du meine Rollen singst«, meinte sie später arglos. »Ich hoffe, dass ich nächste Woche wieder aufstehen darf. Dann komme ich sofort ins Theater. Du sollst großartig sein!«

Lotte lächelte geschmeichelt.

Es war bereits April, als Eva zum ersten Mal als Zuschauerin im Theater saß. Mit gemischten Gefühlen verfolgte sie die Aufführung von *»Gräfin Mariza«*. Lottes Gesang und Spiel waren erstklassig. Souverän beherrschte sie die Bühne, nichts erinnerte mehr an die kleine Choristin aus der zweiten Reihe. Ich weiß nicht, ob ich auch so gut bin, dachte Eva und erschrak bei diesem Gedanken.

Nachdem Eva mehrere Vorstellungen gesehen hatte, in denen Lotte in ihren Rollen brillierte, drängte sie Zobel, sie wieder singen zu lassen.

»Das ist noch zu anstrengend für dich, Eva«, riet dieser fürsorglich ab, »bedenke die Kraft, die diese Rollen kosten! Warte lieber noch ein Weilchen!«

»Du willst Lotte behalten! Die gefällt dir besser als ich! Sei ehrlich!« rief Eva aufgebracht.

Entrüstet widersprach Zobel: »Das stimmt nicht! Bitte, wenn du unbedingt willst, sing wieder! Mit welcher Partie möchtest du anfangen? Aber wenn es schief geht, sage nicht, ich hätte dich nicht gewarnt!«

Eva stieg wieder ein mit der Rolle der Rosalinde aus der *Fledermaus*. Bis zum zweiten Akt ging alles gut, aber dann ließen ihre Kräfte nach. Nur noch mit Mühe beendete sie den Csárdás, dann brach sie fast zusammen, zum Glück in dem Getümmel auf der Bühne von den Zuschauern unbemerkt.

Als das große Finale begann, flüsterte Dieter Lotte zu:

»Los, du musst die Rosalinde singen, die Stimme darf nicht fehlen!«

»Ich kann mich doch nicht so vordrängen«, sträubte sich Lotte.

»Du musst!«

Dieter schubste Lotte nah an Eva heran und sagte zu dieser: »Beweg die Lippen, Lotte singt!«

Dankbar nickte Eva, und so beendeten sie den zweiten Akt.

Den dritten sang Lotte allein, nachdem sie mit Eva in der Pause die Kostüme gewechselt hatte.

Als Lotte nach der Vorstellung in die kleine Garderobe hinter der Bühne kam, saß Eva dort und weinte.

»Ich kann nicht mehr singen! Nie mehr!« schluchzte sie und konnte sich gar nicht beruhigen.

Lotte kniete sich neben die Freundin und legte den Arm um ihre Schultern:

»Das ist Quatsch! Du musst nur richtig gesund werden! Dann kannst du wieder alles singen wie früher. Warte noch ein bisschen!«

Mit einem Ruck stieß Eva sie zurück und schrie sie an:

»Warten! Das würde dir so passen, du Heuchlerin! Damit du mich völlig ausbooten kannst! Du warst vorhin sofort zur Stelle und hast allen bewiesen, dass du viel besser bist als ich!«

»Du bist gemein«, brüllte Lotte zurück, »Dieter hat mich gezwungen, und ich wollte dir helfen. Du warst mir doch dankbar!«

»Ja, weil ich dich nicht gleich durchschaut habe!«

Nun heulte auch Lotte vor Empörung.

In diesem Moment betrat Zobel die Garderobe:

»Was ist denn hier los?«

Aufgebracht redeten beide Frauen auf ihn ein.

»Es reicht«, sagte Zobel entschieden, »du gehst nach Hause, Lotte!« und zu Eva gewandt: »Mit dir möchte ich kurz sprechen.«

Am nächsten Tag teilte Zobel Lotte mit, dass sie wieder Evas Partien übernehmen solle, so lange, bis diese wirklich gesund sei.

30

Seit Evas missglücktem Auftritt in der ›*Fledermaus*‹ hatte Lotte ihre Freundin nicht mehr gesehen. Nie wieder war diese zu einer Vorstellung gekommen. Es tat Lotte leid, weil sie sich gern wieder mit Eva vertragen hätte. Als sie Zobel darauf ansprach, sagte er nur:

»Lass es lieber! Sie ist nicht gut auf dich zu sprechen!«

»Ich weiß nicht, was sie gegen mich hat. Ich habe ihr nichts getan!« antwortete Lotte achselzuckend. »Aber, bitte, ich dränge mich nicht auf!«

Damit war der Fall für sie zunächst erledigt.

Lotte beschäftigten im Moment andere Gedanken. Es hatte den Anschein, dass ihr in Bezug auf Micha eine Dummheit unterlaufen war.

Vor ein paar Tagen hatten sie, wie viele Berliner, im Grunewald Kräuter gesammelt: Brennnesseln, Melde, Sauerampfer und anderes, was den dürftigen häuslichen Speiseplan bereichern konnte. Brennnesseln zum Beispiel ergaben, wenn man sie dünstete wie Spinat, ein gesundes und schmackhaftes Gericht.

Eigentlich wollte Michas Freund mitkommen, aber letztlich zogen sie allein los. Die Sonne schien, es war ein warmer Tag wie im Sommer. Die beiden waren den Weg in Richtung Teufelssee gelaufen und hatten bald ihre Taschen gefüllt. Nach getaner Arbeit gingen sie ein wenig in den Wald hinein, um zu rasten. Sie setzten sich in einer Lichtung auf ein Fleckchen frisches Moos und ließen sich ihr mitgebrachtes Esssen gut schmecken – Brot mit Leberwurst, die Micha, wie so häufig, von der Tante geklaut hatte.

Sie alberten herum und schließlich ließ Lotte sich auf den Rücken fallen, streckte die Arme aus und rief: »Küss mich!«

Micha, der neben ihr saß, küsste sie, aber Lotte lachte ihn nur an:

»Nein, richtig! Soll ich dir beibringen, wie man richtig küsst?«

»Klar! Zeig mal!«

Lotte sah, wie ihm das Blut vor Erregung in den Kopf schoss. Sie zog ihn zu sich hinunter, drehte ihn auf den Rücken und legte sich auf ihn. Er schloss die Augen und ließ alles mit sich geschehen, stöhnte nur leise auf, als Lotte seinen Kopf in die Hände nahm. Ihre blonden Haare kitzelten sein Gesicht, als sie sich über ihn beugte, und dann küsste sie ihn mit den Küssen, die sie von Dieter gelernt und mit denen sie Zobel verführt hatte.

»Ich liebe dich!« seufzte Micha und erwiderte ihre Küsse.

Lasziv bewegte sie ein wenig ihren Körper auf dem seinen und zwischen zwei Küssen fragte sie heiser:

»Soll ich dir noch mehr zeigen?«

»Ja«, keuchte er, »zeig mir alles!«

»Du brauchst nichts zu tun«, flüsterte sie ihm ins Ohr, »überlass alles mir!«

So wurde Micha zum Mann.

Später lagen sie entspannt im weichen Moos nebeneinander. Lotte hatte den Kopf auf seinen Arm gelegt.

»Ich liebe dich, wir werden heiraten!«, sagte Micha entschieden.

»Aber, Micha, wir sind viel zu jung!«, wandte Lotte träge ein.

»Na, und?« Er lachte und drückte sie zärtlich an sich. »Wir können warten. Wichtig ist nur, dass wir für immer zusammengehören!«

Ehe Lotte noch antworten konnte, fragte Micha mit argwöhnischem Unterton: »Woher kannst du das eigentlich alles? Du hattest schon einmal einen Freund, oder?«

»Ja, ist aber lange her!«

»Wie lange denn?«

»Ewig!« Lotte wurde ungeduldig. »Aber hör auf zu fragen!«

»Na gut! Ist auch egal!«

Micha war wieder zufrieden und meinte voller Besitzerstolz. »Jedenfalls bist du jetzt meine Freundin! Wie wär's noch einmal?«

Er machte Anstalten, seinen Vorschlag in die Tat umzusetzen. Aber Lotte sprang auf. Im Stillen ärgerte sie sich über ihn. Was bildete er sich ein? Er redete, als ob er Besitzansprüche ihr gegenüber hätte. Dieses kleine Liebesabenteuer hatte doch keine Bedeutung.

»Nein, ich muss nach Hause.«

Abends wollte Brian sie abholen.

Eng umschlungen gingen sie zurück bis zum Bahnhof Witzleben, wo sich ihre Wege trennten.

Nach einem letzten Kuss sagte Micha ernst und feierlich: »Du gehörst mir! Für immer! Ich werde nie eine andere lieben!«

Bitte nicht, dachte Lotte auf dem Heimweg, und es beschlich sie eine dunkle Ahnung, dass die Lehrstunde vorhin im Wald keine so gute Idee gewesen war.

Als sie ein paar Tage später vom Einkaufen nach Hause kam, sagte ihre Mutter: »Eva war vorhin hier. Sie wollte mit dir sprechen.«

»Dann gehe ich am Besten gleich zu ihr 'rüber«, meinte Lotte erfreut.

Eva öffnete ihr, sie etwas unsicher anlächelnd. »Nett, dass du gekommen bist!«

Lotte umarmte sie ohne Scheu. »Ich bin froh, wenn wir uns wieder vertragen!«

»Tut mir leid, dass ich neulich so gemein zu dir war!«

»Schon vergessen! Aber du siehst gut aus, richtig gesund!«

Lotte musterte sie zufrieden. Trotz der kärglichen Ernährung schien Eva wieder zugenommen zu haben und sah auch längst nicht mehr so blass aus.

»Wohnt deine Schwester noch bei dir?«

»Nein«, meinte Eva, »ich komme jetzt allein zurecht.« Und nach einer kurzen Pause: »Ich will wieder singen. Ich glaube, ich bin kräftig genug. Auch Zobel ist der Meinung.«

Sie schaute Lotte fragend an.

»Klar, wenn du meinst«, antwortete diese. Dann fügte sie unverhohlen hinzu: »Für mich schade, ich habe mich so schön daran gewöhnt, große Partien zu singen.«

Es lag ihr auf der Zunge, eine Bemerkung zu ihrer zukünftigen Hauptrolle in der ›*Csárdásfürstin*‹ zu machen, aber sie konnte sich gerade noch zurückhalten. Das musste Zobel Eva beibringen. Die ersten Proben standen unmittelbar bevor.

Stattdessen sagte Lotte: »Ich denke, ich werde mich bald verändern. Es gibt genug Theater, die gute Sängerinnen brauchen.«

»Das kann ich verstehen, aber es täte mir sehr, sehr leid, wenn du weggehst«, erwiderte Eva mit Nachdruck.

»Ein Weilchen wird es noch dauern. Aber hattest du einen besonderen Grund, dass du mich sprechen wolltest?« fragte Lotte neugierig.

»Die Hauptsache war, mich wieder mit dir zu versöhnen!« Eva lächelte erleichtert. »Und dann wollte ich meine Kostüme wiederhaben. Ihr seid ja inzwischen mit der Garderobe und dem Fundus in den Keller umgezogen. Ich kenne mich da nicht aus. Du musst mir zeigen, wo sie hängen.«

»An der Brausestange«, lachte Lotte, »ich bin mit meinen und deinen Sachen in das alte Brausebad der Schule gezogen. Aber es gibt noch andere Kellerräume, wo wir Sachen deponiert haben. Ich zeige dir alles. Wollen wir uns morgen Nachmittag dort treffen?«

»Morgen ist schlecht, da kommt meine Schwester mich besuchen.«

»Na gut, dann übermorgen, am besten um vier Uhr. Da ist es unten im Keller noch ziemlich leer. Kurz vor der Vorstellung herrscht immer ein riesiges Durcheinander.«

Als Lotte Eva später verließ, waren beide über ihre wiederauferstandene Freundschaft sehr froh.

31

Am nächsten Vormittag führte Zobel mit Eva in seinem Büro ein ernstes Gespräch, in dem er ihr eröffnete, dass nicht sie, sondern Lotte die *Csárdásfürstin* singen wird.

Eva schaute ihn ungläubig an: »Lotte? Das kommt überhaupt nicht in Frage! Ich singe die Hauptrollen!«

Zobel bewegte sich unbehaglich auf seinem Stuhl hin und her: »Nur diese eine Partie. Ich habe es ihr versprochen.«

»Versprochen?« Eva musterte ihn misstrauisch. »Was hat sich hier abgespielt, als ich im Krankenhaus lag? Du verheimlichst mir etwas!«

»Nein, überhaupt nicht!« beteuerte er.

»Dann rede!« Eva wurde ungeduldig. »Was war los?«

Nach einer kurzen Pause, während Zobel weiterhin schwieg: »Ich glaube, ich kann es mir denken. Lotte hat mich hereingelegt. Stimmt's? Sie hat meine Abwesenheit ausgenutzt, um sich bei dir einzuschmeicheln. Das ist Lotte! Wenn sie sich Vorteile verschaffen kann, kennt sie keine Skrupel! Aber dass sie sogar versucht, mich kaltzustellen, das hätte ich nicht von ihr gedacht! - Und gestern habe ich noch Versöhnung mit ihr gefeiert! Ich Idiotin!« Sie schlug sich an die Stirn.

»Und du?« fuhr sie Zobel an, der noch immer schweigend wie der Inbegriff des schlechten Gewissens vor ihr saß. »Du bist auch nicht besser!

Ich denke, du liebst mich! Aber kaum bin ich fort, auch noch krank, vergisst du mich wegen dieser Person!«

»Nein, um Gottes willen. So darfst du das nicht sehen!« versuchte Zobel sie zu besänftigen. »Ich war froh, dass Lotte sich bereit erklärte, alle Partien zu singen. Ich konnte verstehen, dass sie wenigstens eine große Rolle haben wollte, wenn du wieder gesund bist. Sie tat mir leid, weil sie so geweint hat!«

Plötzlich war Eva ganz ruhig.

»Ach! Geweint hat sie! Und du hast sie getröstet!«

Sie starrte ihn feindselig an.

»Wie denn, wenn ich fragen darf?« schrie sie dann. »Hier auf dem Schreibtisch?« Mit einer wütenden Geste fegte sie einen Stapel Papiere vom Tisch. »Natürlich, ich seh es dir an! Und hinterher hast du ihr die Csárdásfürstin dafür versprochen!« Eva war außer sich.

Zobel war aufgesprungen und schrie nun ebenfalls:

»Ich wollte es nicht, glaub mir, Lotte hat mich verführt! Aber das war eine einmalige Sache! Mit dir hat das nichts zu tun!«

Voller Wut schlug Eva ihm ins Gesicht:

»Du Lügner und Betrüger! Meine so genannte Freundin stiehlt mir alles, was ich besitze, meine Rollen und den Mann! Und das hat nichts mit mir zu tun? Aber das wird sie mir büßen! Ich bringe sie um!«

Sie wollte aus dem Raum stürzen, aber Zobel hielt sie fest.

»Eva! Bitte! Reg dich nicht so auf! Es wird alles wieder gut!«

Zornig riss sie sich los: »Lass mich in Ruhe! Ich will nichts mehr mit dir zu tun haben!«

Am ganzen Leibe zitternd blieb Eva draußen an die Wand gelehnt stehen, die Tränen liefen ihr über das Gesicht. Sie war verzweifelt, ihr Leben war in wenigen Minuten wie ein Kartenhaus zusammengebrochen. Aber sie würde sich an Lotte rächen. Sie würde ihr Leben ebenso zerstören!

Plötzlich schrillte die Schulklingel. Nach ein paar Sekunden öffneten sich die Türen und laut schwatzend und lachend strömten die Schülerinnen aus den Klassen. Seit einiger Zeit war – ganz nach Plan – Fräulein von Bentivegni mit ihrer 22. Volksschule wieder in das Schulgebäude eingezogen.

Die Mädchen waren von dem Theaterbetrieb fasziniert. Bei vormittäglichen Proben in der Aula schlichen sie sich in den Pausen hinein und schauten zu, himmelten die Darsteller an und sammelten Autogramme.

Einmal hatten die Mädchen der 9. Klasse sogar ihre junge Lehrerin überredet, mit ihnen ausnahmsweise in die Aula zu gehen. Den Proben einer Operette zuzuhören, sei moderner Musikunterricht. Zobel hatte nichts dagegen gehabt, wohl aber die Rektorin, die ihm hinterher schwere Vorwürfe machte. Zur Versöhnung wollte Zobel ihr Freikarten schenken, aber sie wies diese empört zurück: sie lasse sich nicht bestechen!

Auch jetzt hatte sich gleich eine kleine Gruppe um Eva geschart.

»Proben Sie gerade?« fragte ein Mädchen neugierig. Die anderen bestaunten sie mit großen Augen.

»Ja«, lächelte Eva und wischte sich die Tränen ab, »ich muss im zweiten Akt weinen!« »Das könnte ich nie«, sagte eine andere bewundernd, »auf Kommando weinen!«

Die kleine Szene hatte Eva etwas von ihrem Unglück abgelenkt, und ruhiger geworden ging die Treppen hinunter. Direkt am Schultor stieß sie mit einem Mann zusammen, der gerade das Gebäude betreten wollte.

»Entschuldigung«, sagten beide gleichzeitig und sahen sich an.

Der Mann bot einen abstoßenden Anblick: graues, eingefallenes Gesicht mit dunklen Augenhöhlen, schütteres Haar, die dürre Gestalt in zerfetzte und verdreckte Kleidung gehüllt.

Eva stutzte. »Kennen wir uns?« fragte sie stirnrunzelnd.

»Kann sein. Ich war hier im vorigen Jahr für kurze Zeit Hausmeister. Günter Krause ist mein Name.«

»Ich erinnere mich! Wo waren Sie die ganze Zeit?«

»Wo ich war? Ich habe gesessen! Bei den Sowjets! Unschuldig! Eine von Ihnen hatte mich angezeigt!« brach es aus ihm heraus. Dann wurde er wieder ruhiger. »Aber ich bin zurückgekommen!« setzte er finster hinzu.

Eva sah ihn nachdenklich an: »Ich weiß, wen Sie meinen.«

Sie überlegte schnell. Das plötzliche Auftauchen des Vergeltung suchenden Hausmeisters kam ihr nicht ungelegen. Vielleicht konnte sie ihn in ihre eigenen Pläne einbeziehen.

»Wollen wir ein paar Schritte durch den Park gehen? Dann können wir uns in Ruhe unterhalten.«

Krauses Blick war voller Misstrauen.

»Worüber wollen wir uns unterhalten? Wir kennen uns überhaupt nicht!«

Eva antwortete nicht, sondern ging einfach los. Er folgte ihr zögernd.

Nach einer Weile begann Eva:

»Ich sage Ihnen ehrlich, warum ich mit Ihnen sprechen will. Auch ich möchte Lotte Winkler – das ist diejenige, die Sie denunziert hat – einen Denkzettel verpassen. Sie hat mir ebenfalls übel mitgespielt. Ich denke, wir beide zusammen haben vielleicht bessere Ideen, sie zur Rechenschaft zu ziehen, als jeder für sich allein.«

Krause nickte. Er wollte etwas sagen. Aber statt einer Antwort brachte er nur ein Röcheln zustande. Kreidebleich taumelte er zur nächsten Bank und sank dort in sich zusammen.

»Ich kann nicht mehr!« flüsterte er und blickte Eva, die erschrocken stehen geblieben war, mit einem gequälten Blick an. »Tut mir leid!«

Dann beugte er sich vornüber, stützte den Kopf in die Hände und rührte sich nicht.

»Kann ich Ihnen irgendwie helfen?«

Eva setzte sich neben ihn und als er sich immer noch nicht bewegte, rüttelte sie vorsichtig an seinen Arm. Da hob er den Kopf und lächelte sie mühsam an.

»Es geht schon wieder.«

Schwerfällig stand er auf und machte ein paar Schritte. Offensichtlich war ihm sein Schwächeanfall peinlich.

»Haben Sie Hunger?« fragte Eva mitleidig und ärgerte sich im selben Moment über ihre gedankenlose Frage angesichts seiner ausgemergelten Gestalt. Spontan fügte sie hinzu:

»Ich wohne in der Nähe, am Kaiserdamm. Ich kann Ihnen etwas zu essen machen. Kommen Sie mit, dann wird es Ihnen besser gehen!«

Zu Hause angekommen, bot Eva ihrem Gast ihr Badezimmer an, damit er sich waschen konnte, was dieser dankbar annahm. Sie ließ ihn auch ihre Seife benutzen.

Unterdessen kochte sie Ersatzkaffee, machte ihren letzten Teller Suppe warm und stellte ihn auf den Tisch. Sie legte eine dicke Scheibe Brot dazu und mit einem spöttischen Lächeln auch noch einen Zipfel Wurst, ein Geschenk von Lotte. In diesem Moment klingelte es.

O Gott! Hildegard habe ich vergessen, dachte sie schuldbewusst.

Eva öffnete die Tür nur einen Spalt und sagte hastig: »Entschuldige, es ist etwas Wichtiges dazwischengekommen! Ich erzähle es dir später! Ich kann dich leider nicht hineinbitten! Sei mir nicht böse, aber du musst wieder gehen!«

Hildegard war verärgert: »Was denn Wichtiges? Nun habe ich extra den weiten Weg hierher gemacht!«

Schließlich ging sie wieder.

Als Krause das Wohnzimmer betrat und den reich gedeckten Tisch sah, huschte ein ungläubiges Lächeln über sein abgezehrtes Gesicht.

»Das soll für mich sein? Das kann ich nicht annehmen! Sogar Erbsensuppe! Und was essen Sie?«

»Fangen Sie ruhig an! Ich habe noch keinen Hunger.«

Fast andächtig setzte sich Krause an den Tisch, aber dann konnte er sich nicht mehr beherrschen. Gierig schlang er die Suppe, das Brot und die Wurst hinunter. Nachdem er auch den Kaffee ausgetrunken hatte, lehnte er sich aufseufzend zurück und lächelte Eva unsicher an.

»Vielen Dank für alles! Ich komme mir vor wie im Paradies!«

Er schaute sich bewundernd um.

»Sie haben eine schöne Wohnung! Sogar einen Flügel!«

Dann brach er plötzlich zusammen und weinte, den Kopf in den Händen verborgen. Eva rührte sich nicht. Nach einer Weile begann Krause zu sprechen: von der Hölle im sowjetischen Speziallager Nr. 3 in Berlin-Hohenschönhausen, von den stundenlangen Verhören und Folterungen, den täglichen Schlägen, Fausthieben und Stiefeltritten durch die sowjetischen Wachsoldaten, von der kärglichen Verpflegung, die aus Wassersuppen und meist schimmeligem und klitschigem Brot ohne Belag und einem bisschen Ersatzkaffee bestand, von den fensterlosen, stinkenden, auch im Winter ungeheizten Zellen voller Wanzen, Läuse und Flöhe, wo die Gefangenen auf nackten Holzgestellen ohne Stroh oder Matratzen zusammengepfercht schliefen, von den vielen toten Kameraden, die jeden Abend in der Leichenhalle gesammelt und dann weggeschafft wurden ohne Benachrichtigung der Angehörigen.

Er schwieg. Dann sagte er, schon bedeutend ruhiger:

»Sie haben mich entlassen, ich weiß nicht, warum. Die Sowjets brauchen keine Gründe, weder für die Festnahme noch für die Entlassung. Jetzt werde ich ein neues Leben beginnen. Aber vorher hole ich mir die goldene Halskette, das soll mein Startkapital sein!«

»Ich werde Ihnen dabei helfen«, sagte Eva. »Ich bin mit Lotte morgen Nachmittag im Keller der Schule verabredet, wo sich neuerdings die Garderoben befinden.«

Erst zögernd, dann immer ungehemmter erzählte sie Krause die Geschichte ihrer verratenen Freundschaft. Anschließend beschlossen sie, morgen gemeinsam Lotte zur Rede zu stellen.

Schließlich erhob sich Eva und blickte ihren Gast, der ihr in der letzten halben Stunde so nahe gekommen war, unentschlossen an.

»Ich muss etwas erledigen. Von mir aus können Sie in der Wohnung bleiben. Aber kann ich mich auf Sie verlassen?«

Krause nickte lebhaft.

»Ganz bestimmt! Am liebsten würde ich mich, wenn ich darf, auf Ihr Bett legen und schlafen. Ich würde selbstverständlich Bettzeug und Laken beiseite legen, damit es nicht schmutzig wird«, sagte er eifrig. »Auf einer Matratze zu schlafen, ist für mich der höchste Genuss!«

Eva nahm von einem Sessel ein Kissen und eine Decke:

»Hier, damit können Sie sich zudecken.«

Dann griff sie nach ihrer Tasche.

»Ich will versuchen, etwas zu essen zu besorgen. Haben Sie Lebensmittelkarten?«

»Nein, tut mir leid, ich bin noch nicht registriert.«

Krause schaute sie besorgt an.

»Macht nichts. Bis nachher und schlafen Sie gut!«

Eva überquerte den Kaiserdamm, und bog in die Riehlstraße ein. Sie ging auf dem freigeschaufelten Fahrdamm, Autos fuhren nirgends. Die Ruinen rechts und links nahm sie nicht mehr wahr, wohl aber die Schlange beim Bäcker gegenüber der Dresselstraße, die Brot verkündete. Nach einer halben Stunde steckte sie zufrieden ein köstliches Weißbrot in die Tasche, mit dem sie allerdings eine Woche auskommen musste.

Eva ging weiter, aber nicht zum Kaufmann Voigt am Bahnhof Witzleben, wo sie gewöhnlich einkaufte, sondern die Herbartstraße entlang. Dann ein Stückchen auf der Heinrich-von-Stephan-Straße, die in der Nazizeit Gustloff- und davor Dernburgstraße hieß, bis sie den Laden von Michas Tante in der Friedbergstraße erreicht hatte. Auch hier stand eine Schlange vor der Tür, und sie stellte sich hinten an. Schon von draußen sah sie Michas große Gestalt, der seiner Tante beim Bedienen half. Als Eva an der Reihe war, nickte sie ihm freundschaftlich zu, gab ihre Marken ab und bekam ihren gewünschten Ersatzkaffee, Kartoffeln und sogar zwei Eier. Dann sagte sie mit gedämpfter Stimme:

»Kann ich Sie kurz sprechen? Ich habe eine Nachricht von Lotte.«

Sie gingen nach hinten in die Ladenwohnung. Micha, immer noch in seiner weißen Verkäuferschürze, zeigte auf ein zerschlissenes Sofa: »Bitte, setzen Sie sich!« und sah sie neugierig an. Sie kannten sich nur flüchtig.

»Sie haben sich mit Lotte verabredet, nicht wahr?« begann Eva.

Er nickte: »Ja, übermorgen, wir wollen ins Kino gehen!«

Eva überkam ein Anflug von schlechtem Gewissen, weil sie Micha nun einen Schlag versetzte, der ihm augenblicklich sein nettes Jungenlächeln austreiben würde.

»Lotte schickt mich. Sie kann an dem Tag nicht, sie hatte sich anderweitig verabredet, das aber vergessen.«

»Anderweitig verabredet? Mit wem denn?« wunderte sich Micha.

»Hat sie mir nicht gesagt. Ich nehme an mit Brian«, antwortete Eva harmlos.

»Brian? Wer ist das?«

»Ihr GI, ihr amerikanischer Freund!« Sie spielte die Überraschte. »Sie wissen nichts von ihm? Tut mir leid, dann halte ich lieber meinen Mund.« Spielerisch legte sie einen Finger auf die Lippen.

»Wollen Sie behaupten, Lotte hat eine Liebschaft mit einem Soldaten?« fragte Micha empört.

Eva schüttelte erstaunt den Kopf: »Ich wundere mich, dass Lotte Ihnen nichts erzählt hat. Sie hat eigentlich nie ein Geheimnis daraus gemacht. Ja, sie hat Liebschaften, nicht nur mit Brian! Lotte ist dauernd in Bars unterwegs mit verschiedenen Soldaten, und sie halten bestimmt nicht immer nur Händchen!« Sie lächelte verständnisvoll.

Micha sprang auf. Mit rotem Kopf schrie er sie an:

»Sie lügen! Das glaube ich nicht! Lotte liebt mich! Wir wollen heiraten!«

Und noch einmal, leiser und unglücklich: »Das ist alles gelogen!« Fast weinend ließ er sich wieder in seinen Sessel fallen.

Das genügt, dachte Eva und stand auf.

»Sie tun mir leid, Micha, aber es stimmt alles. Lotte hat sogar meinen Verlobten verführt. Wenn Sie mir nicht glauben oder mit ihr sprechen wollen, dann kommen Sie morgen kurz nach vier ins Theater, in den Keller, wo die Garderoben sind. Ich habe mich dort mit ihr verabredet. Sie ist bestimmt da. Auf Wiedersehen!«

Wieder zu Hause angekommen, öffnete Eva vorsichtig die Wohnungstür. Wie erwartet, schlief Krause auf ihrem Bett. Sie betrachtete ihn, wie er sich im Schlaf unruhig hin- und herbewegte. Wer weiß, welche Alpträume ihn quälen, dachte sie mitfühlend. Sie würde ihn auf keinen Fall wecken. Leise schlich sie in die Küche. Er kann auch über Nacht hier bleiben, überlegte sie, während sie ihre Einkäufe auspackte. Sie könnten die beiden Sessel zusammenschieben. Wo sollte er auch sonst hin?

32

Am folgenden Nachmittag machten sich Eva und Krause auf den Weg in das Theater, um den Menschen, der sie beide so schmählich verraten hatte, zur Verantwortung zu ziehen. Sie sprachen wenig. Einmal blickte Eva ihren Schützling zufrieden von der Seite an. Gut sah er aus mit dem Jackett, das sie ihm geschenkt hatte. Zobel hatte es vor einiger Zeit bei ihr hängen lassen.

Eva schlug Krause vor, sich zunächst zu verstecken, damit sie erst allein mit Lotte reden konnte. Er nickte nur.

Im Schulhaus herrschte Stille, in den Klassen wurde emsig gelernt. Der Unterricht fand im Nachkriegsberlin in zwei Schichten statt, je eine am Vormittag und am Nachmittag.

Zusammen stiegen sie die Kellertreppe hinunter, dann ging Eva allein weiter.

»Lotte, wo bist du?«, rief sie in das Halbdunkel.

»Hier bin ich!«

Eva tappte, dem Ruf folgend, einen dunklen Kellergang entlang, an dessen Ende das ehemalige Brausebad lag. In der Tür stand Lotte und winkte.

Der Ort, an dem die meisten weiblichen Ensemblemitglieder ihre Kostüme aufbewahrten, war ein großer, weiß gekachelter Raum mit jeweils sechs Brausen an den Seitenwänden. An den Wasserrohren mit dem Brausekopf waren wie an einem Garderobenständer die Kostüme aufgehängt. Lotte gehörte die letzte Stange hinten links an der Wand. Der Raum wurde spärlich erhellt durch drei schmale Kellerfenster unterhalb der Decke.

»Tag, Eva. Sieh mal! Praktisch, nicht?«

Stolz wollte Lotte zeigen, wie sie sich mit ihren Sachen eingerichtet hat, aber Eva schaute nicht hin, sondern sagte eisig:

»Ich habe gestern mit Zobel gesprochen! Über die ›*Csárdásfürstin*‹!«

Lotte blickte erschrocken auf, aber bevor sie etwas erwidern konnte, fuhr Eva mit erhobener Stimme fort:

»Er hat mir erzählt, wie mich meine beste Freundin hinter meinem Rücken ausgetrickst hat! Ich hätte nie gedacht, dass du so gemein sein kannst! Aber das wirst du mir büßen! Ich lasse mir mein Leben von dir nicht kaputtmachen! Soll ich dir sagen, was du bist?«

Eva beugte sich vor: »Ein mieses kleines Flittchen bist du!« und spuckte ihr ins Gesicht.

Benommen wischte Lotte sich mit dem Handrücken sauber. Wenn sie je Schuldgefühle gegenüber Eva gehabt hätte – nach dieser Szene hatten sie sich in Luft aufgelöst. Wütend sagte sie:

»Du hast alles falsch verstanden! Aber ich sehe, mit dir kann man nicht reden!«

Sie wollte gehen, aber Eva stellte sich ihr in den Weg.

»Augenblick noch, ein lieber Freund möchte dir noch ›Guten Tag‹ sagen!«

In diesem Moment trat Krause aus dem Dunkel des Ganges in den Raum. Lotte erkannte ihn sofort. In wilder Panik stieß sie Eva beiseite, aber nur, um Krause in die Arme zu laufen, der sie mit eisernem Griff umfasste.

»Du hast mich erkannt? Da bin ich aber geschmeichelt!«

»Lassen Sie mich los!«

Lotte wehrte sich verzweifelt.

Krause hielt sie fester: »Schön ruhig! Ich will nur meine Kette abholen!«

Trotz ihrer Angst widersprach Lotte: »Das ist nicht Ihre Kette, sie gehört mir!«

Krause antwortete nicht. Er holte aus und schlug ihr mit voller Wucht rechts und links ins Gesicht, dass sie taumelte. Sie spürte, wie aus der aufgeplatzten Lippe Blut über ihr Kinn lief. Nicht die Kette, ohne sie bin ich verloren, dachte sie kopflos, während sie schon an ihrem Täschchen nestelte und das Schmuckstück herausholte.

Mit einem höhnischen: »Na, bitte, geht doch!« steckte Krause es ein.

Als Lotte weglaufen wollte, packte er sie wieder:

»Nicht doch! Wir haben uns noch gar nicht unterhalten! Du möchtest sicher wissen, wo ich die ganze Zeit gewesen bin!«

Zitternd stand Lotte vor ihm.

»Lassen Sie mich bitte gehen!« wimmerte sie und begann zu weinen.

Krause änderte seinen Ton. Hart und erbarmungslos fuhr er fort:

»Zuerst wirst du mir zuhören! Weißt du, wo ich war? Ein Jahr in einem sowjetischen Speziallager, und das habe ich dir zu verdanken!«

Er schlug zu.

Lotte hob schützend die Arme vor den Kopf, trotzdem traf sie der Schlag mit aller Macht.

»Ein Jahr die Hölle! Wegen nichts! Weil du die Russen auf mich gehetzt hast!«

Wieder schlug er zu.

»Und weißt du, wo sie mich gleich nach der Verhaftung hingebracht haben? Nein, das weißt du nicht! In einen GPU-Keller!«

Wieder schlug er zu.

»Und weißt du, was das ist? Das sind geheime Folterkeller der Sowjets in Berlin!«

Wieder schlug er zu.

Längst hatte Lotte es aufgegeben, die Schläge abzuwehren.

»Da verhören sie die Gefangenen erstmal richtig, bevor sie sie in die Lager verschleppen! Und weißt du, wo der GPU-Keller war? Ganz in deiner Nähe! Da drüben! Am Kaiserdamm! Im Keller des Polizeipräsidiums! Du hast hier gesungen und getanzt und dich amüsiert und mich haben sie nur hundert Meter von dir entfernt gequält und gefoltert.«

Wieder schlug Krause zu.

Er keuchte, fast schien ihn die Erinnerung an die Tage im Folterkeller zu übermannen. Aber schnell hatte er sich wieder unter Kontrolle.

»Möchtest du wissen, was sie dort mit mir gemacht haben? Das!«

Er gab Lotte einen letzten Faustschlag ins Gesicht, dass sie hinstürzte und auf dem gekachelten Boden an die Wand rutschte. Kraftlos blieb sie liegen und ließ alles mit sich geschehen.

»Und das! Und das! Und das!«

Krause traktierte sie mit Fußtritten. Lotte krümmte sich. Hör auf, wollte Eva rufen, die im Hintergrund alles mit ansah, aber sie schwieg.

In diesem Moment erschien Micha.

»Warte, er ist gleich fertig!« flüsterte Eva, drückte ihn an die Wand und stellte sich davor.

»Wer ist das, was macht er?« Micha wollte Lotte helfen.

»Lass ihn, den hat sie auch betrogen, wie uns!«

Krause gab seinem Opfer noch einen letzten Tritt.

»So, jetzt hast du vielleicht eine winzige Ahnung davon bekommen, was ich durch dich erlitten habe!« sagte er ruhig und ging.

Als er an Eva vorbeikam, murmelte er, ohne Micha zu bemerken:

»Vielen Dank für alles!« Dann war er weg.

Eva ließ Micha los, der sofort durch den Raum zu der misshandelten Gestalt stürzte, die zusammengekrümmt an der Wand lag. Er kniete sich neben sie und legte liebevoll ihren Oberkörper auf seinen Schoß.

»Ist er weg?«, fragte Lotte ängstlich.

»Ja, eben gegangen! Dir kann nichts mehr passieren, ich bin bei dir! Warum hat er das getan, dich so brutal misshandelt?«

»Frag nicht!«

Lotte versuchte sich aufzurichten, aber Micha drückte sie wieder in seinen Schoß zurück.

»Bewege dich nicht, ich halte dich fest, bis du dich erholt hast.«

»Lass mich los«, sagte Lotte ärgerlich und bemühte sich ein zweites Mal, in eine sitzende Lage zu kommen. Endlich gelang es ihr. Sie lehnte sich, am ganzen Körper zitternd, mit dem Rücken an die Wand und stöhnte auf.

»Dieses Schwein! Wie der über mich hergefallen ist!«

Sie tastete ihr Gesicht ab. »Alles voller Blut! Einen Zahn hat er mir auch ausgeschlagen!«

Micha wusste, was zu tun war: »Ich werde zur Polizei gehen, ihn anzeigen. Du weißt doch, wer das war, oder? Aber das wird nie wieder passieren! Ab jetzt werde ich immer auf dich aufpassen. Wir werden sofort heiraten!«

»Hör bloß mit dem dummen Gequatsche auf!« sagte Lotte grob und stand mühsam auf. Sie versuchte, ihr zerrissenes Kleid in Ordnung zu bringen. Auch Micha erhob sich und schaute sie gekränkt an.

»Wie kannst du so mit mir reden? Du willst mich doch auch heiraten!«

Lottes zerschundenes Gesicht bekam einen abweisenden Ausdruck. Sie bemühte sich um eine deutliche Aussprache: »Hör zu! Ich liebe dich nicht und werde dich auch nie heiraten!«

Da wurde Micha zornig: »Du liebst mich nicht? Hast du mir deine Liebe nur vorgespielt, neulich im Grunewald?« Seine Stimme wurde lauter: »Dann stimmt es, was deine Freundin gesagt hat, dass du dich mit Soldaten herumtreibst, dass du immer neue Männer haben willst. Da kam ich dir gerade Recht! Zur Abwechslung mal einen dummen Jungen!«

Er packte sie an den Armen und schüttelte sie wütend.

»Genau so ist es und nun verschwinde!« Lotte schwankte.

Als er sich nicht rührte, nahm sie ihre ganze Kraft zusammen und schrie ihn an:

»Hau ab! Ich will dich nicht mehr sehen!«

Da schlug auch Micha zu, zornig und enttäuscht. Lotte wurde gegen die Wand geschleudert. Sie brach erneut zusammen, ihr Kopf schlug auf den Boden auf. Reglos blieb sie liegen.

Entsetzt beugte sich Micha über sie: »Lotte, was ist? Steh auf! Lotte, sag doch was!«

Aber Lotte rührte sich nicht.

Im Nu war Eva bei ihm.

»Micha, verschwinde! Schnell! Es darf dich niemand sehen! Los!«

Micha versuchte, Lotte aufzurichten, aber es gelang ihm nicht.

»Sie ist tot! Ich habe sie getötet!«

Weinend brach er über dem leblosen Körper zusammen.

»Nein, du brauchst keine Angst zu haben, sie ist nur ohnmächtig! Aber geh endlich! Ich kümmere mich um sie.«

Energisch riss Eva den schluchzenden Micha von Lotte weg.

»Verschwinde! Und nimm dich zusammen, niemand darf dir etwas anmerken!«

Endlich erhob Micha sich und verließ mit schleppenden Schritten den Kellerraum.

Als Eva mit Lotte allein war, verließ sie alle Kraft. Voller Reue fiel sie weinend auf die tote Freundin.

»Das wollte ich nicht! Das wollte ich nicht!« stammelte sie.

Sie umarmte und küsste sie und blieb minutenlang eng umschlungen mit ihr liegen. Dann erhob sie sich schwerfällig.

Als sie in die Aula taumelte, eilte Zobel ihr erschrocken entgegen: »Eva, was ist passiert?«

Sie konnte noch flüstern: »Lotte! Im Keller!« dann fiel sie Zobel ohnmächtig in die Arme.

33

Minutenlang herrschte Stille in dem kleinen Wohnzimmer. Eva Montana saß zurückgelehnt in ihrem Sessel, die Hände im Schoß gefaltet, Tränen liefen über ihr versteinertes Gesicht.

»Die Polizei ermittelte nur oberflächlich«, fuhr sie erschöpft fort, »sie hielt von Anfang an Günter Krause für den Täter. Ich hatte bei den Vernehmungen alles ausgesagt, was ich über die Vorgeschichte der Tat wusste, von der Halskette und Lottes Denunziation. Das waren genug Tatmotive für den zuständigen Kommissar, so dass die Fahndung sich allein auf den flüchtigen Krause richtete. Von Micha habe ich niemandem etwas erzählt, ich wurde auch nie nach ihm gefragt.«

»Wissen Sie, was aus ihm geworden ist?« fragten Mandy und Anna gleichzeitig, die nebeneinander auf dem Sofa saßen. Sie lachten über ihren Sprechchor, und zur allgemeinen Erleichterung lockerte sich die spannungsgeladene Atmosphäre. Gadow stand auf und öffnete die Terrassentür einen Spalt, um frische Luft in den Raum zu lassen. Schweigend setzte er sich wieder in den Sessel neben seine Mutter.

»Nein! Ich habe eine Woche später seine Tante nach ihm befragt. Sie hat sich schrecklich aufgeregt – der arme Junge sei so mitgenommen gewesen von dem Tod seiner Freundin, dass er nicht mehr in Berlin bleiben wollte. Er sei nach Magdeburg zu ihrem Bruder gegangen und hoffte, dass er dort erst einmal bleiben dürfte. Aber er hätte vorgehabt, später über die grüne Grenze in die Westzonen zu gelangen. Ich habe nie wieder etwas von Micha gehört.«

Eva verstummte.

Nach einer Weile sagte Gadow: »Günter Krause ist mein Vater.«

Bewegungslos saß er da, blickte nachdenklich zu Mandy hinüber, ließ sich darüber hinaus aber keine Gefühle anmerken.

Umso mehr Mandy. Aufgeregt beugte sie sich vor, blickte abwechselnd Mutter und Sohn an:

»Stimmt das? Mein Opa – Ihr Vater? Anna, hast du das gehört? Er ist mein Onkel! Ich habe einen Onkel!«

Zwischen Lachen und Weinen wiederholte sie mehrmals: »Ich fass es nicht!«, und verschlang Gadow mit den Augen, als hätte sie ihn noch nie gesehen.

Eva nickte: »Unglücklich und einsam, wie wir beide waren, kamen wir uns an diesem Abend näher und trösteten uns gegenseitig. Ich ließ Günter nicht auf den zusammengerückten Sesseln schlafen.«

Dann leise, fast zärtlich: »In dieser Nacht habe ich deinen Vater geliebt, Klaus! Sehr spät, erst im Oktober, entdeckte ich, dass ich schwanger war, schon im fünften Monat. Günter konnte ich nicht erreichen. Verzweifelt suchte ich mehrere Ärzte auf. Ich wusste nicht, wie ich – unverheiratet und mit einem Kind und in diesem Beruf – überleben sollte. Aber niemand wollte mir helfen. So habe ich dich auf die Welt gebracht. Es ging immer alles irgendwie weiter. Schließlich bin ich jetzt Mitte achtzig und lebe noch und nicht einmal schlecht. Aber am liebsten wäre ich immer tot gewesen«, endete sie.

Alle schwiegen, Anna überlief eine Welle des Mitgefühls mit der alten Frau, die am Ende ihres Lebens eine solche Bilanz zog.

»Es tut mir leid, Klaus«, wandte diese sich wieder an ihren Sohn, der regungslos in seinem Sessel saß. »Ich hätte dir das alles viel früher sagen müssen, aber ich habe nach Lottes Tod alles in meinem Leben falsch gemacht. Alles!« schloss sie resigniert.

»Ja, das stimmt!« Gadow seufzte tief auf. Dann wurde sein Ton versöhnlicher.

»Aber du hast dich auch in all den Jahren selbst schwer bestraft, jeden Tag von neuem. Vielleicht können wir einen Schlussstrich ziehen und einen neuen Anfang versuchen, auch wenn es spät ist!«

Jetzt lächelte er seine Mutter sogar an und ergriff ihre Hand. Sie lächelte dankbar zurück.

»Hast du Günter Krause, meinen – Vater, jemals wiedergesehen?«

Es fiel ihm sichtlich schwer, das Wort »Vater« auszusprechen.

»Nein, leider nicht! Ich schrieb ihm besagte Postkarte an die Adresse eines Kameraden aus seiner Wehrmachtszeit, die Günter mir für alle Fälle hinterlassen hatte. Dort würde er in gewissen Abständen nach seiner Post fragen. Er selbst wollte im Osten untertauchen, sich falsche Papiere besorgen, wobei ihm sein Kamerad helfen könnte, und ein neues Leben anfangen. Das hat er auch getan. Es ist mir nicht gelungen, ihn aufzuspüren, obwohl ich es versucht habe. Ich habe nie etwas von ihm gehört, erst durch Mandy. Aber da war er bereits tot.«

Eva schwieg erneut.

»Und Zobel?« fragte Mandy nach einer Weile.

»Zobel hat sich sehr anständig verhalten. Ich habe zunächst meine Rollen weitergespielt. Als ich meine Schwangerschaft nicht mehr verheimlichen konnte, ließ er mich kleinere Partien singen, schließlich noch im Chor. Mehr konnte er nicht für mich tun. Dann musste ich aufhören und bekam das Kind. Ich war verzweifelt, hatte kein Einkommen, keine Angehörigen, staatliche Hilfen gab es zu der Zeit nicht. Meine Schwester gab mir dann meinen Anteil vom Erbe unserer Eltern. Das war die Rettung für mich. So habe ich die Zeit überbrückt, bis ich selbst wieder Geld verdienen konnte. Ich begann im Sommer 1947 im Chor der Städtischen Oper zu singen, dachte, es sei nur vorübergehend, aber es war für immer. Die Rückkehr ins Solofach ist mir nie geglückt.«

Sie kann einem leid tun, dachte Anna wieder und fragte, auch um Eva abzulenken:

»Im *Theater in der Witzlebenstraße* wollten Sie nicht wieder anfangen?«

»Doch! Sogar sehr gern! Aber das Theater stand im Mai 1947 kurz vor der Schließung. Fräulein von Bentivegni hatte durchgesetzt, dass es bis zum Beginn des neuen Schuljahrs im September das Gebäude verlassen musste. Anfangs bemühte sich Zobel um eine neue Spielstätte, aber vergeblich. Schließlich wurde das Theater aufgelöst. Zobel blieb auch nicht in Berlin. Ich glaube, er hatte in Mannheim ein neues Betätigungsfeld gefunden. Der Kontakt zu ihm ist allmählich eingeschlafen.«

Nach einer Pause: »An eine Verbindung mit ihm war nicht mehr zu denken! Ich, mit einem unehelichen Kind und meiner Weigerung, den Namen des Vaters zu nennen! Unmöglich! Am besten denkt man nicht darüber nach!« Zusammengesunken saß Eva in ihrem Sessel.

Mandy ertrug die hoffnungslose Stimmung nicht länger, sie zwang sich zu einem munteren Ton:

»Was weg ist, ist weg! hat mein Opa immer gesagt und das stimmt!«

Unerschrocken schaute sie in das traurige Gesicht der alten Frau.

»Unser Gespräch hat Ihnen viel Gutes gebracht, Ihr Leben vielleicht entscheidend geändert! Sie haben sich zum ersten Mal ihre Schuld von der Seele geredet, sich mit Ihrem Sohn versöhnt und sogar noch eine nette junge Verwandte bekommen, nämlich mich, die Ihnen viel von dem Vater Ihres Sohnes erzählen kann! Das ist doch etwas!« schloss sie fröhlich.

Anna war entsetzt. In welch aufdringlichem Ton redete Mandy daher. Kein bisschen Einfühlungsvermögen!

Aber sie wurde eines Besseren belehrt. Der Bann war gebrochen. Eva lächelte und auch Gadow entspannte sich und blickte Mandy so liebevoll an, wie Anna es ihm nie zugetraut hätte.

»Das ist das Beste, was ich seit langer Zeit gehört habe«, sagte er herzlich. »Auch dass du meine Nichte bist, Mandy, finde ich großartig! Und Sie, Anna, adoptiere ich! Sie haben mir von Anfang an gefallen! Was meinen Sie?« Gadow sah sie fast schelmisch an. »Haben wir Ähnlichkeit, Mandy und ich?«

»Natürlich«, lachte Anna, »das ist mir gleich aufgefallen, als ich Sie zum ersten Mal gesehen habe.«

Epilog

Zwei Monate später am Weihnachtsabend. Die Kinder spielten schon mit der neuen Arche Noah, da überreichte Martin seiner Frau ein letztes Weihnachtsgeschenk. Neugierig packte Anna das kleine Kästchen aus. »Schmuck?« fragte sie.

»Sieh nach!« Martin beobachtete sie gespannt.

Anna stieß einen kleinen Schrei der Überraschung aus, während sie vorsichtig aus der Schachtel das Armband der Rosa Blumenthal herausnahm: »Das Armband! Ich glaub' es nicht! Woher hast du das?«

Andächtig legte sie den Schmuck um das linke Handgelenk und betrachtete fasziniert Arm und Hand, an der schon der dazugehörige Ring grüngolden leuchtete.

Sie fiel ihrem Mann um den Hals: »Martin, danke! Wie hast du das geschafft?«

»Es war ganz einfach! Ich habe das Armband auf einer Fundsachen-Auktion der Polizei ersteigert! Bis zum Schluss hatte ich allerdings Angst, dass es mir jemand wegschnappt! Aber die Leute hatten keine Ahnung von der Einmaligkeit und dem Wert des Armbands!« lachte er.

Schnell holte Anna auch die Ohrrige und legte sie an. Dann setzte sie sich in die Ecke des Sofas, legte den Arm auf die Lehne und mit graziösen Bewegungen verrührte sie Nicht-Zucker in einer Nicht-Teetasse, ganz im Stil der Rosa Blumenthal.